TopBook
饕书客

叶舒宪学术文集

英雄与太阳

中国上古史诗原型重构

YINGXIONG YU
TAIYANG

叶舒宪
著

陕西新华出版传媒集团
陕 西 人 民 出 版 社

图书在版编目（CIP）数据

英雄与太阳 / 叶舒宪著 . —西安：陕西人民出版社，2018

（文化人类学文丛）

ISBN 978-7-224-12812-3

Ⅰ . ①英… Ⅱ . ①叶… Ⅲ . ①英雄史诗—诗歌研究—中国—上古 Ⅳ . ① I207.22

中国版本图书馆 CIP 数据核字（2018）第 149172 号

出 品 人 | 宋亚萍
出版统筹 | 关　宁　韩　琳
策划编辑 | 王　倩　张启阳
责任编辑 | 王　凌　王　强
整体设计 | 开朗文化

饕书客

微信扫一扫，关注饕书客

英雄与太阳——中国上古史诗原型重构

作　　者　叶舒宪
出版发行　陕西新华出版传媒集团　陕西人民出版社
　　　　　（西安北大街 147 号　邮编：710003）
印　　刷　中煤地西安地图制印有限公司
开　　本　787mm × 1092mm　1/16
印　　张　18
字　　数　230 千字
版　　次　2020 年 1 月第 1 版
印　　次　2020 年 1 月第 1 次印刷
书　　号　ISBN 978-7-224-12812-3
定　　价　88.00 元

叶舒宪

北京人，文学博士。

现任上海交通大学资深教授。

曾任中国社会科学院比较文学中心主任、研究员。

兼任中国民间文艺家协会副主席、文学人类学研究会会长、中国比较文学学会副会长。

1999—2000 年美国耶鲁大学客座教授；

2001 年英国学术院、剑桥大学访问教授；

2003 年、2010 年荷兰皇家学院访问教授；

2009 年台湾中兴大学客座教授。

著作有《玉石神话信仰与华夏精神》《图说中华文明发生史》等 50 种，译著 7 种。

丛书总序

GENERAL PREFACE

1966年夏，我挥泪作别生活了12个年头的首都北京，独自登上绿皮火车，观望着“西去列车的窗口”，转学来到陕西西安。这便是个人命运中与陕西这个省份结缘的开端。当时根本无法预料的是，1971年从西安市第四十一中学毕业时，本应随应届毕业生去安康修三线铁路，但因为体重不足80斤，没有去成安康，阴差阳错地被分配到昆仑机械厂当工人。1977年侥幸通过十年空缺后刚恢复的高考，1978年春季步入大雁塔南侧高校；1982年毕业留校任教。直到1993年“自我流放”海南岛，我连续在陕西生活了27个年头，其间只有一年在北京师范大学学习，半年在北京语言大学修英语，还有半年在澳大利亚访学。

这里的个人学术文集，是我早年写的十部书汇总，其中多为学术著作，有六部在上世纪90年代出过第一版，2005年由陕西人民出版社再版，作为“新世纪学术文存”的个人著作选粹。当时再版的六部书是：

1.《英雄与太阳：中国上古史诗原型重构》，上海：上海社会科学院出版社，1991年。

2.《中国神话哲学》，北京：中国社会科学出版社，1992年。第二版，社会科学文库版，1997年。

3.《〈诗经〉的文化阐释——中国诗歌发生研究》，武汉：湖北人民出版社，1994年。

4.《高唐神女与维纳斯——中西文化中的爱与美主题》，北京：中国社会科学出版社，1997年。

5.《〈庄子〉的文化解析——前古典与后现代的视界融合》，武汉：湖北人民出版社，1997年。

6.《老子的文化解读》，与萧兵合著，武汉：湖北人民出版社，1994年。

以上六书，除了合著的《老子的文化解读》一书，将本人单独写的部分提取出来，改名《老子与神话》再版之外，其他五部书都是原样再版的。此次承蒙陕西人民出版社的厚意，再度给我的学术著作结集出版，并在以上六书之外，又增加了21世纪初出版的四部书：

7.《两种旅行的足迹》，上海：上海文艺出版社，2000年。

8.《耶鲁笔记》，厦门：鹭江出版社，2002年。

9.《千面女神——性别神话的象征史》，上海：上海社会科学院出版社，2004年。

10.《现代性危机与文化寻根》，济南：山东教育出版社，2008年。

其中两部是学术随笔：《两种旅行的足迹》是讲述20世纪90年代访学澳大利亚、加拿大和美国的见闻和札记。这次再版又补充了21世纪初年访学英伦的若干则笔记。《耶鲁笔记》是1999年笔者调入中国社会科学院后在美国耶鲁大学短期任教时的学术随笔集。另外两部则是学术专题著作：《千面女神——性别神话的象征史》，是笔者第一次尝试出版的图文并茂之书，根据在耶鲁大学期间收集到的资料，用数百幅彩图呈现世界各地女神的风采，并从学术上描述当代风起云涌的女神复兴运动。《现代性危机与文化寻根》则是我从海南大学调入中国社会科学院后，与文学研究所所长杨义先生共同主持的第一个院重大项目中，由本人撰写的当代文化理论专题著作。

这十部书，从1980年代最早写出的《英雄与太阳》和《中国神话哲学》，到2008年的《现代性危机与文化寻根》，前后历时约20年，总体上可以呈现出个人所经历的学术成长之路：从早年学习马克思主义原著（本人在1983年发表的学士学位论文是《马克思主义人学初探》），转向全面关注和译介当代西方文学理论，曾经特别关注的三大文学理论流派是神话—原型批评、结构主义、精神分析。本人早年的学术起步期，除了马克思、恩格斯的原著之外，也深受这三大理论流派的影响。如《英雄与太阳》和《中国神话哲学》两书，表现出神话—原型理论和结构主义理论相互融合的深刻印记；而《高唐神女与维纳斯》《〈诗经〉的文化阐释》等，则带有浓重的精神分析理论的色彩。直到同时期或稍后写的《太阳女神的沉浮——日本文学中的女性原型》《阉割与狂狷》，以及在海南大学时主编的《文学与治疗》《性别诗学》等，仍然透露出相当强烈的精神分析、女性主义或性别研究加文化分析的治学倾向。

正是由于常年沉浸在多种理论与方法思路的训练和运用实践中，因此个人在问学道路上能有某种博采众长的经验积累，给后来的文学人类学一派跨学科研究，并努力创建中国版的文化理论体系，带来某种必要的前提条件。如今回头看，要总结归纳出以上十部书的共同旨趣，那就是为2009年正式提出“神话中国”理论命题，做出的前期铺垫和理论准备。从新兴交叉学科的意义看，则是给具有中国本土特色的人文新学科——文学人类学——的问世，所做的问题探索和个案研究尝试。

2010年夏，笔者在上海交通大学创建文学人类学研究中心。2017年冬，在文学人类学研究中心基础上，又组建起神话学研究院。2019年4月，神话学研究院协同中国社会科学院比较文学研究中心主办的学术专刊《神话中国》在北京的三联书店问世。其宗旨是拓展并完善文学人类学派独家倡导的“神话中国”理论：神话并不是归属于文学的一个子类；神话是文史哲、宗教、政治、艺术等意识形态的共同源头。神话讲述活动大大早于文字的起源，它先是伴随着人类语言叙述能力的口传文化传统，在文字起源后衍生为书面记录的最早的重要内容。驱动神话发生发展的是初民的信仰观念和想象。

"神话中国"论旨在突显中国文化的上古时期并没有经历类似古希腊文明的哲学—科学突破为标志的"轴心时代"，中国文化的特征是自古及今都被神话思维、神话观念和神话信仰所笼罩，包括"中"的神话地理观和"国"的神话政治观。主体民族"汉"的命名则起源于"天汉"的神话天文观。如果说中国有哲学，那一定是某种大大有别于西方哲学形而上思维传统的"神话哲学"；中国的正史则是一部名副其实的不断延续的"神话历史"。"神话中国"的第一神山昆仑，充分体现着华夏文明独有的万年玉石神话信仰驱动的国家级的资源依赖现象，其原型是盛产全球最优质透闪石玉即和田玉的新疆南疆"于阗南山"。从于阗南山即昆仑地区向中原文明输送和田玉的历史，便成为一部"玉成华夏"的4000年国史，其运输路径则成为德国人命名的"丝路"之中国本土原型。

回到对"丝路"的学术认知方面，正是在30年前陕西西安举办的一次学术会议（1989年6月，陕西师范大学中外文化研究交流中心举办的"长安、东亚、环太平洋国际学术研讨会"）上，笔者提交的论文《文化研究中的模式构拟方法——以传统思维定向模式为例》，基于对传统思维"东向而望"的定向模式的反思与超越意识，倡导一种向中国西部开放的反潮流新理念，并正式提出"重开丝绸之路"的理论设想。就连精神分析学的顶级释梦专家也不会预料到，30年前一个西部书生的斗胆梦想，竟然变成如今举世瞩目的现实景观。

如果说"神话中国"论要开启对中国文化的深度认知新境界，那么这种深度认知的模型，一定是始于30多年译介神话—原型理论和结构主义方法时摸索出的"模式构拟"研究范式。所不同的是，如今的"模式构拟"已经完全依据本土文化传统的现实，升格为前文字时代“大传统”与文字书写时代“小传统”对接的文化理论体系。

以上对这十部书的来龙去脉的简要回顾，或已引出某种学术发展的前瞻意识。窃以为，在如今这个文化变迁速率大大超常的时代，治学者十分需要的就是这种基于学术史自觉的前瞻能力。

是为序。

作　者

2019年4月25日于上海

导言 INTRODUCTION

文学的人类学研究

本书是作者尝试运用人类学的视野和方法发掘和研究中国上古英雄史诗的初步结果。人类学是近一个世纪以来在西方发展起来的新兴人文学科，其广泛影响已经渗透到当今人文学科的各个领域，产生了许多新的跨学科分支。在中国，文学的人类学研究早自20世纪二三十年代就已开始，闻一多先生的古神话和古典文学研究便自觉地借鉴了西方人类学、民俗学的视野与方法，形成了不同于传统治学方法的独特研究风格。郑振铎先生的《汤祷篇》是在英国人类学大师弗雷泽的《金枝》一书影响下写成的，从理论方法到参证材料都大大受惠于人类学。周予同先生在为《汤祷篇》所作的序中指出：在当时中国古史研究三大派系（疑古派、考古派和释古派）鼎足而立的情况下，作者受到《金枝》的方法的启发，自求另辟新径，为中国文史研究开创了又一门户。可惜作者忙于他务，在人类学研究方面只写了几篇文章便搁笔了。[1]从此之后，文学的人类学研究在内地未能发扬光大。新中国成立以后，由于学术封闭，人们逐渐淡忘了人类学这门学科，更谈不上自觉地跨学科研究了。可以庆幸的是，随着文化封闭状态的结束，文化人类学又以新的面目出现在

[1] 参看《汤祷篇》序，古典文学出版社1957年新版。

中国学术界，已经出版了译、介方面的学术专著、丛书数十种，唯运用人类学方法进行中国古典文学研究者尚不多见，所以本书只是一个尝试性的探索。

由闻一多先生和郑振铎先生所开辟的中国文学人类学研究，在利用人类学的广阔视野，打通原始与文明之间隔膜，刷新传统治学格局方面起到了典范作用，至今在国内学术界仍有其余响。不过，由于时代限制，他们所借鉴的人类学理论与方法，在今天看来属于古典人类学。20 世纪 30 年代以来，特别是第二次世界大战以后，西方人类学获得了长足的发展，同以弗雷泽《金枝》为代表的古典人类学相比，在方法论上有了新的发展。简单地说，当代人类学研究在方法论上的突出特征在于，将跨文化的比较分析提升到文化模式的发现与研究。[1] 与这种方法论上的变革相对应，当代人类学家对“文化”一词的理解也发生了变化：文化是通过某个民族的活动而表现出来的一种思维和行为模式，一种使该民族不同于其他民族的模式。[2] 译文略有改动。自以列维－斯特劳斯为代表的结构人类学派别兴起以来，对于单个文化的模式的识别和归纳又转向了对跨文化的人类普遍模式的研究。文化模式研究方法的提出及其发展，体现了当代人文科学向着系统研究和整合研究发展的趋势。语言学、人类学中的结构主义流派，文学批评中的原型批评和符号学派等，都是这种倾向的不同表现。

受益于当代人类学的模式分析法，笔者曾对中国上古神话宇宙观同中国哲学起源的关系问题进行研究，撰写了《中国神话哲学》一书，试图将当代人文科学的研究方法综合应用于中国古典文学和文化的研究之中。在那部著作中，笔者尝试了一种建立在模式分析基础上的“发掘”式的研究，针对中国上古文献的简略和残缺，运用原型模式构拟方法，去重构和复原已经失传埋没或丧失本义的上古神话，整理出中国神话宇宙观的时空象征体系。这里

[1] 参看皮科克（J.Peacock）：《人类的方向》，1980 年英文版，第 1 章。
[2] 参看维克多·埃尔：《文化概念》，中译本，上海人民出版社 1988 年版，第 5 页。

的《英雄与太阳》可以说是这种“发掘”式研究的继续。本书在方法论上仍然遵循原型模式分析的基本原则，即试图从可经验的文学（文化）对象的表层分析入手，探讨不可经验的，但又实际存在着并主宰、决定着表层现象的深层结构模式，进而从原型的生成和人类象征思维的普遍性方面对这种深层模式做出合理的发生学阐释，力求在主体—人的（思维）心理结构和客体对象的结构之间的对应关系中，把握某些跨文化的文学现象生成及转换的规律性线索。

笔者这种旨在沟通中西学术研究方法的尝试成功与否，尚有待于读者和学界同仁的批评与判断。有中国特色的文学人类学研究能否在我国建立起来，更有待于大家的努力。是所望焉。

第五篇 源流

第一篇 导论

THE FIRST PART

第一章

战马英雄

- 英雄史诗的概念
- 上古印欧史诗
- 中古欧亚史诗
- 战马英雄：游牧文化的原型范式

一、英雄史诗的概念

史诗（epic）又称英雄史诗，是西方文学批评理论的传统术语，指“在大范围内描述武士和英雄们的业绩的长篇叙事诗，是多方面的英雄故事，包括神话、传说、民间故事与历史”[1]。这一定义表明史诗既有虚构的神话的和诗的成分，又有非虚构的历史事件的成分。正是这种神话与历史、虚与实的奇妙组合，使史诗成为人类发展史中一种独一无二的文学样式。

现代西方学者将史诗区分为两种基本类型：

（1）原生史诗，即口头流传下来的原始民间创作的史诗（包括由一个或众多文人加工整理的民间史诗）。如巴比伦的《吉尔伽美什》、古希腊的《伊利亚特》和《奥德修纪》、印度的《罗摩衍那》和《摩诃婆罗多》、藏族的《格萨尔王传》、北欧的《旧埃达》、英国的《贝奥武甫》等。

（2）派生史诗，即由文人独立创作的史诗，未经过民间口头流传阶段，一开始就写定为文字形式。这类史诗始自古罗马诗人维吉尔的《埃涅阿斯纪》（又译《伊尼德》），以后有卢卡努斯的《法尔萨利亚》（一称《内战记》）、作者未详的法国中古史诗《罗兰之歌》、意大利塔索的《被解放的耶路撒冷》、英国弥尔顿的《失乐园》、法国维克多·雨果的《历代传说》等。

史诗这个词在运用中还有一种广义的理解，泛指大型的叙事文学作品，包括诗体的和散文体的作品。按照这种理解，像俄国托尔斯泰的长篇历史小说《战争与和平》亦被划入史诗的范畴。[2]

本书的主题是英雄史诗，书中所使用的史诗概念一般限定在第一种类型即原生史诗的范畴以内，不涉及广义的史诗。要说明的是，在当今的批评实

[1] 卡顿（J.A.Cuddon）：《文学术语词典》，1979 年英文版，第 225 页。
[2] 参看麦钱特（P.Merchant）：《史诗》，1971 年英文版，第 1 页。

践中，史诗作为术语，其含义已经不限于英雄史诗，许多非英雄题材的诗体神话作品和民间叙事作品亦称为史诗，如巴比伦的《创世史诗》（又译《埃努玛·埃利什》）、我国纳西族的《创世纪》、拉祜族的《牡帕密帕》、撒尼族的《阿诗玛》、傣族的《葫芦信》等。这些叙事作品产生的原因和条件与英雄史诗是有区别的。

英雄史诗的早期发生伴随着人类自原始向文明的历史进程。通常把各民族自原始氏族社会向文明社会的演进时期称为“英雄时代”。这是相对于“神的时代”和“人的时代”而言的中间过渡时代。西方历史哲学之父维柯在其《新科学》一书中以这三个时代的划分为基础，试图概括人类各民族文化发展的规律过程：

这三个时代的划分是由埃及人传给我们的，埃及人把世界从开始到他们的那个时代所经历的时间分为三个时代：（1）神的时代，其中诸异教民族相信他们在神的政权统治下过生活，神通过预兆和神谕来向他们指挥一切，预兆和神谕是世俗史中最古老的制度；（2）英雄时代，其时英雄们到处都在贵族政体下统治着，因为他们自以为比平民具有某种自然的优越性；（3）人的时代，其时一切人都承认自己在人性上是平等的，因此首次建立了一种民众（或民主）的政体，后来又建立了君主专政政体。[1]

从现代的高度审视维柯的三时代说，英雄时代正值人类文明的开端期，这一时代的突出特点在于，由于社会变更、民族冲突所导致的战争成为时代生活中的主要事件，战争中的领袖或英雄自然地取代了以往神话时代的天界诸神，成为文学表现的前台主角，征战所需要的尚武精神、谋略智慧和英勇

[1] 维柯：《新科学》，朱光潜译，人民文学出版社 1986 年版，第 26 页。

气概成为英雄主人公们必备的特征。这种文学对象由神到人的过渡，标志着史诗发源于神话又跨越神话的基本性质，这种情形在荷马史诗所反映的人神关系中可以得到清楚的观照。

然而，英雄时代毕竟是距离原始社会不远的时代，英雄史诗中的主人公自然又不同于后代文学中普通的现实人物，而是或多或少带有神话色彩的超凡绝伦的英豪，他们在本民族的形成和发展中所建立的丰功伟业，尤其是征服异族敌人的辉煌武功和战胜自然暴力（常化身为各种妖魔鬼怪）的除害事迹，乃是英雄史诗所共有的主题。

现代人类学的田野作业扩展了史诗研究的视界，使我们对于史诗的产生及其原始功能有了新的理解。被后人当作是文学作品和审美对象的史诗，在很大程度上同神话一样，在其所由产生的社会之中发挥着宗教的、政治的和教育的功能。史诗最初的演唱者往往不同于一般的民间艺人，而是兼有宗教身份的巫师或祭司。史诗的演唱也需有特定的仪式场合，特别是在战斗之前，其目的不在于欣赏和娱乐，而在于鼓舞士气，激发尚武精神，追忆英雄祖先的动人业绩，为战士们提供理想的英雄行为的典范，教导他们效法先辈，在战争中做出英雄行动。[1]为了达到上述效果，史诗的演唱要在庄重的宗教气氛中进行，演唱者兼有仪式表演性的功能。如法国藏学权威石泰安在所著《藏族〈格萨尔王传〉与演唱艺人研究》一书中指出："很清楚，演唱艺人的本质是纯粹属于宗教性质的，他处于神灵附体的状态中。在这种状态中，他直接化身为史诗中的英雄或别的人物，而以他的嘴来讲话，或者他在一定时间内表演出英雄人物的伟业……这是一位通神者，一位神灵赖以'下降'到他身上的演讲'工具'。"[2]从这一角度看，英雄史诗在初民社会意识形态中

[1]《新大英百科全书》，1974年英文版，第6卷，第906页。

[2]石泰安（R.A.Stein，又译斯坦因）著作中文节译。见中国社会科学院少数民族文学研究所编：《民族文学译丛》第1集，北京，1983年版。

的性质与英雄神话（即以文化英雄为主人公的神话）十分相近，其文学渊源关系十分明显。就文学自身发展演变的意义而言，可以说英雄史诗是英雄神话的某种更为“人化”和历史化的置换形式。

英国学者拉格莱（Lord Raglan）曾归纳出英雄神话惯用的母题模式22项，对于理解英雄史诗的母题结构构成很有帮助：

（1）英雄的母亲是一位王族血统的处女，（2）他的父亲是国王，并且（3）通常是英雄的母亲的近亲，但是（4）英雄的受孕是不寻常的，而且（5）他也被认为是某一位神的儿子。（6）当他降生之际，父亲或外祖父企图杀掉他，不过，（7）他被神秘地带走了。（8）在一个遥远的异国为义父义母收养，（9）我们对这个孩子的童年一无所知。（10）成年后他回到或来到他未来的王国，（11）在战胜了某一国王或者一个巨人、一条龙，或一只野兽以后，（12）他同一位公主结了婚，这位公主常常就是前任国王之女。然后（13）他成为国王，（14）他平安无事地统治了一段时间，并（15）制定了法律。但（16）后来他失去了众神和他的臣民的支持，（17）他被从王位上和王城中赶了出来。以后，（18）他神秘地死去，（19）通常在某一山顶上。（20）他的孩子，如果有的话，未能继承他。（21）他的尸体没有被埋葬，但是（22）他却有一个或多个圣墓。[1]世界各地的许多神话英雄的生平业绩都与这个模式相近似，史诗和传说中的英雄也或多或少地对应这个模式中的母题，特别是（4）（5）（9）（10）（11）（12）（13）（18）（20）（21）（22）诸项。拉格莱还指出，不同的英雄神话之所以有共同的母题，在于类似的仪式构成神话叙述的基础。不少西方学者按照同样的思路考索各民族英雄史诗的仪式基础，如法国的埃米尔·米罗（Emile Mireaux）提出荷马史诗的题材源于远古的春祀仪式；英国女学者伯尔塔·菲尔波茨（Berta Phillpotts）在《〈旧

[1] 叶舒宪编：《结构主义神话学》，陕西师范大学出版社 1988 年版，第 179—180 页。

埃达〉与古斯堪的纳维亚戏剧》（1920）中认为《埃达》叙事诗脱胎于宗教仪式剧；英国历史学家列维（G.R.Levy）从死而复生神的祭仪中找到《吉尔伽美什》《伊利亚特》《罗摩衍那》等史诗的原型；美国考古学家卡彭特（Rhys Carpenter）在《荷马史诗中的民间故事、虚构和英雄传说》（1946）中论证《奥德修纪》的核心故事滥觞于熊图腾祭仪，英雄主人公则是熊图腾的后裔。所有这些研究虽未必完全确凿无误，但它们对于了解史诗的发生和史诗的性质提供了新的角度。

本书旨在考察中国上古时期汉民族的英雄史诗，但在集中展开这一考察之前，有必要先就世界各民族英雄史诗及其发生的基本原因做一概括的陈述，在此基础上区分出分别适应于游牧文明的“战马英雄”型和农业文明的“太阳英雄”型这两大不同类型的史诗模式，从而为中国上古英雄史诗的原型重构提供具有充分可比性的参照模式。

二、上古印欧史诗

印欧语系民族自上古世界传留至今的完整的英雄史诗主要有四部，即古希腊的《伊利亚特》和《奥德修纪》，古印度的《摩诃婆罗多》和《罗摩衍那》。值得注意的是，希腊史诗和印度史诗虽然产生在差异很大的社会背景中，但却由于语言和种族方面的亲缘关系［同属欧罗巴人种印度地中海类型（Indo-Mediterranean type of Europeoid race）］，多少表现出某些共同的特征。比如，《摩诃婆罗多》和《伊利亚特》都发源于一场远古大战的历史传说，颂扬战争中的尚武英雄。《罗摩衍那》和《奥德修纪》均描写英雄历险的故事，突出男主人公的道德和智慧与女主人公的忠贞。再比如，从叙述轮廓上看，《伊利亚特》和《罗摩衍那》又有结构上的类似：为了夺回一个被劫持的女人而跨海远征，攻打敌城。这一类似被西方学者视为典型的印欧文学主题。

晚近的比较宗教学研究在上古印欧文化领域取得了很大进展，法国学者迪缪塞尔（Georges Dumezil，1898—1986，又译杜梅兹尔）为印欧文学的类似母题提出了系统理论模型——三功能结构说。杜氏对印度、伊朗、日耳曼、古希腊、古罗马及北欧等印欧语系各族神话、史诗和宗教的比较研究得出结论说，印欧语系民族的神话系统表现为普遍思维结构——“三元体系”，其根源在于共同的社会结构。神界主要由主神、战神、丰产神构成三元体系，与现实社会中的祭司、武士、生产者三个主要阶层相对应，并分别体现上古印欧社会的三种社会分工之功能：宗教王权、防卫、生产福利。《新大英百科全书》中《史诗》一文的作者写道：“这三个基本原则或功能之间的相互作用构成大多数印欧史诗的中心主题：（1）宗教和王权，（2）肉体力量，（3）丰产、健康、财富、美人儿等等。”[1]在《摩诃婆罗多》中，般度王、般度五子和他们的妻子黑公主被认为是印欧思想系统中三功能神祇的人化形式，他们的对立面难敌兄弟则是恶魔的化身。整个大战故事重演着关于创世之后神与恶魔之间持续斗争的印欧神话，或者说是神话朝向英雄水平的一种换位变形。在希腊史诗中，三功能主题早在特洛亚战争开始之前，就作为大战的终极原因在金苹果之争的情节中得到明确表达：帕里斯王子在三位女神的许愿中，放弃了王权和肉体力量，唯独选择了美女海伦。此外，在波斯古经《阿维斯塔》中，在塞瑟人关于金杯、金斧和金犁三圣物的神话中，在北欧神谱和爱尔兰传说中，三功能结构论的解释也都可以适用。这种解释对于印欧史诗研究的贡献主要不在于具体结论的可信性，而在于将跨文化的比较方法引向系统观照的理论层次。

印欧史诗中产生较早的是希腊史诗，它们相传为盲诗人荷马（约公元前

[1]《新大英百科全书》，1974年英文版，第6卷，第907页。

9世纪）所作。现代学者认为，荷马如果实有其人的话，只是把曾长期在民间口头流传的诗作加工改定的职业乐师。曾附在荷马名下的失传史诗还有《小伊利亚特》《忒拜》《埃塞俄比斯》《马其茨多》等多种。《伊利亚特》和《奥德修纪》只是由于在公元前5世纪雅典宗教节日庆典中定为朗诵作品，才得以定形流传下来。“这种朗诵的结果，确定了《伊利亚特》和《奥德修纪》是荷马最好的史诗，确定了这两部史诗中许多事件的一定次序，并使这两部史诗成为雅典的公共的和神圣的财产”[1]。

《吉尔伽美什》的多种版本在当时广为流传，尽人皆知。英雄吉尔伽美什抱狮子浮雕，亚述时期，伊拉克出土，公元前800年

从文学渊源上看，荷马史诗的形式曾受到西亚史诗传统的强烈影响。这是因为，青铜时代的希腊世界与地中海沿岸的近东文化紧密相联，以至于形成了一个完整的利凡特文化区（Levant）。《吉尔伽美什》的多种版本当时在利凡特地区广为流传，尽人皆知，其中的一些情节、场面或细节直接为荷马史诗所汲取。如巴比伦史诗写到英雄在旅途中遇到海岸女巫西杜利（Siduri），后者劝英雄放弃寻求永生的辛苦旅行而代之以享乐的生活：

生活就在人们自己的手里！
吉尔伽美什哟，你只管填满你的肚皮，
不论白天黑夜，尽管寻欢逗趣；

[1] 墨雷（G.Murray）：《古希腊文学史》，孙席珍等译，上海译文出版社1988年版，第18页。

每天摆起盛宴，

将你华丽的衣衫穿起；……

《奥德修纪》写奥德修斯海上旅行途中也遇到海岛女巫喀耳刻，后者用引他参观地下冥府的方式教导他珍惜尘世的生活和享乐。此后奥德修斯又遇到女神卡吕普索，后者劝他不要再跋涉，留下与女神共享长生，但英雄执意离去，正像吉尔伽美什不听西杜利劝阻，执意去找永生之谜一样。又如《吉尔伽美什》中有主人公好友恩启都因杀神牛而触犯天神，被咒致死的情节。《奥德修纪》也写了主人公的伙伴伤害神牛后遭到天神惩罚，被雷电击死的情节。又如《伊利亚特》写阿喀琉斯在好友帕特洛克罗斯阵亡后痛不欲生，滚在地上，抓起泥土撒到头上，不停地撕扯自己的毛发，吼叫之声震动山海。这一场面在《吉尔伽美什》中也可看到：恩启都死后，吉尔伽美什痛悼战友——

就像狮子一样高声吼叫，

就像被夺走子狮的母狮不差分毫。

他在朋友尸体前不停地徘徊，

一边把毛发拔弃散掉，

一边扯去、摔碎身上佩戴的各种珍宝。

尽管有这些相似的母题和场面，但希腊史诗的发生毕竟有希腊史前史上的真实事件为其故事基础，这就是著名的特洛伊战争。特洛伊人是古代东方许多部族的霸主，其王都建在小亚细亚西部沿海的伊利昂。1873 年 6 月，德国考古学家施利曼（H.Schliman）在小亚细亚的希萨里克发掘出了古城伊利昂的遗址。它曾在公元前 2000 年到公元前 1000 年间至少被焚毁过九次，其中第七次被毁可能就是希腊联军同特洛伊人冲突的结果。古代西方通往东方的必经之地恰在黑海，伊利昂城的位置对于控制黑海一带的交通枢纽至关重要，为了获得东方的粮食和财富，地中海东部人民不惜一次次渡海去攻打这个要塞，荷马史诗所写的特洛伊大战只是这些上古东西方战争中的一次。由此可以说明，荷马史诗的基本题材来自不同民族之间的文化冲突。

《伊利亚特》集中描写特洛伊战争第十年中 51 天的故事，突出刻画希腊联军中的英雄将领阿喀琉斯的形象。《奥德修纪》取材于战后希腊联军渡海返乡的经历，主要刻画的是另一位以足智多谋而不是以武勇强悍为特征的英雄奥德修斯，他同部下在大海上漂流历险，十年后才重返家园，同忠贞不贰、等候自己已达 20 年之久的妻子团聚。

从思维方式和文学表现方面看，荷马史诗与巴比伦史诗那种粗线条的叙事和隐含不露的象征思维截然不同，荷马以精细具体的细节描绘使叙述中的一切像实在的一样呈现在读者面前。德国学者奥尔巴赫（Erich Auerbach）曾以诗中有关奥德修斯乔装回家后老管家为他洗脚时认出儿时留下的伤疤的描写为例，将荷马的这一特色概括为“外显化”（externalized）：荷马文体的根本宗旨在于以完全外显化的形式表现种种现象，使叙述中的各个部分具体可感，人、物、情节及相互关系秩序井然，人物心理的刻画亦通过语言加以外显表现，主人公即使在非常激奋的状态下仍能有条不紊地发泄其内心深处的情感于言语之中；不向别人说的隐情则表现为内心的自言自语。总之，作品中“从未有一个现象是片段不全或半暗不明的，也从未有空缺、晦涩或未经探测的隐处”[1]。荷马史诗特有的格律是扬抑抑格六音步诗行，无尾韵，但节奏感很强，便于传声朗诵。

荷马史诗在西方古典文学中一直享有最高楷模的地位，塞缪尔·约翰逊甚至说整个欧洲文学不过是荷马作品的一系列注释。古罗马诗人维吉尔（公

[1] 奥尔巴赫（E.Auerbach）：《模拟：西方文学中现实的呈现》，英译本，第 1 章。

元前 70 至公元前 19 世纪）借鉴荷马史诗而创作的《埃涅阿斯纪》，写特洛伊英雄埃涅阿斯在国都陷落后辗转漂泊到意大利创建罗马国家的业绩，成为后世文人史诗的典范。

维吉尔的这部史诗是适应罗马帝国统治者的政治需要而撰写的，诗人试图通过主人公的英雄业绩为帝国统治者追溯神圣的血统渊源。因此，埃涅阿斯被写成一个神化了的人物，这位特洛伊战争中的幸存者不仅命中注定要担负起拯救民族危难，创建罗马国家的历史大任，而且被表现为替全人类执行神意的英雄。同为好勇斗狠的武将，埃涅阿斯同阿喀琉斯有很大区别。古代人那种天真可爱的蛮勇和质朴在维吉尔笔下已荡然无存，代之而来的是一种信徒式的虔诚。阿喀琉斯的英勇和任性，是一种天生气质，尽管他也是神的后代，对天上的神却常常不敬。激怒之下，他不但敢于骂神，还能斗胆打伤神。埃涅阿斯也很英勇，但他的英勇在很大程度上来自对神的虔信：既然神已预先决定他取胜的必然性，那还有什么敌人值得畏惧呢？同为地中海上漂泊求生的英雄，埃涅阿斯又同奥德修斯相差万里。后者凭着自己的智慧和坚强，克服重重艰难险阻，终于回到祖国；而前者虽然也经历了艰苦的航行，但只不过是个命运的忠仆，在神的安排下亦步亦趋地从灾难走向光荣。奥德修斯面对纠缠妻子的一群无赖，曾拍着胸膛告诫自己：“忍耐吧，我的心，你曾忍受过更大的痛苦。”这句表现英雄自我克制心理的独白经过古希腊哲学家苏格拉底的称引和赞扬[1]，在将近 1000 年之后又以公开训导的方式出现在埃涅阿斯口中时，已近乎斯多噶哲学的宣教了：

同伴们，我们不是没有经历过痛苦的，我们忍受过比这更大的痛苦，神会结束这些痛苦的。

[1] 见柏拉图《理想国》卷二。

仅此一种区别，我们便不能赞同别林斯基的如下见解：维吉尔只是“盲目模仿”荷马。维吉尔用神化了的英雄人物颂扬罗马帝国的先祖，突出表现了强调责任、义务和个人献身于国家的罗马精神。正因为这样，他本人成了基督教统治下欧洲中世纪唯一受到特殊推崇的古典诗人。其文人史诗的影响甚至超过了荷马史诗。直到 14 世纪，但丁著《神曲》时，维吉尔仍被奉为导师和引路者。

印欧语系的雅利安人的另一支在史前期向南游牧迁徙，经伊朗高原，在大约公元前 14 世纪到达南亚次大陆，征服吞并了当地的定居民族，发展起新的民族国家。印度梵语文学史的第一个时期是吠陀文学时期，当时的作品均以宗教文献的形式保存下来。第二时期是史诗时期，《摩诃婆罗多》和《罗摩衍那》是这一时期文学的主要成就。

《摩诃婆罗多》相传为广博仙人所作，但这个人物的可信性比荷马还要小。这部大史诗曾被视为世界第一长诗，共 18 卷 10 万颂，20 万行，比两部古希腊史诗加在一起还长 8 倍。其内容包罗万象，集古印度神话传说和宗教哲学之大成，号称诗体百科全书。它的地位超过了各种著作，取得了经典的资格，对印度文明影响之大，有如西方的《圣经》。这样一部巨著不是一人一时之作，成书过程在公元前 4 世纪到公元 4 世纪，历时约 800 年。《摩诃婆罗多》的意思是“伟大的婆罗多族”。婆罗多是古代王者之名，其后代分为持国和般度两个家族，为争王位而引起冲突，最终导致了一场 18 天的大血战。般度族五兄弟幸免于难，长子继承了王位。作品的中心故事是这场大战，在叙述战争的前因后果以及每个重要人物的活动时，以插话的形式收入了许多游离于中心故事之外的神话传说，其中著名的有《那罗传》和《莎维德丽传》，可构成独立的作品。正是这些节外生枝的插话，使《摩诃婆罗多》的叙述风格不同于希腊史诗，形成异常庞大的松散结构。

《罗摩衍那》相传为蚁垤所作，如果确有其人的活，一定同荷马一样是史诗的最后改编加工者，成书过程自公元前4世纪至公元2世纪。《罗摩衍那》意为罗摩的故事，主人公罗摩近似于维吉尔笔下的埃涅阿斯，被描绘成全民族的理想化英雄，基本上是一个被神化了的人物。罗摩是大神毗湿奴化身降生的十车王的长子，因宫廷斗争被放逐到南印度森林14年，其妻悉多执意随夫流放，不料被楞伽（有学者考证为斯里兰卡）王罗波那劫持，因而引起战争。罗摩靠神猴哈奴曼帮助，终于渡海攻陷楞伽城，夺回妻子悉多，胜利归国为王。“同样是为失去一个女人而引起战争，希腊的史诗是以海伦的妇人之美丽和可爱来迷醉西方世界；印度史诗的悉多却以妇人的忠贞和贤淑来感动印度人民”[1]。就此而言，印度史诗更多地表现了作者的道德理想主义，男主人公罗摩的忠孝与女主人公悉多的贞节均被后世奉为道德楷模。就印度两大史诗的风格差异而言，“《摩诃婆罗多》以雄壮胜，是阳刚的美；《罗摩衍那》以细致胜，是阴柔的美。像《摩》中18日大战的场面，真似大海的波涛汹涌。在赌场中德珞帕娣的激烈抗议，战事会议上克里史那的慷慨陈词，也都有排山倒海的力量。而《罗》描写十车王的死，描写罗摩与悉多的蜜月，或则悱恻动人，或则风光绮丽，有更高的文学意味。”[2]

值得注意的是，印度两大史诗虽以冲突征战为题材，但在形成过程中受到定居文明的原型范式的影响，多少融进了太阳神话的因素。如《摩诃婆罗多》中关于莎维德丽与萨蒂梵生死相恋的故事正是太阳神话的置换变体。[3]

印度两大史诗对后世印度文学产生了深远的影响，至今仍是家喻户晓的经典。印度南北各种地方语言均有两大史诗的翻译、仿作或改写本。杜勒西达斯于17世纪据《罗摩衍那》改写的《罗摩功行录》成为印度教的福音书。

---

[1] 糜文开：《印度两大史诗弁言》，《印度文化十八篇》，台北，东大图书公司1984年版，第110—112页。
[2] 糜文开：《印度两大史诗弁言》，《印度文化十八篇》，台北，东大图书公司1984年版，第110—112页。
[3] 参看季羡林、刘安武编：《印度两大史诗评论汇编》，中国社会科学出版社1984年版，第509页。

随着印度宗教及文化在南亚、东亚和东南亚的播散，印度史诗的影响也几乎遍及上述地区。仅就中国而言，汉译佛经中早有印度史诗的插话故事。《本生经》中有《摩诃婆罗多》里的一角仙人的故事，亦见于《太平广记》乃至日本的《今昔物语》。《杂宝藏经》中的《十奢王缘》和《六度集经》中的《未名王生经》，据比较研究可知，前者是《罗摩衍那》的原始故事，后者是《罗摩衍那》后增加部分的来源。神猴哈奴曼形象为中国的《西游记》提供了孙悟空的原型。《西游记》第六十八—七十一回写朱紫国国王的王后被妖劫去，孙悟空取信物去救之，故事轮廓简直是《罗摩衍那》中哈奴曼救悉多一节的缩影。至于孙悟空的神通变化，如化身入敌腹中、画地构成避邪圈等细节，均可溯源于印度史诗。[1]

综观上古印欧民族史诗，不难看出战争题材占有决定性的地位，征战中涌现出的武勇英雄成为史诗的主要歌颂对象。这一特征在中古欧亚史诗中再次表现出来。

三、中古欧亚史诗

已知的世界中古时期产生的英雄史诗主要分布在欧亚大陆各民族之中，其数量之多，远非上古史诗所能比。这是因为，上古时期只有几大文明古国完成了从原始民族公社制向民族国家的过渡。而在中古以后，欧亚大陆的诸多民族都在冲突与交融之中逐渐走向文明国家，有的还脱离了奴隶制阶段，建立起早期封建制社会。各族之间的文化撞击和战争，为史诗的发生提供了现实基础，社会的变更与民族大迁徙给史诗的繁荣与传播创造了有利条件。

中古以后属于印欧语系各民族的史诗有：约公元600年产生于德国南部

[1] 参看日本《万有大百科事典》“摩诃婆罗多”条；糜文开：《〈罗摩衍那〉在中国》，见《古印度两大史诗》，印度研究社1950年版，第255—277页。

的日耳曼史诗《希尔德布兰特之歌》，取材于公元 5 世纪后期日耳曼人推翻罗马帝国统治后的征战与迁徙；8 世纪在不列颠写成文字的盎格鲁 - 撒克逊民族史诗《贝奥武甫》，以追忆的方式叙述了该民族迁徙之前在丹麦和瑞典南部时的历史和英雄传说；9 至 13 世纪之间写定的冰岛《旧埃达》中的短英雄史诗，记述了 4 至 6 世纪欧洲民族大迁徙时哥特人的国王埃曼纳立克、匈奴人的国王阿梯拉以及其他北方英雄的故事；12 至 13 世纪间用中古高地德语写成的文人史诗《尼贝龙根之歌》，取材于欧洲民族大迁徙后期匈奴人和勃艮第人争战的历史；12 世纪末成书的俄国英雄史诗《伊戈尔远征记》，取材于 1185 年罗斯王公伊戈尔的一次失败的远征，其敌人是来自中国北部的占据了黑海岸的突厥族波洛夫人；约写于 1140 年的西班牙英雄史诗《熙德之歌》，歌颂的是战胜摩尔人统治的英雄将领熙德；11 世纪末成书的法国史诗《罗兰之歌》，歌颂查理大帝（在位期间为 768—814 年）的外甥罗兰骑士在进攻信奉伊斯兰教的马席勒国王的战斗中遭伏击而阵亡的英勇事迹。所有这些欧洲中世纪史诗，几乎都是以民族大迁徙或大争战为背景和题材，其征战的敌对方面又往往是亚洲民族，特别是属于阿尔泰语系的游牧民族，如匈奴和突厥。因此可以说，是中古时期的东西方不同民族和文化之间的冲突，尤其是源自中亚草原的游牧民族文化同欧洲各民族之间的冲突，为中世纪一大批英雄史诗的发生提供了土壤。

作为这场历时长久的文化大冲突的另一方，阿尔泰语系诸游牧民族也在长期的动乱和征战中催生了众多的英雄史诗。其中可以划入中国文学范围的有流传在新疆一带的柯尔克孜族英雄史诗《玛纳斯》（产生于 10 至 16 世纪）；流传于新疆和蒙古地区的英雄史诗《江格尔》；哈萨克族英雄史诗《阿勒帕米斯》《英雄塔尔根》；羌族史诗《羌戈大战》；维吾尔族史诗《乌古斯可汗》等。此外还有属于汉藏语系藏缅语族的巨型史诗《格萨尔王传》。它产生于公元 11 世纪，广泛流传在我国的西藏、青海、四川、云南、甘肃五省区，目前已收集到60余部，150万行，远远超过《摩诃婆罗多》，成为世界上最长的史诗。

对于上述被持欧洲中心主义观点的西方文学史家长期忽略的东方史诗的发掘和研究，现在已在国际学术界引起重视。苏联学者特·博尔查诺娃的《关于蒙古—卫拉特英雄史诗的体裁特征》（1978）借鉴普洛普《民间故事形态学》的结构分析法，将蒙古史诗的共同结构分为作八个部分：开场、希望找到未婚妻、启程远征、途中经历、斗争和胜利、消除不幸和灾难、返回家乡及英雄的婚礼。德国学者瓦·海希西则运用“AT分类法”详细剖析了蒙古史诗的母题结构类型，归纳为14项：

（1）时间，（2）英雄的出身，（3）英雄的家乡，（4）英雄本人，（5）与主人公有特殊关系的马，（6）启程远征，（7）助手及朋友，（8）受到威胁，（9）仇敌，（10）遇敌作战，（11）英雄的机智和魔力，（12）求婚，（13）婚礼，（14）返回家乡。[1]

海希西的母题研究对于确认阿尔泰史诗的特征及源流具有重要意义，也为各民族中古史诗的比较研究提供了相对普遍的理论模型。母题结构的第（5）项涉及战马与主人公的关系，这是我们深入了解中古欧亚史诗的重要线索，将在下文中展开专门探讨。

四、战马英雄：游牧文化的原型范式

从世界的范围探讨英雄史诗发生的规律性因素是富有启发性的。也只有

[1] 瓦·海希西：《关于蒙古史诗中母题结构类型的一些看法》，中译文，见《民族文学译丛》第1集，第352—375页。

从这种跨文化的视野之中，我们才能获得一种“登泰山观鲁”的观照高度，进而去探讨中国上古英雄史诗的类型问题。

从以上的陈述中可以看出，不论是上古时期还是中古时期，世界范围内的史诗发生主要集中在欧亚大陆。从文化地理学的角度说，这一现象足以启示我们，史诗的发生与文化的运动和撞击密切相关。在被大洋隔离于世界一隅的非洲、美洲和大洋洲，由于那里主要居住着相对单一的原始住民，缺少大规模的民族冲突和战争，文明的发生经历了较为独立、平静的过程，因而缺乏长篇英雄史诗诞生的社会土壤，使这些地区的史诗创作未能像神话一样充分发展起来。当然，上述判断并不绝对意味着这些地区就根本没有产生过英雄史诗，像墨西哥古代印第安人的《羽蛇》传说，就可以看作是具有史诗性质的民间口头创作，下文中探讨中国上古史诗时还要附带提到。相比之下，欧亚大陆众多民族的不同文化由于地理上的联系，在各自历史发展的过程中往往要突破其原始的居处疆域而做空间上的生存拓展或种族大迁徙，由此而导致的文化运动与冲突远较美洲、非洲和澳洲要频繁得多、激烈得多，这也就为各民族英雄史诗题材的发生提供了现实的社会条件。像荷马史诗《伊利亚特》和印度史诗《摩诃婆罗多》中所集中描述的大规模征战，正是伴随着欧亚大陆南北两端的文明古国的诞生而出现的历史现象。如人类学家所言：“在早期文明中，战争的迹象很普遍。城市筑垒设防，文献列举群体之间的许多战役、袭击和战争，柱标上、绘画上和楣画上描写着许多战斗场面：胜利的君王和被俘的战争囚犯。不断增长的人口和随之而来的食物耕地的稀少，往往导致文明国家之间，或者部落游群与国家之间对边界及土地的争端。公开战争往往得到发展。”[1] 由于战争成为当时社会生活的主旋律，原始的民族社会向文明社会的过渡也相应地采取了准军事的社会组织形式。《伊利亚

[1]［美］威廉·A·哈维兰：《当代人类学》，中译本，上海人民出版社 1988 年版，第 232 页。

特》中的老英雄涅斯托尔劝告阿伽门农，要他按照部落和胞族编制军队，以便部落与部落之间、胞族与胞族之间能够相互支援照应，加强整体的战斗能力。当时的社会让每一个自由民都自然是一名战士，没有凌驾于社会组织之上的独立军队，因而胞族和部落也就是准军事单位。由这样一些部落联合起来构成的民族自然也具有军事集团的素质。恩格斯在《家庭、私有制和国家的起源》中写道，在荷马史诗中可以看出，“古代部落对部落的战争已经开始蜕变为在陆上和海上为攫夺家畜、奴隶和财产而不断进行的抢劫，变为一种正常的营生，一句话，财富被当作最高福利而受到赞美和崇敬，古代民族制度被滥用来替暴力掠夺财富的行为辩护”。同一个涅斯托尔，在动员希腊主将阿喀琉斯出战时便是鼓励他通过掠夺战争以获得财富。史诗的作者通过人物的言行所表现出的对战争本身的热情颂扬态度，同后世文学中普遍表达的反战主题是大相径庭的。战争需要武力和征服，这也是欧亚大陆各民族英雄史诗普遍夸耀的基本题材。值得注意的是，在阿尔泰语系诸民族的英雄史诗中，作为主人公非凡武力之标志的战马成为一个突出表现的重要母题。前述海希西归纳出的蒙古史诗的 14 个母题中的第（5）项便是“与主人公有特殊关系的马”。表面看来这是一个无关紧要的母题，但实际上它的重要性足以揭示整个游牧民族英雄史诗发生的社会基础。不言而喻，在所有这类游牧文化中诞生的英雄形象几乎没有例外都是马背上的英雄。柯尔克孜族的英雄史诗的主人公玛纳斯的一句名言似可代表一切骑马英雄：

要是徒步行走，我便成了一条不能直立的狗。

“要是徒步行走，我便成了一条不能直立的狗。”
骑马民族的模拟像，韩国首尔，国立博物馆

事实上，马在游牧民族的史诗中不只是一种载人的运输工具，简直就是英雄战斗力不可分割的组成部分。在一些生死攸关的时刻，常常是马——通晓人类智慧和语言的、通神性的马——救了主人公的命，使整个战局发生根本性的转变。唯其如其，史诗的作者们才不惜笔墨地围绕着主人公的马大做文章，使之变成了潜在的第二主人公。仅以海希西所归纳出的子母题为例，就有主人公唤马、借魔法招徕坐骑、遭马拒绝、擒马、相马、缰绳、马鞍、马鞍带、马的颜色、大小、小马的出生、马对主人公的忠告、马通晓人言、天马行空、马作战、马被俘、马逃脱、帮助主人、马的哀悼、马提供情报、马进行威胁或受到威胁、赛马等细目。这些细节说明了欧亚内大陆中古时期游牧民族所赖以生存的马的至关重要性。正是这些骑马民族在东起兴安岭、南至喜马拉雅、西到里海和黑海之间的广阔草原地带的东西往返运动，在实质上把欧洲和亚洲的历史连成了一个整体。也正是这种马背上的文化运动所导致的文化冲突催生了中古以降的欧亚诸民族的大部分英雄史诗。

20 世纪初，英国皇家地理学会副会长麦金德在其影响深远的论著《历史的地理枢纽》中首次指出，以阿尔泰山为中心的欧亚内大陆草原地带，包括我国的新疆、蒙古一带，曾经是整个世界历史的枢纽区，那些活跃在这一地区的尚武好勇的骑马民族以其高度机动性的战争生活方式，实际上沟通了东西方的定居农业文明和城市文明。麦金德要求西方的学者们把欧洲文明史看作属于亚洲的历史，“因为在非常真实的意义上说，欧洲文明是反对亚洲人入侵的长期斗争的结果。”[1] 文明间的对抗和冲突沿着绿色枢纽区的边缘不断展开，使中古的草原文化也成了世界著名史诗发生的第二个黄金时期。如我友姚宝瑄先生所述，公元 4、5 世纪以降，来自中国西北与北部草原地带的月氏人、乌孙人、匈奴人、哌哒人先后由于几乎全然相同的民族争战的原因，

[1] 麦金德：《历史的地理枢纽》，中译本，商务印书馆 1985 年版，第 46 页。

向中亚、北印度、西亚乃至东欧迁徙。这些草原民族驱动战马，踏起烟尘，驰骋在印欧语系民族的中间地带，他们以突如其来的疯狂的马队和战刀把印欧语系的文化区域分割为彼此隔绝的两个地带。月氏人西驱塞种人，南下印度。匈奴人占领了东欧的桥头堡地区，使整个欧洲为之颤动。与匈奴人的撞击，产生了日耳曼民族的《尼伯龙根之歌》等史诗的胚胎。源于阿尔泰山麓与蒙古高原的突厥族扬鞭西征，以中亚、里海、黑海和土耳其斯坦为立足点，跨越地中海直逼南欧，并与阿拉伯人一起，向西班牙、法国进击。这一撞击，产生了法国的《罗兰之歌》、西班牙的《熙德之歌》等英雄史诗。突厥族的势力北进东欧后，迫使罗斯公国王公伊戈尔出兵抵御，不料遭到惨败，但这一历史事件却使《伊戈尔远征记》这部英雄史诗成为俄罗斯文学史上光辉的起点。而突厥民族自身也产生了史诗《乌古斯可汗》等。[1]

世界史诗发生的第二黄金时期使我们进一步意识到，单一的生态环境中和平发展起来的孤立的、封闭的文化群落是极不利于产生英雄史诗的。即使是流动性的游牧生活方式本身也不足以为英雄史诗的诞生提供必然条件。因为欧亚内大陆的绿色草原文化带早在上古时期就已经形成了，而那时却没有产生出一部史诗。“考古学的知识告诉我们，欧亚内大陆的原始游牧民在从前四千纪后半期开始的近千年的漫长岁月里，在东起兴安岭，西至东欧草原的空旷而单调的环境中，一直和自己的畜群一块，过着朴素、孤独、单一的和平生活。长时期地被维持在如此辽阔的地域中的那种经济和

战马英雄。古罗马壁画残片。罗马国家大浴场

[1] 参看姚宝瑄：《世界史诗的文化地理枢纽》，《晋阳学刊》1990年第5期。

文化的单一、同质状态，几乎根本没有什么年代差别和地域差别”[1]。在这种物质生活和精神生活均不发达的环境中，原始游牧民们没有给后人留下任何值得记忆的文学作品或宗教作品。“他们的尸体浅浅地埋在土中，坟墓没有任何标志。可能，也没有随葬品。根据缺少兵器和没有防卫设施的情况来看，他们之间也没有多少斗争。当时的人口也许尚很稀少，他们像海上的渔民一样，散居于迷茫的旷野，自由地各自游牧。大概争夺牧场的争斗也还没有出现”。[2] 由此看来，世界的上古英雄史诗出现在民族大迁徙频繁、战争连绵不断的古印度和古希腊，而没有出现在绿色草原文化之中，便不是偶然的了。

草原游牧民族之所以能在中古时期一跃成为世界历史前行的重要推动力量，把单一、平和的广阔草原地带改变为连通东西方文化的交通枢纽区，并用自己的马上战争及由此带来的民族大迁徙和文化大撞击催生出欧亚各民族的中古英雄史诗，这同骑马术的出现是分不开的。

当雅利安人经历了走向民族国家的战争历程，分别在希腊半岛和印度次大陆发展起定居的农业文明和城市文明，逐渐改易了那种以武力掠夺财富为荣的好战习性之后，倒是学会了骑马术的草原游牧民们秉承了这样的掠夺价值观念和尚武好战的习性。在四边急剧发展起来的农耕经济和城市文明的影响和刺激之下，“欧亚内大陆原始游牧民对物资的欲望意识，就这样苏醒了。他们知道，在城市文明地区，人们为了得到物资而进行贸易，在运送地方特产的过程中，可以取得贸易中的好处。但是，他们是贫苦的牧人，除了兽畜以外，他们没有任何能做交换材料的东西。他们觉悟到，除了诉诸武力，掠夺自己欲求的东西以外，没有其他道路。……这样，首先是城市文明刺激了他们的物欲；掠夺战争又使他们懂得了兵刃，他们已经变成在对培育了城市

[1] [日] 江上波夫：《骑马民族国家》，张承志译，光明日报出版社 1988 年版，第 7 页。
[2] [日] 江上波夫：《骑马民族国家》，张承志译，光明日报出版社 1988 年版，第 7 页。

文明的农业区的侵寇作战中赌死拼命的勇敢战士”。[1]一旦这些好勇斗狠的战士跨上了马鞍，成为掌握骑术的武装力量，他们便像通了神一样的游动之师，给农耕文化居民带来势不可挡的巨大威胁。

尽管有报道说，小亚细亚的库尔蒂皮曾经出土了公元前3000年中叶的骑马人像[2]，但骑马术在游牧民中的普及应用却要晚得多。从中国本土的材料来看，殷商时代已有相当发达的养马技术。从甲骨文记载中可以找到多种马的名称。当时的马主要以毛色来区分，如铜色、白色、赤色、深黑色、黄色、杂色等；也有概括马的外形或特性的字。除了相马术以外，马匹“去势术”也已发明。[3]至于商人是否已掌握骑马术，目前尚无定论。传统的观点认为骑术始自东周时。《左传·昭公二十五年》：“左师展将以公乘马而归。”《正义》云：“古者服牛乘马以驾车，不单骑也。至六国之时，始有单骑。苏秦所云：车千乘，骑万匹是也。”《礼记·曲礼》：“前有车骑，则载飞鸿。”《正义》云：“古人不知骑马，经典无言骑者。今言骑者，当是周末时礼。”后代不断有学者提出异议，如明代顾炎武认为，《诗经·大雅·绵》中称“古公亶父，来朝走马”，古代用马驾车，不应称“走”，这里所说“走马”当指骑马。古公之国，邻于戎狄，其习尚有相同者，显然是

商代人是否掌握骑马术，尚无定论。后代东亚人普遍把马列入12生肖。马生肖石像，首尔，国立民俗博物馆

[1]［日］江上波夫：《骑马民族国家》，张承志译，第8页。
[2]［德］利普斯：《事物的起源》，汪宁生译，四川民族出版社1982年版，第182页。
[3]王宇信：《建国以来甲骨文研究》，中国社会科学出版社1981年版，第151—152页。

向游牧民学来的。[1] 这就是说西周初年汉族已学会了骑马。近来还有的学者利用甲骨文中新辨识出的“骑”字以及《易・屯・六四》“乘马班如，求婚媾”的记载，论证商代人已开始骑马代步、骑马猎战了。[2] 但从普及的情况来看，春秋战国时代的战争技术还主要停留在用马驾车的阶段，骑兵显然还很少见，否则便不会把赵武灵王胡服骑射的事件当成特异情况而大书特书了。

相对而言，古公亶父所仿效的戎狄和赵武灵王所仿效的“胡人”显然更早地普遍采用了骑马术，他们正是由原始的草原游牧民演化而成的骑马民族。日本民族学家江上波夫深刻地指出，骑马战术的出现，不仅是战争史上划时代的事件，在人类史上也有着不可估量的意义。它不仅对欧亚内大陆游牧民的骑马民族化和开展对外扩张战争提供了决定性条件，而且，连阿拉伯民族伊斯兰文化的发展、蒙古民族的兴起、欧洲人对美洲大陆的征服，也全是因为有了这种骑马战术才具备了可能性。毫无疑问，世界中古史诗群中的那些与战马相依为命的主人公们，也全是因为有了这种骑马术才有可能成为驰骋在这一时期的历史疆场上的英雄。无怪乎战马的母题不约而同地出现在这些史诗故事中，乃至成为神灵的化身，直接决定着主人公命运的升降和战争的胜败。

在喀尔喀史诗《窝迪莫尔根》中，英雄中了敌人奸计，跌进陷阱而死。他的通晓人言的战马挣脱锁链而逃走。马知道天国可汗有一个六丈长辫子的金发女儿掌有起死回生术，便飞入天庭，设计带走了可汗女儿，让她使主人公的尸骨愈合，恢复了生命。布里亚特史诗《阿拉坦沙盖夫史诗》中，死去的英雄的坐骑把他的尸体带到安全的地带，藏在一个山洞里，然后跑到那嘎台巴颜汗的女儿哈扎额仁塔尔巴吉那里，逼迫她为主人公施展起死回生术。公主在主人公复活后化为夜莺飞走了，战马又帮助主人公对另一勇士吉尔高

[1] 顾炎武：《日知录》卷二十九。

[2] 温少峰、袁庭栋：《殷墟卜辞研究——科学技术篇》，四川社科院出版社 1986 年版，第 269 页。

岱施行了起死回生，使之复活。类似的情节在蒙古史诗中屡见不鲜。美国学者伊尔塞·洛德－西尔托特斯在《蒙古和中亚突厥史诗中的几个共同点和不同点》一文中归纳说，蒙古史诗中的英雄具有神奇的能力，会呼风唤雨，与他同甘共苦、命运与共的战马也具有神奇的力量。它也有把自己和其他人变成另一种物体的非凡能力。它会讲人话，并常常具有超越主人的智力。它驮着主人克服千难万险，逢凶化吉，还能上天入地，使主人死而复生。中亚突厥史诗中的英雄与此不同，他是人而非神，没有神奇的法术力量。他的马对主人忠心耿耿，也会说话，但不具有特殊的魔力，不能飞上天。在吉尔吉斯史诗英雄玛纳斯死去的时候，他的战马的悲哀引起天使的同情，又让主人复活。[1] 这些材料表明，战马在英雄史诗中充当了神意的代表，其功能十分近似于荷马史诗中的神，尽管从表面上看它是主人公的骑乘工具。

类似的功能在藏族史诗《格萨尔王传》里表现得更为明晰。主人公的坐骑是一头红色的野驴，它是威震四方的马头神的化身，它的身体各部分是扎拉战神的栖身之所。在那摇摆不停的马尾中栖息着“克敌制胜的愤怒”的众神。它有着月光般的洁白牙齿，那里隐藏着“减轻病痛，平息恶魔”的众神。在它那兀鹰般的双耳上端是“洞察一切的神”，而在它那风车般的腿中是“掌握寿命”的战神。另外在它那铁叶般的蹄子里，还有“铲除四妖”的战神。

马之所以在游牧民族史诗中如此重要，乃是骑马术在现实生活中重要性之反映。马与马具示意图，韩国首尔，国立博物馆

从以上马的特性中可以看出，在荷马史诗中作为超自然力量而干预、决定着英雄人物行为成败的奥林帕斯诸神，在这里已经从天界移居下凡，集中

[1] 原文见原联邦德国《亚洲研究》杂志第 68 卷，海希西主编，1979 年威斯巴登版。

栖息在主人公的战马身上了。不仅如此，这匹神马除了体现原始的超自然神力之外，还体现着后起的人为宗教——佛教的无边法力："它那高高昂起的、漂亮的马头，表示它非常赞赏三宝。他那两只美丽的耳朵代表了两个最崇高的真谛。这匹马有六个感觉器官，表示它按六个波罗蜜行动。那四只舞动的蹄子，表示四种感化众生的模范行动。它那腹部的浅黄色的毛，表示它不受尘世的污染。它有时像人一样讲话，表示它理解人类的思想。有时它在天空飞翔则表示它具有魔力。……它让骑士骑在它的背上，这一点表示引导所有生物走上解脱之路。……它的外形是动物，而本质却是佛陀。"[1]

我们引述至此已足以说明，中古英雄史诗中战马的重要地位和作用实不亚于上古史诗中直接出台表演的诸神。马之所以在游牧民族史诗中具有如此的重要性，乃是骑马术在游牧民族现实生活中的重要性之反映。"不难想象，如果没有骑马战术的出现，人类的历史将变得非常不同。不能忽视，这种骑马战术在战斗中的优势地位，实际上持续了三千年左右，直至第一次世界大战飞机和坦克出现以后，它才开始变得陈旧"[2]。骑马术不光作为一种新的战斗技术增强了游牧民族的作战攻击能力，更重要的是，它的普遍采用从根本上改变了原始游牧民的生活方式，使之朝向准军事化的社会组织发展。

荷马史诗《伊利亚特》怎样建立在氏族社会解体时期的特别有利于战争行动的准军事组织型的社会基础上，前面已做了陈述。这里，考察一下中古草原文化圈中形成的准军事社会组织形式，将为我们充分理解"战马英雄"一类中古史诗的特质及其形成的现实基础提供新的视角。

以繁殖畜类为主要生产方式的游牧民们借助于骑马而获得了前所未有的机动能力。他们不像农耕民族那样依赖于土地，驱动马队远征千里之外并不

---

[1] 白玛茨仁：《根据藏文资料谈谈关于岭·格萨尔的历史、史诗和画像说方面的情况》，载原联邦德国《亚洲研究》第68卷，1979年威斯巴登版。

[2] 江上波夫：《骑马民族国家》，中译本，第9页。

是什么难事。这种随牲畜，逐水草，淡于土地观念的游牧性格在骑马术的促进之下，形成了极有利于军事行动的随时迁移性的生活方式。他们赖以维生的食物来源不是谷物，而是可以到处携带的活的物资——牲畜，从而也能够确保流动作战所需的军粮。他们所居住的不是砖木结构的固定房屋，而是可移动的、装载毡制帐篷的，又随时可以安营布阵，适应进攻、退守等战斗时需要的牛车。他们的服装与武器都是特别适用于骑战的，他们特产的乳制品，便携而耐储存，也是军旅生涯中的绝好食品。再有，干燥地带酷烈的风土所锻炼出的他们那顽健的肢体和异常的忍受饥渴寒暑的体质，都成了农业居民所望尘莫及的先天军事素质。当这些单个的骑马战士所具有的素质会集成一种准军事集团的力量时，他们也就几乎无往不胜，所向披靡了。这种集团化和组织化的结果，便是江上波夫先生所称的“骑马民族国家”的出现。这种骑马民族国家彻底改变了原始游牧民那种分散的、小家族之间相对独立、自给自足的松散社会关系，把大量游牧民集中到具有统一指挥的较小范围里，以政治、经济和血缘关系为纽带使他们联合成具有共同利害关系的活动团体。不论游牧民们是主动地自愿组成这种集团，还是由于个别英雄领袖人物用武力或权力等强制手段把他们组织到集团中来，有一点是可以肯定的，即“若是军事要求牧民必须集团化和组织化，那么军事就应该有比游牧生产更多的经济利益”[1]。事实正是如此，掠夺战争常常是战果显赫，其经济收益比之生产既多且快。

社会的准军事组织化必然意味着对外征战攻击的频繁化和习惯化。这种攻击的对象，除了诸骑马民族之间的利益之争外，当然主要是草原文化四周的农耕文明。“从各方面来看，骑马战都是对农耕民族不利，而只是对游牧民，即所谓骑马民族有利的。这就是人口只如汉之一郡的匈奴，长年成为汉帝国

[1] 江上波夫：《骑马民族国家》，中译本，第11页。

大患，使中国民众哀叹不已的原因”[1]。这种骑马文化同农耕文化的冲突从上古一直延续到近现代。在草原文化区的西边，反抗亚洲骑马民族入侵的长期斗争使欧洲文明成为一个整体。在草原文化区的东边，反抗和同化阿尔泰游牧民族（蚩尤、畎方、土方、羌方、荤粥、猃狁、长狄、姜戎、匈奴、氐羌、鲜卑、慕容、高车、铁勒、党项、厌哒、吐蕃、契丹、女真、蒙古、满族）的五千年争斗催生和促进了中华农业文明的形成与绵续。在公元13世纪，一位威震东西方的草原骑马英雄竟凭着他的快马利刀使他的后继者在这个延续了数千年的农业文明中做了皇帝，他就是被后人奉为“一代天骄”的成吉思汗。

按照他的宏大业绩和在人们心中的赫赫声威，成吉思汗完全应该充当一部英雄史诗的主角。然而，这个古老而文弱的农业文明给他留下的却只是《元史》中那几节枯干乏味的记录文字。因为这个文明早已过了它那能够催生英雄史诗的童年时代，因为这个文明自古以来就不大崇尚征伐与战争，还因为这个文明本有其自己的英雄史诗传统，尽管这部史诗没有以完整的形式流传下来，但它所提供的“太阳英雄”的原型——一个与草原游牧文化所哺养出的“战马英雄”截然不同的文化范式，却早已深深地内化在这一农业文化群落的核心结构之中，铸塑到这一民族的集体无意识之中了。相形之下，蒙古人自己撰写的《蒙古秘史》（明人误译为《元朝秘史》）与其说是历史著作，不如说是英雄史诗。把它同《元史》对照来读，很能说明具有强烈历史意识的汉民族为什么留下了世界上最丰富的史书却没有留下一部完整的战争史诗。

[1] 江上波夫：《骑马民族国家》，中译本，第13页。

THE SECOND PART

第二章

太阳英雄

在世界各民族的英雄史诗之林中，除了战马英雄一类以反映氏族、民族战争为主的作品之外，另一个重要类别是笔者称之为“太阳英雄”型的作品。太阳英雄型的史诗作品所由产生的社会土壤是高度发展的定居农耕文化以及在此基础上产生的城市文明。由于农耕文化与城市文明在社会结构组织、经济生产、日常生活方式、价值观念等诸方面均与迁徙流动性的游牧文化有很大差异，它所产生出来的文化范式也自然不是以象征着流动和战争的战马为原型，而是以象征着固定的时空秩序和宇宙和谐的太阳为原型的。

研究战马英雄型的史诗中英雄与战马之间的关系并同太阳英雄型的史诗中英雄与太阳之间的关系加以对比，不难发现一个十分有趣的现象：原始神话中的神人关系在游牧文明的史诗作品中置换为马与主人公的关系，而在农耕文明的史诗中置换为太阳与主人公的关系。一个值得注意的区别是：游牧民族史诗中主人公对神马的依赖和神马对主人公命运成败的决定作用是明确表述在作品的叙述层次中的；而农耕民族史诗中主人公对太阳的依赖和太阳对主人公命运升降的决定作用是潜在的、隐伏的，埋藏于作品叙述层次背后的深层结构之中的。因此，对构成太阳英雄型的史诗之结构基础的文化原型范式的研究和说明，有必要采取个案研究的方式，即对典型的作品进行由表及里的纵深剖析，所宜采用的分析方法乃是我们基于人类学的立场所提出的“原型结构分析法”——其入手处是作品的叙述母题层面，而其最终的归宿却是作品深层结构及其所由发生的文化心理机制。

笔者以为，中国上古英雄史诗的探讨只有真正深入到深层结构和文化心理模式的层次方可能从实质上说明问题。为此，本章拟选择一部充分体现太阳英雄叙述模式的世界上最古老的英雄史诗作为个案研究的实例，揭示此种原型模式与定居文明的生活方式及思维结构之间的因果关系，为下一步重构中国上古英雄史诗提供具有充分可比性的参照系统。

一、荷马的悲哀：英雄史诗的再发现

19世纪中叶以前的西方学者总是把古希腊荷马史诗奉为史诗的始祖和楷模。荷马不仅被看作是文学史的开端，而且还被看作是“一切流派的希腊哲学的源泉”和“整个异教世界的最早的历史家”[1]。由于西方学者惯于把西欧的历史当作世界史的源头和主体，荷马史诗的崇高地位也就为这种欧洲中心主义的人类历史观提供了最佳证据。可是，19世纪70年代的一次考古发现从根本上动摇了荷马史诗的始祖地位，从而动摇了欧洲中心主义历史观的根基。这次考古发现把被人遗忘了数千年的一部古老的英雄史诗重新展现在世人面前，这就是产生在古代两河流域的《吉尔伽美什》。

《吉尔伽美什》的发现为人类认识自身的历史开辟了一个新时代，这次发现的过程本身亦被称为19世纪的一大“荣耀”。带来这一“荣耀”的首推年轻的英国考古学家乔治·史密斯。他本来只不过是伦敦印刷厂的一名排字工，业余钻研东方古代史和楔形文字碑铭。因著名东方学家罗林逊的赏识，得以出入大英博物馆内罗氏的工作室，接触到珍贵的考古文献。1872年的一天，史密斯从一些泥板文书的残片中偶然译读出一个大洪水故事的轮廓，这个故事竟然同他从小就读得烂熟的《圣经》中上帝发洪水惩罚人类的神话惊人的相似！由于这些泥板文书属于公元前7世纪的亚述古城尼尼微的图书馆，上面记载的传说出于公元前2000年的巴比伦人，而《圣经·旧约》的编撰晚在公元前5世纪，因此史密斯断定，《圣经》中的洪水神话源出于巴比伦。1872年12月3日，史密斯在新成立的“圣经考古学会”上宣读了他所翻译的巴比伦洪水故事，引起了巨大轰动，同时也受到教会方面的围攻。为了寻求更多的证据，史密斯亲自来到古城尼尼微遗址，两次进行实地考察，

[1] 维柯：《新科学》，中译本，第448、449页。

从废墟中又搜集到了几千块泥板文书的残片。经过精心地整理复原，史密斯得出结论：这批泥板文书记载的是一部失传了的古代巴比伦史诗，泥板总数为12块，洪水故事只是记在第11块泥板上的史诗中一段插话。

《吉尔伽美什》史诗的再发现是一个沉睡了5000年的伟大古代文明之发现的序幕。继史密斯之后，考古学家们在两河流域进行了大规模发掘，使大批埋没已久的古代城市、神庙、墓葬、宫殿、艺术品和数以万计的楔形文字泥板重见天日。有鉴于这些新材料，自希罗多德至黑格尔的传统历史观为之一变，一部世界史必须重新改写了。

历史的起点不在欧洲的希腊半岛，甚至也不在北非的尼罗河畔，而在西亚的两河流域。那里产生了世界上最早的农耕定居文化群落，那里远在公元前4000年，就有了人类最早的文字，这些楔形文字的发明者是苏美尔人。他们早在公元前3500年就建立了世界上最古老的城邦国家，在高度发达的灌溉农业系统的基础之上发展起繁荣的城市文明。公元前2500年左右，苏美尔诸城邦先后被来自北方闪族的阿卡德人所吞并。到了公元前19世纪，另一个闪族的游牧部落重新统一了这一地区，并为当地农耕文明所同化，以幼发拉底河畔的巴比伦城为中心，建立起新的奴隶制国家。

史诗《吉尔伽美什》就是在上述背景中逐渐形成、编定的。它的最初的完整定本约出现在巴比伦第一王朝时期，但史诗的主人公和某些基本情节却取自苏美尔人的神话、传说和历史，前后经历了十多个世纪的漫长岁月，这不能不给史诗的内容带来某种复杂性。

《吉尔伽美什》共有3000多行，用楔形文字记述在12块泥板上。史诗的故事情节可分为以下六个部分：

（一）吉尔伽美什与恩启都结交（第1、2块泥板）。吉尔伽美什是乌鲁克城的王，他的统治过于残酷，人民祷告天神求助。天神造出一个体魄、气力非凡的野人恩启都来同暴君抗衡。两位巨人在广场上交战，胜负未分，却结为好友。

（二）征讨杉妖芬巴巴（第 3、4、5 块泥板）。大神恩利尔派巨妖芬巴巴守在杉树林。这妖怪的“吼叫就是洪水，他嘴一张就是烈火，他吐一口气就置人于死地”，构成世间的恐怖。吉尔伽美什和恩启都启程去征讨他，初战失利，恩启都受伤。吉尔伽美什求助于太阳神舍马什，靠神助杀死芬巴巴。

（三）女神伊什妲尔的求爱和迫害（第 6 块泥板）。吉尔伽美什的英姿“使大女神伊什妲尔顿萌情意”。她要求英雄做她的丈夫，遭到拒绝后图谋报复，要挟天神为她造了一只天牛降灾人间，吉尔伽美什和恩启都杀死天牛，女神对他们发出诅咒。

（四）恩启都之死与吉尔伽美什的悲悼（第 7、8 块泥板）。众神会议决定杀死天牛的两英雄中必死一个。于是恩启都患重病不起，12 天后死去，吉尔伽美什悲痛不已，“他就像狮子一样高声吼叫，就像被夺走子狮的母狮不差分毫。他在朋友跟前不停地徘徊，一边把毛发拔弃散掉，一边扯去、摔碎身上佩戴的各种珍宝”。

（五）吉尔伽美什远游，探求生命的奥秘（第 9、10、11 块泥板）。挚友的死使吉尔伽美什预感到自己会有同样的命运，他决心去寻找人类始祖乌特那庇什提牟，了解生命的奥秘，求得长生。他历尽艰险，找到了始祖，后者讲述了天神发洪水毁灭人类以及自己受到特赦造大船幸免于难并加入神籍获得永生的故事，结论是人之必死由神决定，但海底有棵生命之草可使人长生不老。吉尔伽美什入水取得生命草，却又在回城途中不慎被蛇叼走，失望而归。

（六）吉尔伽美什同恩启都亡灵对话（第 12 块泥板）。这一部分与全诗情节没有必然联系，显然是后添上的。吉尔伽美什的鼓槌掉进了阴间，恩启都（这里他作为吉尔伽美什的仆人，还活着）为他下到阴间去找，被阴间所捉，灵魂从地洞逃出，向吉尔伽美什描述了地下世界的阴惨景象，全诗至此结束。

经学者们考定，以上六大情节中至少有四个情节可以在苏美尔文学中找到，这也就是说巴比伦人利用了原有的关于吉尔伽美什的分散传说，加以增删和再创造，构成了这部相对统一完整的史诗。

二、《吉尔伽美什》中的文化哲学

在《吉尔伽美什》史诗中，首先引起我们注意的是两种不同文化的冲突与融会，一种是建立在定居农业文化基础上的城市文明，一种是相对原始朴野的游牧文化。不过，同后世的印欧史诗群和欧亚史诗群不同的是，在《吉尔伽美什》中，文化撞击不是以全民性的大规模战争的形式出现的，而是表现为两位英雄人物之间的较量。

史诗中出现的主要人物形象有两个，即吉尔伽美什和恩启都。作为远古时期的君王和英雄，他们身上既有某些共同的特性，又有独自的个性特征，两者相互补充、相互作用的微妙关系，是推动全诗故事发展的一条重要线索。

吉尔伽美什是乌鲁克城的国王，他一出场就被描绘为一个具有非凡的体魄和智慧的英雄：

此人见过万物，足迹遍及天边；
他通晓一切，尝尽苦辣甜酸；
……
大力神塑成了他的形态；
天神舍马什授予他俊美的面庞；
阿达特赐给他堂堂丰采；
诸大神使吉尔伽美什姿容秀逸。

他有九指尺的宽胸，十一步尺的身材！[1]

可是，史诗中紧接着就透露了这位英雄不大光彩的一面。身为城邦领袖，他的统治专横而残暴。他迫使人民修筑城墙，还随心所欲地行使所谓“初夜权”一类的特权，“连那些已婚的妇女，他也要染指，他是第一个，丈夫却居其次”。对于这样一个暴君，城邦人民忍无可忍，怨声载道：“这是我们的保护人吗？虽然强悍、聪颖、秀逸！”他们祷告天神把他们从苦难中拯救出来。天神便造出了一个浑身是毛的野人与吉尔伽美什相匹敌。这个野人便是恩启都。

他不认人，没有家，一身苏母堪（即家畜神）似的衣着。
他跟羚羊一同吃草，
他和野兽挨肩擦背，同聚在饮水池塘，
他和牲畜共处，见了水就眉开眼笑。

这样一位兽性未尽的生物，一旦同吉尔伽美什派来的神妓结合，就萌生了人性，脱离了动物世界，来到乌鲁克城邦。他听说了“初夜权”之事，义愤填膺，立即去同暴君决斗。谁知胜负未分，两位英豪却握手言和，成为一对形影不离的朋友。这段传奇般的结交过程使吉尔伽美什的性格发生转变，此后，他同恩启都一起战杉妖、诛天牛。我们看到的不再是残暴君王，而是一个征服自然暴力，为城邦社会造福的名副其实的英雄，并因此而受到人们的赞誉。

那么，如何看待这一形象的前后变化呢？

首先，从社会历史的层次上，可以说恩启都的出现和吉尔伽美什的性格

[1]《吉尔伽美什》，赵乐甡译，辽宁人民出版社 1981 年版。以下引文未注明者，均出自本书。

转变反映了古代两河流域不同民族和不同文化的冲突与融合，以及广大人民的价值观念和道德理想。吉尔伽美什在作品中以修建了“无与伦比”的城墙而自豪，他的一个代称是“拥有广场的乌鲁克国王”，这些都显然是城市文明的标记和荣耀。因此，我们说他代表着已经发展到城邦国家水平的高层农耕文化。与此相对，恩启都则可看作尚处在野蛮的或半开化状态的游牧部落文化的代表。本来，这个人物在苏美尔史诗《吉尔伽美什与阿伽》中是作为吉尔伽美什的仆人出现的。[1]到了巴比伦史诗中，恩启都似乎折射着一位游牧民族的保护神，因为他不仅穿着该神（苏母堪）的衣服，而且还行使过该神的职能：

他为饲羊人夜里能够安睡，
他曾捉了狼，
还把狮子猎取，
那些牧者的头领，才得躺躺歇息。
恩启都是他们的守护人，
一条勇猛的好汉，
英雄盖世！

这样，一位城邦的英雄，一位牧野的英雄，他们的决斗与和解不正是苏美尔人的城市文化同闪族的阿卡德人、巴比伦人的游牧文化之间冲突与融合的一幅奇妙的缩影吗？在历史上常有这样一种现象，不发达的民族虽征服了发达民族，但终究要为发达的文化所同化，罗马人之于希腊人便是如此，巴比伦人和阿卡德人之于苏美尔人又何尝不是如此。从这一意义上看，史诗中

[1] 参看《吉尔伽美什与阿伽》，中译本，见周一良等编：《世界通史资料选辑》上古部分，商务印书馆 1962 年版，第 31—36 页。

的一个疑点也可以豁然开朗了：既然神造出恩启都就是让他与吉尔伽美什敌对的，为什么两位大力士才一交手便以势均力敌而言和了呢？原来，阿卡德和巴比伦是地理上的征服者，文化上的被征服者，苏美尔人是地理上的被征服者，文化上的征服者，彼此之间各据优势，胜负相互抵消，那么剩下的最佳选择不就是和解、友谊和互补么。事实上也正是这样，吉尔伽美什派城邦神庙中的圣妓把开化和文明带给了与兽为伍的半野人，使恩启都奇迹般迅速地完成了进化中的超升；而恩启都则将山野之中古朴善良的原始美德带给了城邦奴隶主领袖，使吉尔伽美什从一个被民众所厌弃的暴虐君王转变成建功立业的民族英雄。如果说恩启都的人化暗示着人类从蒙昧走向文明，那么吉尔伽美什的两重性格以及民众对他的两种态度不就是从氏族社会的原始平等到阶级社会的奴隶主专制这一漫长的历史变迁中广大人民的政治愿望和道德理想的一种曲折表现吗？可以说，这两个形象的对立和统一通过象征思维生动地揭示了历史过程的辩证法。

假如我们换一种角度，从哲学抽象的层次来看，又不妨把两个形象之间的关系以及吉尔伽美什的性格发展看成是人类自我意识成熟过程的象征性概括。

马克思指出，动物是和它的生命活动直接同一的。它没有自我与自己的生命活动之间的区别。人则能把他的生活活动本身变成自己的意志和意识的对象，从对象中发现自我。因此，自我意识是人与动物的根本区别之一。[1]那么，人又是怎样认识自己，建立自我意识的呢？马克思认为，“人起初是以别人来反映自己的。名叫彼得的人把自己当作人，只是由于他把名叫保罗的人看作是和自己相同的”[2]。来自当代心理科学方面的报告，可以加深对上述原理的理解。实验表明，儿童自我意识的发生伴随着一种自发的内心反省，产

[1] 参看马克思：《1844年经济学哲学手稿》，《马克思恩格斯全集》第42卷，人民出版社1979年版，第96页。
[2] 马克思：《资本论》，《马克思恩格斯全集》第23卷，人民出版社1972年版，第67页。

生一种内在的言语，“始终对着一个假想的反对者讲话，而这个假想的反对者在他的想象中时常是有血有肉的人”[1]，通过这个对象化的活人，儿童便能从别人的观点来看待自身，从而发现作为社会个体存在的自我。基于上述认识方法，我们认为，《吉尔伽美什》这部产生在人类童年时代的史诗正是以不自觉地幻想的形式凝缩地反映着人类认识自身、发现自我的历史过程。恩启都这个在世人看来“和吉尔伽美什一模一样”，在吉尔伽美什的母亲眼中也和自己的儿子“相同”的英雄，确实可以看作是吉尔伽美什本人的一个对象化的投影，这种对象化在史诗中是以吉尔伽美什在恩启都到来之前的两个神秘的梦的形式表现出来的。本来，吉尔伽美什“仗恃膂力，像头野牛统治人们”，尽管受到世人诅咒，自己仍然没有意识到。他还不能认识自己的行为及后果，所以心安理得，为所欲为。当和自己“一模一样”的另一个巨人出现后，他才从这个对象化的“我”中认识了自身，从这个“假想的反对者”的正义要求中看到自己的残暴与不义，从而在根本上扭转了自己的行为方向，从任性而动的生物的自我走向社会化的自我。

在史诗中，吉尔伽美什除了经历了一次性格和道德面貌的转变之外，还经历了一番命运的转折。在史诗的前半部分，他始终是一个征服者、胜利者，天神的干预也不能改变他的愿望和目的，他的生涯是顺利的，他的功绩是辉煌的；可是到了史诗后半部分，他的好运气却离开了他，他不再是一个征服者和胜利者，而成了一个在死亡的恐惧中寻求永生的失败者。探讨主人公命运转折的原因，我们发现，同他的人格转变一样，对象化的“我”起了关键作用。具体地讲，恩启都的死是吉尔伽美什命运转折的契机。正是从与自己相同的英雄的死亡中，吉尔伽美什意识到自己生命的一次性和不可重复性：

[1] 皮亚杰：《儿童的语言与思维》，中译本，文化教育出版社 1980 年版，第 57 页。

我的死，也将和恩启都一样。

悲痛浸入我的内心，

我怀着死的恐惧，在原野徜徉。

终于，奔向那……乌特那庇什提年。

这一认识是英雄自我意识的又一次提升，随之而来的便是主人公生涯的再度转变，从追求外在的武功到内心的强烈反省，探求人生限度的奥秘，渴望着超越无情的死亡，获得永生的幸福。以现代眼光来看，吉尔伽美什的探求似乎是毫无意义的捕风捉影，他的失败是不可避免的。但是，从人类认识的发展中看，吉尔伽美什的探求和失败却是真正的时代悲剧，史诗的思想意义和动人之处亦在这里。

将以上两个不同角度的分析综合起来，似乎可以透过史诗人物形象的微妙关系看到一种用象征思维表达出来的文化哲学，其价值和意义远比维柯从荷马史诗中发掘出来的“诗性智慧”要重要得多，深刻得多。所谓象征思维亦即神话思维。从形态上看，它是以语言意象为符号载体的思维方式。从发生过程中看，它是原始思维向抽象逻辑思维过渡的中介阶段。[1] 由于象征思维的符号媒介是意象而非概念，由这种思维方式表达出来的思想当然不可能诉诸严格的逻辑推理形式，而是体现为具有潜在的逻辑和价值蕴含的形象及形象序列。从吉尔伽美什和恩启都这两个互为补充的形象所构成的象征序列中，似乎可以窥见一部人类进化史的神话缩影：人类怎样从原始的动物状态中走出并与兽群分离开来；两性关系的进化如何借婚姻与家庭的形式改变着猿人本有的野性，促进他迈向游牧、农耕之后的城市文明；发展较高的文化

[1] 参看本书附录：《原始思维发生学研究导论》。

形态如何影响和同化着发展较低的文化形态；人类自我意识怎样在不同文化形态、社会生活方式的相互观照之中走向成熟；人类如何探索、征服自然又进而探索人的生命本身，死亡意识的发生如何在人类稚拙而乐观的精神世界投下无法摆脱的巨大阴影，使生死奥秘成为万世求解的人生之谜……

诚然，以上的陈述是用现代人的语汇按照抽象的概念语言逻辑而展开的，让我们具体考察一下，人类进化的过程在史诗中是怎样通过形象序列得到象征性表达的。举例而言，要表达人从蒙昧野蛮到文明开化的转化过程，然而4000年前尚未产生能够抽象出这些意义的概念语汇，史诗的象征思维中出现的便是一位茹毛饮血、不吃人饭不通人言的兽人，这位兽人经过同一位来自发达城邦的女性的结合，于是便脱离了兽群，身体上发生了奇妙无比的变化：

他抬头望了望野地的动物，
羚羊看见他转身就跑，
那些动物也都纷纷躲开了恩启都。
恩启都很惊讶，他觉得肢体僵板，
眼看着野兽走尽，他却双腿失灵，迈不开步。
恩启都变弱了，不再那么敏捷，
但是如今他却有了智慧，开阔了思路。

这里的具体的偶然事件象征出了人类进化的整个渐变过程。一部数百万年的人类史，可以说有百分之九十九以上都是在同动物打交道中度过的。我们的狩猎祖先们所需要的首先是强壮而敏捷、能与兽类周旋的体魄。伴随着近1万年以来定居农业生活的开始，对野性的体力的要求逐渐减少，对利用文化技术的智力的要求逐渐增多，人的“人性化”过程就大大加快了。恩启都的“蜕变”极为形象地说明了这一点。他在突变中丧失了原有的强健敏捷的体力，却增加了前所未有的智力。这种体能退化而智能进化的合一过程同现代人类学比较猿和人头骨变化所得出的结论完全一致。他的人化是同神妓结合的结果，这一细节亦含有深刻的象征意义。它以两性的结合象征着家庭生活之始，象征着生物的人走向社会的人。我国古籍中还保留有伏羲“始嫁娶，以修人道”（《拾遗记》）、“女娲祷于神祈而为女媒，因置婚姻”（《绎史》卷三引《风俗通》）的说法，都是把人文之始同婚配联系在一起。这种特别的联系透露着原始思维的真实，反映着初民对自然与文化的区分标记，正如列维-斯特劳斯从印第安神话中所观察到的用“生食”象征自然，用“熟食”象征文化的神话思维逻辑一样。

维柯在其《新科学》第二卷第四部分“诗性的经济”中曾探讨过经济生活方式的变化对社会进化的作用。他为这一部分的第二章所起的标题叫作“氏族及其家人（奴）出现在城市之前；没有他们，城市就不能产生”[1]。在这一章中，维柯有意区分了两种不同的英雄制度：继自然状态的英雄制度和依据才德的英雄制度。前者依据的是与生俱来的身体力量，后者则更看重道德与智慧，这乃是建立城市文明的基础。维柯接着强调指出了他的一项重要发现：

这里值得思索的是：野蛮状态中的人们既然凶残而又未经驯化，究竟有什么办法才能使他们由野兽般的自由转到人道的社会呢？因为要使那些原始人达到原始的社会，也就是有婚姻制的社会，他们就既要有野兽般淫欲的刺激，又要有可怕的宗教来加以严厉的约束。因此，婚姻作为世间最初的一种友谊而出现。所以荷马为着表示天神和天后在一起睡觉，就以英雄式的严肃态度来说：“他俩庆祝了他俩的友谊。”[2]

[1] 维柯：《新科学》，中译本，第270页。
[2] 维柯：《新科学》，中译本，第271页。

从恩启都与神妓共庆他俩的友谊这一情节中，我们已经看到，维柯的这一重要发现早在公元前2000年就在世界第一部史诗中揭示得十分鲜明了。不过，借助于维柯的话，也可以反过来加深对上述情节的理解。吉尔伽美什为什么偏偏要派一位神庙中供职的“神妓”去降伏半野人恩启都呢？原来这正是建立在倚重才智的英雄制度基础上的城邦文明对付那种“继自然状态的英雄制度”的挑战的最佳方法。既然由野蛮到人道的转化关键在于“有婚姻制的社会”，既然这一社会要在刺激人的欲望的同时约束人的欲望，那么除了神妓之外就不会有更理想的驯服半野人的人选了。神妓既是宗庙中的神职人员，又是代表城邦社会施行“人道”的“妓”，她恰好身兼维柯所说的“既要有野兽般淫欲的刺激，又要有可怕的宗教来加以严厉的约束”的双重职能。她的前一职能表现在与兽人恩启都“行人道”的交合过程，史诗中说他们共寝了整整“六天七夜”；后一职能表现在这次结合的驯化结果，史诗把经过神妓性启蒙的恩启都描绘为减弱了野性的新生者，他开始吃人饭，懂人言，实际上即开始接受人类教化的约束。在这里，通过巴比伦史诗的象征表现和维柯的理性阐述，我们终于悟到了古人所说的“始嫁娶”和“修人道”这两者之间深刻的内在联系。

同样道理，按照象征思维的方式，还可以对史诗所反映的文化冲突做进一步的理解。如前所述，吉尔伽美什和恩启都的冲突折射着农业—城邦文化同游牧部落文化的冲突，这是一个与人类历史一样古老的冲突。在苏美尔神话中，农夫和牧民之间的原始仇恨便已化身为农神与牧羊神之间的敌对。被《圣经·旧约》改造了的古希伯来神话中也保留着该隐与亚伯相争的著名故事。把这同一种文化冲突的不同象征表现加以比较将更能说明问题。《圣经》说该隐和亚伯是被上帝逐出伊甸乐园后的亚当、夏娃所生育的一对亲兄弟：

亚伯是牧羊的，该隐是种地的。有一日，该隐拿地里的出产为供物献给耶和华。亚伯也将他羊群中头生的献上。耶和华看中了亚伯和他的供物，只是看不中该隐和他的供物。[1]

该隐的失宠引出了嫉妒和仇恨，他把弟弟亚伯骗到田野中杀死了。这个故事在反映农牧相争的上古现实的同时，还透露了这样一个信息，即希伯来民族最早也是一支游牧民族，所以他们的上帝偏爱亚伯献上的羊肉而不吃该隐耕种的粮食。作为最早的耕种者，该隐杀死了放牧的亚伯，表明农业文化最终战胜了游牧文化，这同希伯来人被迦南农业文化所同化的历史事实相吻合。只因务农的迦南人曾被希伯来人视为仇敌，所以尽管希伯来人的神话承认农耕对游牧的胜利取代，却又把这一取代过程表现为邪恶对无辜的胜利。并让上帝惩罚邪恶，诅咒该隐"流离漂荡在地上"[2]。该隐虽受到惩罚，却保住了性命，并且繁衍了后代。这表明农耕文化的普及和延续。最后，

该隐建造了一座城，就按着他儿子的名将那城叫作以诺。[3]

由耶路撒冷希伯来大学校长本杰明·马扎尔（Benjamin Mazar）教授主编的五卷巨著《圣经的世界》对这一记载的解释是："该隐，这位第一个耕种土地的人，建造了第一座城市。该城命名为以诺（Enoch）可能是暗指其开创之功，希伯来文 hanokh 意为'创始'。正是农业，尤其是灌溉，使人类的永久性定居成为可能，而城市则是伴随着这种定居而发展起来的。以上这句简短的话就这样总结了人类进化史上最重要的一章。"[4]

[1]《圣经·旧约·创世记》第 4 章，第 2—5 节。
[2]《圣经·旧约·创世记》第 4 章，第 12 节，第 17 节。
[3]《圣经·旧约·创世记》第 4 章，第 12 节，第 17 节。
[4]［以］马扎尔：《圣经的世界》第 1 卷，扬克斯 - 纽约 1964 年版，第 24 页。

相形之下，“拥有城墙和广场”的乌鲁克王吉尔伽美什一出场便代表着城市文化，他对游牧文化的体现者恩启都所采取的对策不是从肉体上消灭，而是文化上的同化。他化敌为友的成功比之该隐杀戮无辜的胜利更真实地反映了农耕—城市文化对游牧文化的涵化过程。史诗的作者在象征表现农牧冲突的解决过程时并没有像《圣经》那样简单地把善与恶的价值判断加在人物身上，从而突出某一文化的固有偏见，而是较公允地表现出争斗双方各自的特点与局限，体现出了文化交融与涵化的互补特征。吉尔伽美什派神妓用释放性本能的策略削弱对手，说明他在智慧心计方面远胜一筹。恩启都尽管削弱了体力，仍然在决斗中与吉尔伽美什不分高下，说明他本来在武艺方面更具优势。一旦这种身体的优势与大脑的优势结为联盟，两位英雄在征服自然暴力的斗争中也就所向披靡了。

不管怎么看，以城邦之王吉尔伽美什为第一主人公的巴比伦史诗同本书第一章所讨论的“战马英雄”型的游牧民族史诗都有很大不同，在这里，游牧英雄恩启都——尽管由于时代局限还未掌握骑马术——退居次要地位，他以定居文化的对立面形象出现，又以城邦领袖的助手的形象而结束了自己的一生。不管他只是吉尔伽美什的一个影子，还是某位历史人物的折光，史诗只是把这位牧野英雄作为主人公的敌手和陪衬来处理的，而这位由牧野英雄所陪衬的城邦之王吉尔伽美什，却正是我们要寻找的“太阳英雄”。

三、英雄与太阳：求索原型结构

作为太阳英雄的吉尔伽美什与整部史诗的象征构成密不可分，因而，把握主人公与太阳的对应关系的最佳途径在于剖析作品的结构。《吉尔伽美什》是巴比伦人对苏美尔人的文学遗产进行加工改造的结果，了解改编者的构思思路，首先要明确史诗中哪些母题是苏美尔文学中原有的，哪些母题是巴比伦人新造的。下面拟将史诗的基本叙述层次依次分解为若干母题，以便提纲挈领地把握作品的结构框架：

（1）对主人公的赞语。

（2）人们向天神控告主人公的暴虐。

（3）天神造出敌手。

（4）敌手的“人化”。

（5）主人公与敌手决斗并化敌为友。

（6）主人公与朋友征讨杉妖。

（7）主人公拒绝女神的求爱。

（8）主人公与朋友杀死女神派来的天牛。

（9）朋友之死。

（10）主人公寻求不死的旅行。

（11）洪水故事。

（12）生命之草得而复失。

（13）主人公与朋友亡灵对话。

在以上 13 个情节母题中，可以在苏美尔作品中找到对应物的至少有 6 个。它们是：（6）征讨杉妖；（7）女神求爱被拒；（8）杀天牛；（10）求永生；（11）洪水故事；（13）与亡灵对话。[1] 这些情节母题分别出现在关于吉尔伽美什的五部史诗作品中，它们是《吉尔伽美什和生物之国》（诛杉妖情节）、《吉尔伽美什和天牛》（女神求爱被拒情节，主人公杀天牛情节）、《吉尔伽美什之死》（求永生情节）、《洪水》（洪水情节）、《吉尔伽美什、恩启都和地下世界》（与亡灵对话情节）。

[1] 参看《美国百科全书》1980 年国际版，第 12 卷，第 747—748 页；克拉莫尔（S.N.Kramer）：《苏美尔神话学》，1944 年英文版，第 33—38 页；克拉莫尔：《巴比伦的吉尔伽美什史诗传说及其起源》，中译文，《内蒙古民族师范学院学报》1981 年第 1—2 期。

在巴比伦史诗所袭用的六个母题中，除了最后一个即与亡灵对话情节完全是苏美尔原作的翻译而外，其余五个情节都受到了不同程度的增删和改造。

巴比伦史诗中的（1）、（2）、（3）、（4）、（5）、（9）、（12）诸情节母题在现有的苏美尔文献中没有发现对应物。这样，在不排除其中仍有某些部分源出于尚未发现或已永久失传了的苏美尔文学的可能性的前提下，可以认为它们主要是巴比伦人的创造。

接下来的问题是，巴比伦人是怎样对已有的题材进行增删改造的，他们又为什么进行这种改造？

关于前一个问题，已由美国东方学家克拉莫尔做了有说服力的解释。他指出，巴比伦人把五部篇幅长短不一、故事内容毫不连贯的苏美尔作品整理在一起，剔除了它们彼此之间互相矛盾的成分，赋予它们以前后连贯的叙述线索，使之成为新的统一整体。因此，作为统一整体的吉尔伽美什故事应该看作是巴比伦人的功绩。不过，笔者以为，即使从表层叙述上看，说巴比伦的史诗是情节连贯的统一整体，也只能是相对而言。因为各泥板的情节之间有些联系得并不十分自然。如第 11 块泥板中插入的洪水传说便显然游离于整体情节之外；还有个别情节同全诗几乎没有任何联系，从表层叙述上看甚至牴牾不合，如第 12 块泥板记载的主人公与亡灵对话情节。本来，在第 8 块泥板的叙述中，恩启都已经死去，可是到了第 12 块泥板上，又出现了活着的恩启都为了找回吉尔伽美什丢掉了的鼓及鼓槌而欣然前往地府的情节。况且，丢失与寻找鼓及鼓槌的事件似与全诗情节不大相干，以至于许多学者干脆认为第 12 块泥板不属于巴比伦史诗原文。史诗的日文译者矢岛文夫就只收了 11 块泥板，将第 12 块泥板当作“赘疣”而割舍掉了。

事实上，不论是否包括第 12 块泥板的情节在内，史诗的故事都没有一个明确的、完整的结局。如某些学者推测，巴比伦改编者显然是“有意将它处理成无结局"[1]的。那么，这些现象该如何解释呢？为什么改编者对原有题材做了大量的加工，却不顾后半部分出现的明显矛盾呢？既然不连贯的苏美尔传说已被巴比伦人重新创造成连贯的故事，又为什么偏偏删去了苏美尔史诗《吉尔伽美什之死》已经提供的必然结局——"他倒下了，没有起来"[2]，使现有的作品不了而了之呢？

早在 20 世纪末，英国东方学家、史诗的发现者史密斯的老师罗林逊就曾推测，《吉尔伽美什史诗》具有某种象征内容。他认为记载史诗的 12 块泥板正与天象中的黄道十二宫相对应，史诗的故事叙述暗合着太阳一年 12 个月的行程。[3] 罗林逊的这一推测尽管没有得到普遍承认，但却为理解史诗的结构提供了一条有益的线索。另一位英国学者史本斯便按照这一线索分析了史诗的情节，进一步指出史诗主人公吉尔伽美什与太阳神舍马什具有关联和对应关系。[4] 不过，罗林逊和史本斯都还停留在现象描述的水平上，即把史诗的象征性当作一种特异的现象来处理，未能从原始心理和神话思维的普遍性方面来认识问题。因而，尽管他们的推测和分析极富启发性，却还不能说达到了令人信服的理论高度。

现在，借助于结构主义和原型批评的思路，我们可以从理论高度上阐明史诗的原型结构问题。结构主义要求人们在作品的叙述层次背后寻找潜在的、并主宰着叙述层次的深层结构，而原型批评则为探索文学的深层结构提供了可资借鉴的重要原型模式。

原型批评又称神话批评，是当代世界最有影响的批评流派之一。原型批评的产生是本世纪以来获得迅速发展的文化人类学、心理学、语言学等人文学科向文艺领域渗透的结果，或者毋宁说是文学批评理论同上述学科交叉融

[1] 尼尔森（N.C.Nielsen）等编：《世界上的宗教》，1983 年英文版，第 55 页。
[2] 参看《新大英百科全书》第 6 卷，"古代美索不达米亚的碑铭学"条，1974 年版，第 920 页以下。
[3] 参看弗雷泽（J.G.Frazer）：《旧约民俗学》，1923 年英文版，节本，第 50 页。
[4] 史本斯（L.Spence）：《巴比伦尼亚和亚述的神话传说》，1920 年英文版，第 4 章。

合的结果。原型（archetype）一词由心理分析学家容格首先引入创作领域，用来指构成人类原始的种族记忆即所谓“集体无意识”的远古意象。这些重要的原始意象世代遗传，并以各种形式反复出现在神话、传说、童话等民间创作中，历久而不衰，因而称之为原型。原型中渗透着远古人类世世代代的感受、情感和思考，成为后代艺术创作的源头或灵感触媒。

关于原型产生的心理基础，容格指出，“原始人对于客观理解显而易见的事物并不感兴趣，但是他有一种本能的需要，或者说他的无意识心理有一种不可压制的冲动，要把所有外在的感官经验同化（assimilate）为内在的通灵的（psychic）事件。看到日出与日落，对于原始人的心理来说是不能满足的，这种对外界的观察必须同时代表着某一神或英雄的命运，而这一神或英雄归根结底只存在于人的灵魂之中”[1]。这也就是说，客观的自然过程在原始心理中都被神话化、有灵化了。表现在远古文学中便是自然现象与人事生活的混同一体，用神或英雄的行为和命运对自然运行的诸经验现象做象征性的解释。由于这种象征解释植根于人类认识水平的不发达阶段，所以在理性时代到来以前，始终是唯一的、权威的解释。由它们所构成的“自然—人”的原型成为相对固定的信息单位，作为一种生成性的“结构素”，不断促成新的作品诞生。[2]

肇始于容格的原型理论，经过一些批评家的实践和改造，在加拿大著名批评家弗莱（N.Frye）手中形成了新的体系。弗莱认为同其他学科相比，文学批评理论只有到了20世纪中期才具有了系统性的“科学”地位。这种称得上“科学”的批评家乃是一种“文学上的人类学”，它把整个文学视为一个宏观整体，把文学的源头追溯到远古的宗教仪式、神话和信仰中去，从中

[1] 容格：《集体无意识的原型》（*Archetype of the Collective Unconscious*），《容格选集》第9卷第1部，1968年英文版，第6页。

[2] 弗雷彻：（A.Fletcher）《原型》，《美国百科全书》，1980年国际版，第2卷，第215页。

发现基本的原型，从原型的角度来透视文学作品构成的规律性，进而找出各文学种类发生和发展演变的规律性。

弗莱对原型一词做了新的界说，认为原型是文学中可交际的意义单位（communicable unit），是一种典型的反复出现的意象。通常表现为被赋予了某种人类意义的自然物象。[1] 具体地说，“一天日出、日落的循环，一年不同季节的循环，以及人的生命的有机循环，其中都有同样意义的模式；根据这一模式，神话环绕某个形象构成了具有中心地位的叙述——这形象一部分是太阳，一部分是茂盛的草木，一部分是神或原型的人。”[2] 归纳起来，循环模式的原型又可划分为几个规则阶段：（一）对应于黎明、春天的是宇宙的创造、万物的复苏、英雄的诞生；（二）对应于正午、夏天是英雄的婚姻或战斗的胜利；（三）对应于日落、秋天的是英雄的战败和死亡；（四）对应于黑夜、冬天的是英雄或世界的毁灭。后代的每一文学种类，如赞美诗、传奇、喜剧、悲剧、挽歌、讽刺文学等都可以在上述诸阶段中分别找到根源。

笔者认为，如果把原型模式作为硬性尺度来套整个文学史，自然不免偏颇和牵强，但从原型观点来考察具体作品，确能获得独到的理解。在简述了原型理论之后，回过来再看《吉尔伽美什史诗》，不难发现，这部英雄史诗正是以上述循环模式为基础的，太阳—英雄这一原型使整个作品具有了一种意味深长的象征性结构，象征结构包含着两个层次：表层叙述层次和深层象征层次，不妨称为表层结构与深层结构。

在表层结构的叙述中，我们先后看到英雄诞生的追述和赞美诗；化敌为友的传奇经历；战胜杉妖和天牛的喜剧性胜利；战友逝去的悲剧与英雄探求失败的结果。有的学者认为这部史诗“简直就是一篇挽歌，一种在美索不达

[1] 弗莱：《批评的解剖》，1971 年英文版，第 99、113 页。
[2] 弗莱：《同一的寓言》，中文节译，《现代西方文论选》，上海译文出版社 1983 年，第 344—345 页。

米亚最早出现的文学样式”[1]。这种看法显然是从史诗结尾的悲哀调子着眼的，似还不足以概括全篇。从总体上看，表层结构呈现出由喜转悲、由生的赞美到死的恐惧这样一个过程，而决定这一过程的则是由太阳运行所构成的深层结构。如前所述，主人公吉尔伽美什与太阳神舍马什有着特殊的对应关系。史诗中宣称主人公“三分之二是神，三分之一是人”（中译本，第16页），是太阳神舍马什“授予他俊美的面庞”（第16页），给他以“厚爱”（第23页）；他则于征战之前或危难之际向太阳神献祭祈祷，这位神又总是赐给他特别的帮助和庇护。如战胜杉妖芬巴巴（第48—49页），在众神会议上为杀死天牛的两位英雄辩护（第61页），等等，英雄与太阳神的这种关系是否在无形中透露了表层结构与深层结构的相互对应呢：前者以主人公经历为线索，后者以太阳的行程为线索？

吉尔伽美什与太阳神的关系在这个赫梯浮雕上得到表现：两个牛身人面的神护佑着中间的吉尔伽美什，头上方是神圣太阳神的象征——飞翼日轮

进一步探讨，可以证明这种对应关系的出现并不是偶然的。按照巴比伦人当时的习惯，日月星辰常被设想为生物。他们把太阳运行的黄道圈叫作“太阳轨道”，划分出黄道十二宫，并在天象观测的基础上建立了巴比伦历法，把一年分为十二个月，每一天分为十二个时辰。[2]这种来自天象历法的十二进位制在史诗中出现得十分频繁。尤其值得注意的是恩启都恰恰在生病后12天死去，而吉尔伽美什虽没有明确写出他的死，却也恰在第12

[1] 尼尔森等编：《世界上的宗教》1983年英文版，第55页。

[2] 参看阿·尼·格拉德舍夫斯基：《古代东方史》，中译本，高等教育出版社1959年版，第83—84页；赫罗兹尼：《西亚细亚、印度和克里特上古史》，中译本，三联书店1958年版，第131页。

块泥板结束了他的必死生涯的故事。可以断定，同史诗中另一个神秘数字“7”一样，12 这个数字的用法是赋有象征意义的。从日常的经验观察来看，太阳每天或每年一次的行程周期呈现为一种先上升后下降的曲线，这条曲线的最高点是在一天的中午时分，一年的仲夏时分，因为这时距地球表面较近。与太阳上升的行程相应，史诗主人公从出场到诛杉妖这一段生涯一直是一个征服者和胜利者的生涯。即使遭到人民的诅咒和天神特意造出来与他为敌的野人恩启都的威胁，吉尔伽美什仍然能化险为夷，化敌为友。即使面临无法征服的芬巴巴，也仍然能借助太阳神的威力而获胜。很显然，从第 1 块泥板直到第 6 块泥板结束时，他的征服者、胜利者的生涯不曾中断，他在前进着，上升着。但从第 7 块泥板起，他的好运气就渐渐离开他了。首先是好友之死，接着是他的悲悼和忧虑。为了免遭同样的命运，他踏上了探求永生的旅程。然而正像过了正午的太阳必然要走下坡路，主人公的这次行动也再不能像往昔那样幸运，那样顺利，那样成功，那样具有胜利的性质了。等待着他的只是必然的失败。在这次旅程中，出现了许多与太阳有关的意象来暗示主人公的命运，并有一处向读者点明，英雄是“沿着太阳的路前进”（第 74 页）的。对于太阳来说，若想不死，即永久停留在生命的土地上是根本不可能的。于是，在第 11 块泥板中主人公侥幸得到生命之草一事，也不过像西沉前夕的残阳那样，闪现出最后一道希望之回光，不久仍将堕入黑暗之中。到了第 12 块泥板，主人公就只能如同行将隐没的落日，把注意从这充满生机的地上世界转向阴森凄惨的地下世界了。对于主人公的命运之起落升降，太阳神似乎是个关键。第 7 块泥板以后的舍马什不能再成功地保佑他的信奉者了，因为他自己也已经在下落了，尽管他在前不久才享用过吉尔伽美什献祭给他的天牛之心（第 57 页）。太阳神对英雄的最后一次告白是在第 10 块泥板开头，那话中充满了“困惑”与失望：

“吉尔伽美什啊，你将徘徊到哪里？

你所探求的生命，恐怕你不会获得。”（第77页）

就这样，史诗在表层叙述的后半部分以各种不同的方式突出着这样一个主题：永生不可得，英雄必死无疑（第78、81、92、96页）。正是这样一个主题的出现使全诗的旋律逐渐从高昂变为低沉，英雄业绩的颂歌终于变成英雄末路的挽歌。

至此，我们对前文中提出的问题似可得出一个初步的结论：巴比伦改编者是以自然—人的同一性为结构原则，以英雄—太阳的原型为结构素，把原有的分散的苏美尔传说整合统一起来，构成一个象征整体的。在象征整体中，以主人公经历为线索的表层结构的叙述在实质上由以太阳运行为线索的深层结构所决定、所制约。因此，对史诗原型结构和象征性的认识，就成了把握史诗的人物、情节和主题思想的前提性线索。从原型结构出发，首先可以理解，史诗的第12块泥板虽然只是苏美尔原作的译文，同全诗的表层情节毫不连贯，但仍不能像许多译者和学者那样把它视为赘疣而删掉，因为它对于象征整体来说是必不可少的。不难看出，巴比伦改编者为了保证作品深层结构的完整性是不惜牺牲表层结构的连贯性的。当现有的统一题材不足以凑足具有天文意义的十二进位制时，就只好照搬另外的苏美尔作品的译文了。第11块泥板上的洪水故事也可以作如是观。如前所说，这个故事被生硬地插进吉尔伽美什的经历中来，显得游离于基本情节之外。但从象征性来看，它同原型结构又有必然联系：巴比伦历法中的十一月正值一年中雨季之高峰，其名称为“拉曼”（Ramman），暗合暴风雨之神的名字，原文意为“大雨天灾之月”[1]。巴比伦人根据太阳每年在天空运行的方位变化，就可预知雨季洪水的到来。

[1] 弗雷泽：《旧约民俗学》，1923年英文版，第50页。

所以与太阳有特殊关系的英雄吉尔伽美什也就在史诗开端被说成“洪水未至，他先带来了讯息”（第15页）的神人了。水灾的十一月份则暗合泥板的顺序数，把洪水神话的插入不早不晚安排在第十一块泥板的叙述中。

四、太阳英雄：定居文化的原型范式

以上初步确定了《吉尔伽美什》的原型结构，对若干疑点做了解释。我们已经看到，不知名的巴比伦作者是怎样把英雄—太阳的原型作为作品的基础结构，创作出一部伟大史诗的。不过，仍有一个尚待解决的重要疑问：巴比伦人既然已将英雄必死的主题引入史诗的后半部，又何必偏偏删去了苏美尔史诗中原有的关于英雄死去的描写，使整个作品显得似终未终，没有实际结局呢？解释这一疑点，也就等于回答另一个深一层的问题，即巴比伦人为什么要把英雄—太阳的原型作为统合原有题材、构造全篇的基础。

实际上，这个问题的解答依然包含在这个原型的潜在内涵之中，而探索该原型的本义，则势必把我们引到史诗之外，带向比较文化的广阔领域。

英雄—太阳的原型是如何起源的呢？难道是因为太阳与人同样不可避免地要死去，原始思维才把它们比附在一起吗？事实与此相反，人与太阳的结合，不是为了必死，而是为了永生。太阳虽然每天沉下西天，但次日便又从东方诞生，这种永恒的循环在原始心理中便理解为不死或再生的象征，理解为超自然的生命。太阳崇拜这种古老的宗教形式便在各原始民族中普遍发生了。对于那些走向定居的农业民族来说，太阳崇拜的意义远远超出了宗教范围，成为一种宇宙观的基础。德国著名生物学家海克尔认为，“我们整个躯体的和精神的生命也像所有其他有机生命一样，说到底都要归结为光焰四射的散发着光和热的太阳。按照纯理性的观点来看，作为自然主义一神论的太阳崇拜较之基督徒和其他文明民族的人类特殊说的礼拜要有根据得多”[1]。这位学者还报告说：

1881 年 11 月，我在孟买怀着极大的同情心看到虔诚的拜火教徒的高声祈祷，他们在日出日没之际站在海边或跪在地毯上，向旭日和夕阳表达其崇敬之心。[2]

这段记述使我们想起甲骨卜辞中“出入日，岁三牛”的祭俗和《尚书·尧典》中“宾日”于东、“钱日”于西的礼仪，不禁要进一步追问这种普遍流行的拜日信仰背后的原因。对此，古埃及的《亡灵书》提供了明确的线索，书中一首歌颂太阳神拉的诗写道：

鸟神柱，首尔，国立民俗博物馆

我是光明的主宰，自生的青春，

原始生命的“初生”，无名事物的“初名”。

我是年岁的王子，我的躯体是“永恒”。

……[3]

根据古代埃及人的信仰，太阳每天乘舟从东方之山出发，到西方之山降落。

[1] 海克尔：《宇宙之谜》，中译本，上海人民出版社 1974 年版，第 265 页。
[2] 海克尔：《宇宙之谜》，中译本，上海人民出版社 1974 年版，第 265 页。
[3]《亡灵书》，中译本，吉林人民出版社 1957 年版，第 14 页。

太阳落下后在地下世界向相反的方向继续航行，直到次日清晨重新在东方出现。人们之所以崇拜太阳，同灵魂不死的原始意识有密切的关联。灵魂之所以不死，因为它同不死的太阳走的是同一路线。人的肉体死后灵魂去到地下世界，经过诸般考验后借太阳神的舟重返阳界。所谓“亡灵书”就是为了灵魂在下界旅行作向导用的书。人的灵魂若能与太阳结伴而行，便能使人超越死亡，得到再生，这不正是英雄—太阳原型得以产生的信仰基础吗？

其实，这样的信仰绝非古埃及人所独有。人类学家利普斯指出：“灵魂国土的位置，时常与太阳运行直接联系。太阳神是引导死者灵魂去他们新居的向导。在所罗门群岛上，灵魂是和落日一起进入海洋，这一观念和太阳早晨升起就是出生、黄昏落下就是死亡的信仰是有密切关系的。因为地球上没有任何活的东西比太阳更早，太阳第一个‘出生’，也第一个‘死亡’。玻利尼亚人有一个神话和这种思想相联系，即认为太阳神‘毛以’不死，在它以后的人类也不会死亡。”[1]另一位人类学家在分析了许多同类现象后概括说，“一个死了的人并不意味着永远失去他的亲人和社会，而只意味着他暂时去到另一个世界，最终仍将再生到这一世界上来。”[2]由于太阳在白昼和夜晚的运行方向在原始人看来是正相反的，所以地下世界中的一切价值都被想象为与地上世界正相颠倒。“于是，那些代表着死亡的人便常有与正常人相反的举措……当他们热的时候却诉说冷”，“在某些非洲部落，危险动物的猎捕者（时刻有死的可能）用故意同女儿乱伦的方式来表明他们与正常活人相左。”[3]由此看来，所谓“颠倒是非，混淆黑白”在原始思维中是取法于太阳、是同日月推移、昼夜交替的宇宙节律具有同样逻辑的。

如果上述材料能够在一定程度上说明英雄—太阳原型的本义，那么剩下

[1] 利普斯：《事物的起源》，汪宁生译，四川民族出版社 1982 年版，第 341 页。

[2] 提泰（M.Titiev）：《人的科学》，1963 年英文版，第 533 页。

[3] 提泰（M.Titiev）：《人的科学》，1963 年英文版，第 533—534 页。

的问题就是证明史诗的作者巴比伦人是否也懂得类似的信仰和观念。不论从作品本身还是从历史材料来看，答案都应是肯定的。关于灵魂和地下世界的观念乃是第12块泥板所表现的基本内容，无须多论。值得注意的是，吉尔伽美什对为他去冥界寻找鼓槌的恩启都所说的一段告诫的话足以表明他对下界的颠倒价值早已了若指掌了：

你切莫穿洁净之衣，
否则像个做客的，他们会把你注意。
……
脚上的鞋子，你不能绑紧，
你不能从阴间发出声息。
你不要吻你心爱的妻子，
你不要打你憎恶的妻子；
你不要吻你亲爱的儿子，
你不要打你憎恶的儿子。
否则阴间的哀号就要抓住你。（第100页）

这一段常使读者莫名其妙，使注释家亦大伤脑筋的“奇谈怪论”，看来只有从比较文化的透视中才易于理解。恩启都大概还不知天高地厚，他置朋友的忠告于不顾，依旧按照阳世的价值在阴间行事，结果呢，“在人类的战场上他没有倒下，阴间却捉住了他”！（第102页）

此外，在第7块泥板上，恩启都临死前的梦也透露了地下世界的观念。在那被称为“黑暗之家”的地方，“尘埃是他们的美味，黏土是他们的食物”。而且，通向黑暗之家的路是“步行者有去无回的路”（第65页），这一点使我立即联想到古埃及的冥府，在那里，搭不上太阳之舟的亡灵也只有在幽冥世界中永住。不过，总的看来，巴比伦的阴间观念与埃及有所不同，大概一般人的灵魂是没有再生可能的。吉尔伽美什先还抱有一线希望，以为恩启都会有“复苏”之日，然而无情的事实纠正了他：“自从他一去，生命就未见恢复。”（第78页）因而，对朋友之死的痛悼又何尝不是对自己宿命的悲怜呢：

我的死，也将和恩启都一样。
悲痛浸入我的内心，
我怀着死的恐惧，在原野徜徉。
终于，奔向那乌巴拉·图图之子，乌特那庇什提牟。（第71页）

我们已经注意到，英雄这次旅行是严格地“沿着太阳的路”（第74页）进行的，在整个旅程中表层结构与深层结构，叙述意义与象征意义几乎合而为一了。随着英雄的脚步，我们不断看到这样一些意象：白天与黑夜、日出处与日落处、日出时与日落时、阳世与阴世、死亡海与生命山、深邃的黑暗与太阳的光线，等等。这些含有原型意义的意象似乎不断向人们暗示着：“亘古就没有这原型不变的东西”（第81页），死之于生，如同宇宙的运行，是天经地义的。人类无法逃避死亡，但或许可以超越死亡。超越的唯一途径便是与太阳相随同行，脱离有限的死海，加入无限的宇宙循环。英雄对太阳神的下列表白或许正说出了同样的意思：

难道我白白地在旷野里跋涉，
我的头颅仍然必须躺在大地的正中，
仍然必须年复一年地长眠永卧？！
请让我的眼睛看到太阳吧，使我浑身广被光泽，

那有光的地方，黑暗便告退，

让我仰沐太阳神舍马什的光辉，将死亡给予那些死者！（第77页）

史诗的作者或许就是从英雄—太阳原型的这一原始的宇宙哲学意义上来构思和运笔的。苏美尔人从经验中升华出来的理智告诉他们，人是必有一死的，哪怕是超凡绝伦的英雄。巴比伦人无法否认这理智的声音，但他们又太不情愿承认那黑暗的永劫了！于是，在史诗表层叙述中虽然奏出了英雄必死的挽歌调子，但并不写英雄之死，反而借一个古老的原型为英雄的再生做出深沉的寄托，其用心之良苦，足以使4000年后的读者为之感慨。面对这表面上（从表层叙述看）似终未终而实质上（从象征意义看）寓意深长的英雄结局，恰似从高山之巅眺望长河落日，如血残阳，哪一个热爱生命、向往光明的观者不会因之触动情感的波涛，引发无限的思考呢？

与游牧文化中产生的“战马英雄”相比，太阳英雄这一原型的发生与人类定居生活的开始密切相关。通过对《吉尔伽美什》的原型结构的分析，我们清楚地看到，太阳这一自然物体同主人公之间的关系，与骑马民族史诗中的战马与主人公之间的关系极为近似。在这里，直接福佑着主人公并决定着他最终命运和归宿的都是太阳。由此可知，太阳作为一种文化范式，一种具有特殊意义的符号，正是在全面依赖太阳而发展起来的农耕定居生活方式中产生的，正如骑马民族的游动生活方式全面依赖于马匹一样。所不同的是，太阳的光和热不仅是农作物生长的保证条件，太阳的规则运行本身亦为定居的农夫们提供了最基本的行为模式，提供了最基础的空间和时间观念，成为人类认识宇宙秩序，给自然万物编码分类的坐标符号。这后一方面的价值和意义远非游牧民族的战马所可比拟了。

从定居农耕文化到城邦文明，人类走向了所谓“高文化阶段”。其主要标志表现在意识形态方面的，便是成熟的系统宇宙观。如日本神话学家大林太良氏所说："公元前3000年左右，以美索不达米亚的古代文明为开端，高文化已波及世界各地，形成了几个中心。同所有文化一样，一切古代文明也都有其个性。但另一方面，作为高文化的世界观念，各种各样的高文化也有其共性。最明显的就是宇宙观念。换句话说，其特点在于大宇宙和小宇宙相对应的观念上。宇宙，尤其是天体的运行极大地制约着人们的行动和观念。"[1] 在日、月、星这三种主要的天体运行物之中，太阳显然是最突出、最重要的一个。因此，自新石器时代的定居文化到文明的发生这一历史阶段上，对太阳的崇拜普遍发生在各个不同文化之中。尤其是到了青铜时代，与太阳崇拜有关的文物多不胜举。关于太阳崇拜发生的原因，苏联宗教史学家托卡列夫以为，主要由于农耕经济普及和繁荣所致。"据民间观察，太阳为丰饶的主要赐予者。另一方面，太阳崇拜又是社会分化的反映；氏族一部落贵族此时已分离而出，——而依据可供类比的民族志材料推知，氏族一部落贵族自命为太阳神的后裔"。[2] 按照这种观点，产生太阳崇拜的原因有两个，一是太阳在农耕文化中充当了丰产的赐予者，二是贵族首领与太阳神攀亲结缘的需要。《吉尔伽美什》把城邦的领袖表现为太阳神舍马什的后裔，无疑与这第二种原因有关。不过，这两个因素还不能说是太阳崇拜的本质原因。本质的原因在于人类通过观察太阳循环运行规则而确立的宇宙时空的秩序观念。

满族祭天神杆，吉林四平，叶赫故城

从吉尔伽美什和恩启都所分别代表的两种生活方式和智力状态的对比中，可以

[1] 大林太良：《神话学入门》，林相泰等译，中国民间文艺出版社1989年版，第101页。
[2] 托卡列夫：《世界各民族历史上的宗教》，魏庆征等译，中国社会科学出版社1985年版，第39页。

引申出下述判断，定居生活的人类为了生产的需要所开始进行的太阳观测及其结果，终于将人本身从与兽类相周旋的史前蒙昧状态中提升了出来，走向一种崭新的有节奏有秩序的社会生活。虽然已有众多学者论述过描绘过这样两种截然不同的人类生存状态，但或许并没有两首古朴的民谣表现得更生动更简洁。这两首古歌是华夏祖先留下来的最早的诗歌遗产，一首题为《弹歌》，歌词仅有八个字：

断竹，续竹；飞土，逐肉。

另一首题为《击壤歌》，相传产生于尧的时代：

日出而作，日入而息。凿井而饮，耕田而食。帝力于我何有哉！

从两首歌的唱词中表现出了两种生存状态的本质差异："耕田而食"与"逐肉"而食是生产方式的差异[1]。从逐肉到耕田的生产方式的变革必然赋予人类生存以新的尺度。原初的穴居狩猎者是以狩猎对象即客体的"肉"来调节自己的生存活动的，主体自然处在那种变动不居的追逐奔走的状态之中。相对而言，这样的"逐肉"生活是既不安定又无秩序的。定居的农耕栽培文化的出现，结束了人类延续数百万年之久的"逐肉"生涯，生活的调节尺度从变动不居的"肉"转换为规则运行的太阳，务农者的"作"与"息"便走向了秩然有序的节奏之中。

其实，"日出日入"的自然启示不仅为人类生活建立了"作息"的时间

[1] 与定居农耕文化相比较而言，游牧和狩猎虽然在生产方式上有所差异，但同样可以视为"逐肉"式的生活。如格鲁塞所说："在草原帝国里面，从匈奴人至于成吉思汗，它的人种常常是很复杂的；……这种生活方式即游牧生涯，此外要知道所有这些游牧人同时也是狩猎者，因为这是适宜于草原和森林的边缘地带的。"（《蒙古帝国史》，中译本，商务印书馆 1989 年版，第 5 页）。

节奏，而且还为人类提供了作为宇宙空间秩序观念的基础的方位感。“我国的许多民族是先知道东西方向，后来才有南北方向的知识。景颇族称东方为‘背脱’，即日出的方向；称西方为‘背冈’，即日落的方向”[1]。汉字中的“東”字，从日在木中，这里的“木”指扶桑神木，正是日出处。汉字中的“西”字也用飞鸟归巢的象形来表示日落的方位。《说文》：“西，鸟在巢上，象形。日在西方而鸟栖，故因以为东西之西。”西字的读音又与鸟栖之栖通转。可见初民离开太阳的出没运动是无从辨别方位，因而更无法建立空间秩序观念的。

“在神话思想中，空间和时间从未被看作是纯粹的或空洞的形式，而是被看作统治万物的巨大神秘力量；它们不仅控制和规定了我们凡人的生活，而且还控制和规定了诸神的生活。”[2] 由于太阳实际上充当了人类建立时间和空间意识的天然尺度，神话思维便把得之于太阳启示的主体意识反过来投射给太阳，产生出如下神话命题：太阳是时、空的创造者和管理者。这种神话命题的直接表现便是奉太阳神为诸神之主。“在许多古代文明的官方宗教中，太阳都扮演着重要的角色，特别是在那些由太阳神取代了古老天神的地区（如埃及、埃塞俄比亚、南部印度和南美安第斯山地区），尤其是那些视太阳为时间的创造者的地方”[3]。在古代巴比伦，著名的《汉谟拉比法典》也被视为太阳神所赐，巴比伦王汉谟拉比在法典的开篇假借苏美尔古神的名义把自己装扮成人间的太阳：

当这时候，安努与恩利尔为人类福祉计，命令我，荣耀而畏神的君主，汉谟拉比，发扬正义于世，灭除不法邪恶之人，使强不凌弱，使我有如舍马什，

[1] 宋兆麟等著：《中国原始社会史》，文物出版社 1983 年版，第 431 页。
[2] 卡西尔：《论人：人类文化哲学导论》，1944 年英文版，第 42 页。
[3]《新大英百科全书》第 12 卷“自然崇拜”条，1973—1974 年版，第 880 页。

照临黔首，光耀大地。[1]

英雄帝王就这样仿效太阳神，把自己摆在人间的时空主宰者和监管者的位置上。由此看来，《吉尔伽美什》中的主人公作为太阳英雄而出现就不仅仅是自然崇拜的反映，同时也是现实的君主崇拜的折光了。太阳与英雄的象征性关系的实质在于，借助于已知的宇宙自然秩序来确定和保证社会秩序。如卡西尔所言，在人类文化史上，促使宇宙秩序的观念得以形成的伟大总体化体系，似乎首先是在巴比伦天文学中产生的。在这里，我们第一次明确地发现了一个超越人的实际生活领域的思想，这个思想用统合的观点来综观整个宇宙和人生。“巴比伦天文学就其整体而言，仍然是一种对宇宙的神话式解释。……人在天上所真正寻找的乃是他自己的倒影和他那人的世界的秩序。人感到了他自己的世界是被无数可见和不可见的纽带而与宇宙的普遍秩序紧密联系着的——他力图洞察这种神秘的联系。因此，天的现象不可能是以一种抽象沉思和纯粹科学的不偏不倚精神来研究的。它被看成是世界的主人和管理者，也是人类生活的统治者。为了组织人的政治的、社会的和道德的生活，转向天上被证明是必要的。似乎没有任何人类现象能解释自身，它不得不求助于一个相应的它所依赖的天上现象来解释自身。”[2] 在巴比伦和华夏农业文明中共同出现的“十二分野制”，即将地上的政治区域划分为十二个组成部分以便同天上的黄道十二宫相对应，最集中地表明了定居文化所派生的这种借宇宙秩序来确认社会秩序的神话思维规则。而《吉尔伽美什》中的太阳行程作为史诗的深层结构素，也起着确认和解释英雄命运的作用。

同战马英雄相比，定居文明所产生的太阳英雄这一原型范式更具有认识价值。在游牧和骑马民族的史诗中，动物，尤其是马匹虽然对于主人公起着

[1]《汉谟拉比王法典》，中译本，见《世界通史资料选辑》上古部分，商务印书馆 1962 年版，第 58 页。
[2] 卡西尔：《论人：人类文化哲学导论》，1944 年英文版，第 48 页。

决定性的作用，但是这类自然物的神性作用是在叙述层次上直接表现出来的，动物的活动与人的生活是混同一体的。在这种神话式的混同中，无论是自然现象还是社会现象都尚未得到理性的认识。在《吉尔伽美什》中，自然过程和社会过程已有了分离，表现为平行对应的深层结构和表层结构。这主要是由于自然的必然性已经部分地被理性之光所照亮，高度发达的巴比伦天文学已向人们表明，季节的变化、日月的运行本身是不以人的意志为转移的客观过程，所以，自然本身已无须再用社会的、人事方面的偶然原因来解释了。然而社会生活现象、人的命运方面却远比有规律有秩序可循的自然过程更难认识和理解，这里的问题更复杂，具有更多的偶然因素，它们倒是反过来需要以自然的必然性来解释了。

德国现代哲学家斯宾格勒说，原始人只有对他能够做出解释的事物才不会感到惊恐，不管这种解释荒谬到何种程度。儿童心理学的观察也表明，孩子长到一定年龄，会产生某种“解释癖”，即对众多的陌生事物总要问一个为什么。用太阳运行解释人类宿命固然远远算不上一种科学的解释，但用意识到了的自然必然性解释尚未意识到其必然性的社会生活现象，这毕竟是认识过程的一大跃进。人类好奇的目光从纷纭变化的宇宙万物转向更加纷纭万变的人生和命运，这恰恰说明人已经在把自身从自然界中提升出来。把宇宙运行的结构、秩序和规律投射在尚无从把握其结构、秩序和规律的社会生活过程上，也正反映着人类竭力挣脱疑惑和恐惧，把自己从偶然性中拯救出来的顽强愿望。

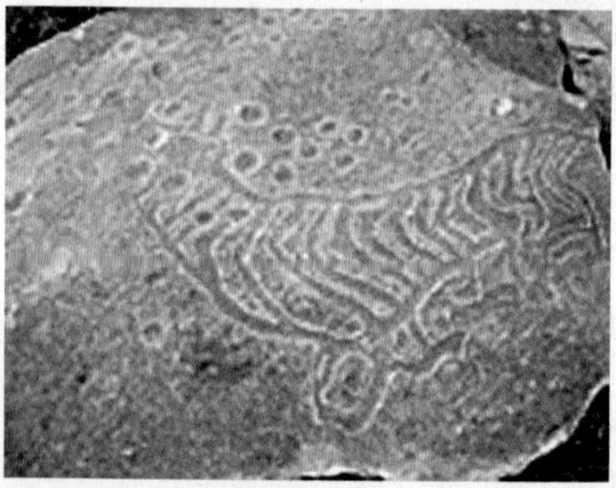
贺兰山岩画　白虎星座图

如果说自由便是对必然的认识，那么诚如黑格尔所言，处在蒙昧无知中的人是谈不上有多少自由的。然而，“好奇心的推动，知识的吸引，从最低级的一直到最高级的哲学见识，都只是发源于一种希求，就是要把上述不自由的情形消除掉，使世界成为人可以用观念和思考来掌握的东西。”[1] 从这种哲学认识论的高度来看，太阳英雄这一原型在定居文明中的出现，不正是充当着自非理性的神话思维向理性的哲学思维过渡期间人类掌握世界的符号工具吗？在此意义上，吉尔伽美什，这位人类文明史上第一位伟大的太阳英雄的形象，不正象征着人类从必然迈向自由的艰难历程吗？在这里，通过对史诗《吉尔伽美什》所反映的文化范式的层层解析，我们终于理解了罗兰·巴尔特的一句至理名言：

艺术品就是把人从偶然性中拯救出来之物。

[1] 黑格尔：《美学》，朱光潜译，商务印书馆 1979 年版，第 1 卷，第 125 页。

第二篇

发掘

THE THIRD PART

第三章

重寻中国的太阳英雄

- 熟知：羿与太阳的对立性
- 真知：羿与太阳的同一性
- 幼子继承：射日神话的原始蕴含

中国上古是否产生过英雄史诗？换一种发问的方式：除了中国众多的少数民族的史诗之外，汉民族在其历史初期是否也创造出了英雄史诗？长期以来，对于这个问题的答案是否定性的。王国维认为，由于中国汉族文学传统的开端没有史诗，中国人对自己的文学不能过于自豪。黑格尔对这个问题提出了解释性的意见，认为中国人没有民族史诗，原因在于“他们的观照方式基本上是散文性的，从有史以来的时期就已形成一种以散文形式安排得井井有条的历史实际情况，他们的宗教观点也不适宜于艺术表现，这对史诗的发展也是一大障碍。”[1] 五四以来，受西方文学理论影响的现代学者们试图用西方的史诗概念来考虑中国文学中的史诗问题，努力寻找出一些类似于史诗的作品。如胡适就曾在《白话文学史》中把《孔雀东南飞》这样的叙事诗称为“史诗”。后来人们又发现了《诗经》中的“史诗”，把收在《大雅》中的歌颂周民族开国创业历史的五篇作品——《生民》《公刘》《绵》《皇矣》和《大明》——确认为是汉民族的英雄史诗。但从篇幅、规模和风格等方面来看，有些学者认为这些短小的作品尚不足以称为史诗。关于这一问题的讨论尚在继续，看来短期内不会有众所公认的定论。[2] 在这里，笔者拟提出探讨中国上古英雄史诗的起点问题，从一个新的角度参加讨论。

与西方文学相对而言，中国上古叙事文学是不发达的。神话大都以只言片语的形式记载下来，成熟的小说类叙事作品出现在唐代以后，戏剧则更晚至宋元时期。从远古神话到唐代传奇小说之间，一两千年没有留传下大型叙事文学作品与西方的史诗相媲美。当然，这并非意味着中国自古就没有产生过英雄史诗。不过，要想在尚文不武的汉民族传统文化氛围内找出像印欧上

[1]《美学》，中译本，第 3 卷，下册，商务印书馆 1979 年版，第 170 页。

[2] 关于中国史诗的争论，可参看公木：《中国古代没有民族史诗吗？》，载《文史知识》1985 年第 4 期；邓乔彬：《从荷马史诗与西周史诗谈中西文学》，载《华东师范大学学报》1986 年第 6 期；蓝华增：《古代汉族为何未产生长篇叙事英雄史诗》，载《民间文艺季刊》1987 年第 2 期；赵沛霖：《〈诗经〉史诗古今研究大势》，载《河北学刊》1987 年第 5 期；杨牧：《论一种英雄主义》，载叶维廉编：《中国古典文学比较研究》，台北，黎明文化事业公司 1977 年版。

古史诗或欧亚中古史诗那样的作品，确实是不可能的。换言之，中国上古英雄史诗的探讨不能以“战马英雄”型的范式为尺度和参照，而只能以“太阳英雄”型的范式为尺度和参照。因此，重寻上古史诗的第一要务在于从定居文化的原型范式出发，重新寻找中国式的太阳英雄。

本章的目的便是重新思考众所周知的后羿神话，确认中国上古史诗主人公的太阳英雄身份。

一、熟知：羿与太阳的对立性

黑格尔曾提出过这样一种现象，人们的认识常常因为某些熟知的东西而受到阻碍，无法深入了解事物的本质和真相。“熟知非真知”的命题便是对此种现象的概括。黑格尔解释这一命题时说，“一般说来，有一种最习以为常的自欺欺人的事情，就是在认识的时候先假定某种东西是已经熟知了的，因而就这样地不去管它了。这样的知识，既不知道它是怎样来的，因而无论怎样说来说去，都不能离开原地而前进一步。”[1]

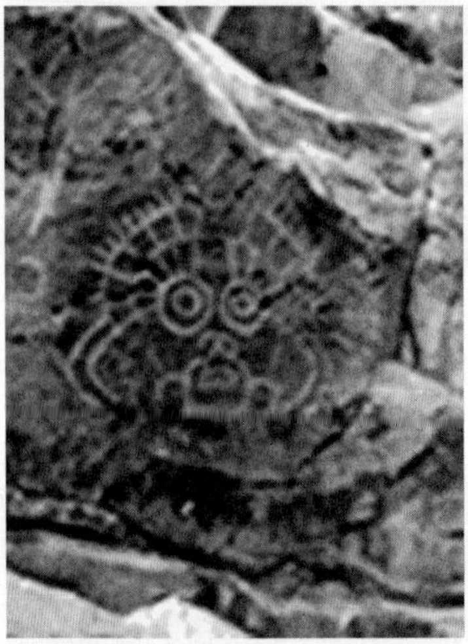

贺兰山岩画 太阳神符号

中国古代流传下来的最著名的神话之一——后羿射日的故事就是这样一种“熟知”的知识。凡是多少受过一些教育的中国人，大概没有不知道这个神话的。通过代代相传的民间渠道和官方的童蒙读物，故事的主人公后羿的名字早已在汉民族的集体意识中同太阳密切联系在一起

[1] 黑格尔：《精神现象学》，贺麟等译，商务印书馆 1979 年版，第 20 页。

了。然而，这种联系却长久地被搞颠倒了，只因为以“熟知”的形式存在和流传，没有人去探究其原委。几千年来的影响所及，似乎已很难再为其翻案，将埋藏在“熟知”背后的真相昭示于世了。

按照流行的说法，后羿射日这四个字本身就包含着一种敌对关系，即主语“后羿”同宾语“日”之间的敌对。在后羿同太阳的敌对关系中，现代学者又发展出了一些“熟知”的解释。如人类与自然的对立说：“我国古代神话传说有着很明显的特色。首先，神话传说中的一些英雄人物在自然界的大灾害面前都不是束手无策，而是具有无比巨大的力量去克服它们的，像炼石补天的女娲、射日的羿……其次，那些英雄人物的命运却不是由神来安排，而是由他们自己的力量来决定，体现了一种‘人定胜天’的思想。他们和神往往处在对抗地位，而不是它的顺从者。”[1]再如民族之间的敌对关系说：“太阳成了射击的对象，表明了人与太阳之间处于敌对关系，但其实际含义……反映着崇奉后羿为主神的一族和崇拜太阳神为族神的一族的敌对关系。”[2]较早做出类似解释的还有李玄伯、郭沫若等[3]。

除了各种“对立说”的解释之外，后羿射日的神话还流传到民间及汉民族以外的地区，转换或派生出各种各样的人神对立或人与自然对立的传说、故事。在中原一带流传的射日神话说：

后羿是远古时箭法超群的天将。有一年，天上出现了十个太阳，晒得大地像火燎一样，人们对天叫喊，请苍天睁睁眼。喊声吵得老天爷连觉都睡不着。他就派后羿去说服这十个太阳，别一起跑出来为害人间。太阳们对后羿说，由于两只神鹰要下凡当天下的主人，我们才一齐跑出来看热闹。后羿恼怒之下射落了两只鹰，但十个太阳仍不回去，于是便接二连三地射落了九个

[1] 中国社科院文学研究所编：《中国文学史》第1卷，人民文学出版社1962年版，第11页。
[2] 朱天顺：《中国古代宗教初探》，上海人民出版社1982年版，第11页。
[3] 李玄伯：《中国古代社会新研》，开明书店1949年版，第208页；郭沫若：《中国史稿》第1册，人民出版社1976年版，第139页。

太阳。他正要搭弓射第十个太阳，一位老农拦住了他："后羿呀，天神爷！留一个太阳吧，别让大地变成黑洞洞的了。"这样，最后一个太阳留在天上，后羿自己精力耗尽，无力回天了。王母娘娘得知，让天女嫦娥下凡与他匹配成夫妻。[1]

这个传说完全是对古代流传的射日神话的改编和扩充。它把人们"熟知"的羿与日的对立关系描绘为非常具体的故事情节，并照例把射日的原因解说为酷热给人间带来的自然危害。不过，这个传说中有一点保留了原始神话的真相：后羿来自天神世界，他并非土生土长的人间英雄。这一点对于揭示后羿神话的实质至关重要。

在与汉民族毗邻的各少数民族中，以后羿神话为原型的各种射日传说多不胜举，但射日的主人公早已各自置换为本民族的神灵或祖先、英雄：纳西族是桑吉达布鲁，布朗族是顾米亚，黎族是万家，哈尼族是俄普浦罗，拉祜族是扎弩扎别，布依族是翁戛，独龙族是一位猎人，羌族是一位能者，珞巴族是究究底乌，傈僳族是兄妹两人，土家族是卵玉，壮族是特康，彝族是格滋，瑶族是格怀（另一位射月的英雄叫雅拉），哈萨克族是鹰嘴铁人，侗族是姜良……似乎华夏周围的每一个民族都有自己的射日英雄，都能敷演出自己的人与太阳对立的故事，甚至一个民族之中竟流传着许多不同的射日英雄的传说。如苗族就有扬亚射日、阳雀造日并射日、冒扎射日、桑扎射日、纲通射日等多种传说。不论主人公的名字、身份、种族如何千变万化，射日者与太阳之间的对立关系却是几乎不变地成为所有这些后起的传说故事的基本主题。

那么，除了这种众所周知的对立关系之外，射者与太阳之间还会不会有其他的必然联系呢？

---

[1] 邓鹏口述，见《中国民间故事集成·河南桐柏县卷》第1分册，1987年版，第70—71页。

二、真知：羿与太阳的同一性

辩证法告诉我们，相互对立的事物不仅仅具有矛盾和对立的关系，而且具有统一和转化的关系。羿这位射太阳的上古大英雄原来也是太阳的化身。这便是笔者所要论证的首要问题。这里提出羿与太阳本来具有同一性的关系，并不意味着完全否认两者之间的对立，而是要在千载“熟知”背后去探寻被历史遗忘已久的原始真实。

羿，作为受人敬仰的英雄，其最突出的特点是擅长射箭，在《左传》《论语》《孟子》《庄子》《管子》《荀子》《韩非子》等多种先秦典籍中，都曾提到这一点。可见在上古人的心目中，羿是非凡的神箭手，因为他，“有必中之道，故能多发而多中”（《管子・形势》）。还有的传说干脆说他是弓箭的发明创造者（如《墨子・非儒》“古者羿作弓……”《吕氏春秋・勿躬》“夷羿作弓”。）这种说法甚至可以从他的名字上得到直观的证明。“羿”字本作“羿”，《说文》又写作“芎”。这三个字都保留着弓箭的象形成分。或从弓，或从羽，而羽就是箭尾，亦指箭。《释名・释兵》：“矢，其旁曰羽，如鸟羽也。鸟须羽而飞，矢须羽而前也。”《文选・扬雄〈羽猎赋序〉》吕向注：“羽，箭也”。羽猎就是用箭射猎。其实，就是在数千年后的今天，“羿”这个字的形状不也恰似两支头向下的利箭吗？

19 世纪的德国比较神话学家麦克斯・缪勒曾把神话的发生归结为语言的误传。对于习惯于抽象思维的现代人来说，一个名词在大脑中唤起的是一个概念，而对于神话时代的初民来说，则唤起的是一个形象及与之相关的故事。“当希腊神话中的某些人物用希腊语保存了可以理解的名称时，我们就能很好揭示其本来的神话意义。”[1] 羿这个汉字正是以活化石的形态揭示了羿神话的实质内容必然与射箭有关。射又叫作躲，后者读音为yì或yè，正与羿字读音相通。《说文》：“彈，躲也，从弓畢声。《楚辞》曰：‘（羿）焉曰：彃（羿）焉彈日？’”我们是否可以推测，后羿善射的神话与“羿”“躲”两字的同音相转及“羿”“彃”两字的形转有一定关联。历史上先后出现的“后羿”“夷羿”和“羿”，其实只不过一位神话英雄的讹传。汉字“羿”的造型本身已经把这位善射大英雄的特征牢固地铭刻在汉民族文化的集体表象之中了。即使后世有个别人想把善射的功绩归于另外的上古帝王，也无法从根本上取代羿在民族集体意识中的固有地位。汉代王充著《论衡》一书时便将射日故事的主人公改换为尧。该书《对作篇》说：“《淮南书》言烛十日。尧时十日并出，尧上射九日。”《说日篇》说：“《淮南书》又言，尧时十日并出，万物焦枯，尧上射十日，以故不并一日见也。”《感虚篇》说：“《儒者传书》言，尧之时，十日并出，万物焦枯。尧上射十日，九日去，一日常出。”王充为什么要把羿的事迹加在尧的身上呢？他所引以为据的两书，《儒者传书》已佚，《淮南子》尚存，但其中所记射日者并不是尧而是羿。袁珂先生推测：“射日除害原有两种民间传说，一属之羿，一属之尧，而属之羿的一种更占优势，后人因改属之尧的古本《淮南子》使属之羿而成今本的状态，于是羿射日除害之说就占了绝对的统治地位，而尧射日之说只好湮没了。”[2] 笔者以为，假若古代民间真有尧射日的传说，那么为什么王充以前的上古典籍从未有过任何记载呢？可见所谓“古本《淮南子》”是否存在过是很值得怀疑的。先秦诸子如孔、孟、庄、韩、墨都曾述及帝尧的事迹，后人推他为仁君之首，是古人心目中的圣人。他果真有过射日功绩的话，人们是不会闭口不提的。看来，把上古盛传的羿射日业绩加到尧的名下，这只能是王充的

[1] 麦克斯·缪勒：《比较神话学》，金泽译，上海文艺出版社 1989 年版，第 82 页。
[2] 袁珂：《神话选译百题》，上海古籍出版社 1980 年版，第 156 页。

发明了。他何以这样张冠李戴？原来这与射日神话的原始内容及羿形象的历史演变有关。简言之，羿之射日原来不是为民除害，而是家族内讧，因为他自己本来就是“日”。从射杀兄长的罪人到为万民除害的英雄，羿的形象从远古到秦汉以后发生了180度的大转变。王充因去古未远，又深谙旧籍，一定十分熟悉前人对荒淫残暴的羿的斥骂，于是便从道德立场出发，因人废事，将射日之功业转移给万民景仰的帝尧了。至于羿的原始形象以及射日的本来情形，拟在以下章节中加以探究，这里先要确定的是羿的身份的变化。

这位作为弓箭化身的善射英雄，原本不是肉体凡胎的俗人，而是一位天神。尽管许多古书都说他是历史人物（或曰尧时射官，或曰帝喾时射官，或曰有穷国君，或曰古之善射者，等等），但较为全面地记述了羿的生平的《天问》却明确透露出，他本是来自上天的神：

帝降夷羿，革孽夏民。

王逸注说“帝”是天帝，而《山海经·海内经》则说：“帝俊赐羿彤弓素矰，以扶下国，羿是始去恤下地之百艰。”这里的天帝之“降”与羿之“下地”，都说明羿本属神籍，具有神的血统，住在永生的天神世界。

那么，羿和派他降至人间的天帝即帝俊之间是什么关系呢？帝俊是上古东方部族所传之上帝，闻一多说他是“殷人东夷之天帝”[1]。徐旭生说他在《山海经》所记诸神之中“可以说是第一煊赫的了”[2]。正像希腊神话中的“众神之父”宙斯那样，天神世界中许多主要的神都是帝俊的儿子。如袁珂所说：“帝俊子孙多有创造发明：义均‘作下民百巧’；奚仲、吉光‘是始以木为

[1] 闻一多：《天问疏证》，上海古籍出版社1985年版，第54页。

[2]《中国古史的传说时代》（增订本），文物出版社1985年版，第67页以下；参看张光直：《中国青铜时代》，三联书店1983年版，第264—265页。

车’；晏龙‘为琴瑟’；子八人‘是始为歌舞’；后稷‘播百谷’；叔均‘作牛耕’。”[1]那么，我们这位发明了弓箭的羿是不是也可以看作帝俊的后代呢？由于上古神话的零散和残缺，找不到直接的答案。不过，根据以下几个方面的推测，可以做出肯定的回答。

从血统方面看，帝俊是东夷人的上帝，而羿亦为东夷之神[2]，他的名字又叫“夷羿”（《天问》；《左传·襄公四年》引《夏训》及《虞人之箴》；《吕氏春秋·勿躬》）。从间接的材料来看，帝俊曾和妻子羲和生下十个孩子，羲和是女性太阳神，所以生下的是十位小太阳神。“羲和者，帝俊之妻，生十日”。（《山海经·大荒南经》）照此来推断，羿若是帝俊之子的话，很可能就是十日中的一个了。也就是说，羿可能是太阳神。如果再没有其他方面的证据，这种可能性似乎还难令人信服；但假如羿本身具有了某种太阳神的特征，那么可能性就将转变为现实性了。如前所述，羿是弓箭的化身，他最大的特征是善射。而这，不正是太阳神的普遍象征吗？

人类学家利普斯在概括太阳神话的特点时说：“太阳神可以是一个神、一个英雄，可以仅是一个人，或者可以是一根燃烧的柱子。太阳光芒是太阳神射向地球的箭……”[3]大概最能说明神话思维这种类比逻辑的莫过于众所周知的希腊太阳神阿波罗。“阿波罗之光——太阳光，同远射之神杀敌的金箭被看作是同样的东西。这么一来，阿波罗便成为射神，即战神。古代人把人的暴卒，说成是中阿波罗之箭”[4]。巴比伦的太阳神马杜克（Marduk），其主要的武器也是弓和矢。[5]据著名比较神话学家约瑟夫·坎贝尔（Joseph Campbell）的考察，把太阳发出的光线类比为箭。这一原始观念的起源，甚至要比神话产生的年代

[1]《中国神话传说词典》，上海辞书出版社 1985 年版，第 295 页；详见《中国古代神话》，中华书局 1960 年版，第 144—145 页。

[2] 杨宽：《中国上古史导论》见《古史辨》，上海古籍出版社 1982 年版，第 7 册，第 366 页。

[3]《事物的起源》，中译本，四川民族出版社 1982 年版，第 356 页。

[4]M.H. 鲍特文尼克等编：《神话辞典》，黄鸿森等译，商务印书馆 1985 年版，第 2—3 页。

[5] 胡克（S.H.Hooke）：《中东神话学》，企鹅丛书本 1963 年英文版，第 44 页。

还早得多。史前人类在定居的农业生活开始之前，主要是以狩猎活动维生的。而在几乎所有狩猎民族的神话中，太阳都是伟大猎手（a great hunter），他的狩猎武器就是箭。现代人类学家在目前尚存的爱斯基摩史前渔猎部落和东非的狩猎部落中，仍然可以看到基于上述原始观念的狩猎仪式。[1]

笔者曾在另一部著作中探讨神话思维的类比规律时指出，神话的本质在于原始人对事物的象征性解释，这种解释通常采取想象和幻想的外在形式，但又遵循着一个基本的内在逻辑规则——类比。通过类比而建立起本体（被解释的现象）与征体（用作解释的现象）之间的因果关系，构成神话的内在结构。但神话思维的类比又不同于科学思维的类比，它只能在现象事物的表面上进行，或者说仅仅是一种外在特征的类比。只要两种事物之间在某一个别方面具有相似性（如月之圆缺与生物之生死）便可将它们同化为同类现象。类比既是神话创造的原则，也是语言创造的原则。[2] 从神话思维的类比规律着眼，太阳神兼为射手英雄的现象便不难理解了：原来初民们尚未认识到太阳作为星体的发光现象之原因，便运用他们的神话思维把阳光象征性地解释为太阳神所射出的无数利箭了。尽管从现代科学分类的角度说，阳光与射箭完全是风马牛不相及的两种事物，但在神话思维中，仅仅由于两者在现象上的相似，便被认同为同一类事物了。这种原始类比不仅给我们留下了遍布世界各地的太阳神射手神话，而且还深深地植根于语言的创造之中。在汉语中，我们至今仍把光线称作“射线”，把光照治疗叫作“放射”治疗，这种语汇的发生，其来久矣。《墨经·经说下》云：

光之（至）人，照若射。

[1] 坎贝尔：《原始神话学》，威金出版公司 1959 年英文版，第 295—298 页。
[2] 俞建章、叶舒宪：《符号：语言与艺术》，上海人民出版社 1988 年版，第 129—130 页。

这话已经把光照与射箭之间的类比原因和盘托出了，它充分证明上古汉民族的神话思维曾把太阳构想为能够射出光箭的伟大射手，如《楚辞·东君》所歌咏的南方神话系统中的太阳神便有“举长矢兮射天狼”的壮举。同样的行为，羿也曾做过。《易林》中便多次说到：“羿张乌号，彀射天狼。”[1] 由此看来，太阳作为光明之神又兼任战争之神也就是理所当然的了。如苏联宗教史学家约·阿·克雷维列夫分析阿波罗的双重职能时所说：“他依然是太阳的化身和将兵之神，他的武艺就是射箭。阿波罗的这两种职能的联系可以查实。阿波罗被描绘成放射光芒的太阳神，这些光芒宛如金箭，有箭必定有弓，必定有射手。自然职能和社会职能，就是由于这些实质上很偶然的情况而凑合起来的。”[2] 需要补充的是，太阳神的自然职能与战神的社会职能的结合，看似偶然的凑合，实则由人类神话思维的必然逻辑所创造。

云南仓源原始岩画中的太阳射手

有幸的是，我们在新近发现的云南仓源原始岩画中看到了一幅象征中国的阿波罗神的图画[3]，用它来证明“太阳=人（神）=弓箭”的三位一体关系，确实最为生动而有力。从这位左手执弓、右手握箭的中国太阳神的图形来看，像阿波罗一样，羿身兼日神与善射英雄等多重身份不仅是可能的，而且是自然而然的。即使帝俊没有赐给他“彤弓素矰”，他也不会没有弓矢可用，他本身就是弓矢的象征！无怪乎许多神怪、妖兽和凡人的暴死暴伤，都要归咎于他呢。

除了太阳神之外，神话中某些善射的英雄也可以反过来被类比为太阳。

[1]《太平御览》卷三四七引《风俗通》说，所谓“乌号”，乃是用柘树枝制成的劲弓。
[2] 克雷维列夫：《宗教史》，中译本，中国社会科学出版社 1982 年版，第 54 页。
[3] 汪宁生：《云南仓源崖画的发现与研究》，文物出版社 1985 年版，第 59 页。

如古印度大史诗《罗摩衍那》中描绘的罗怙族英雄：

把劲弓拉满，一箭射向前；
三界大恐怖，一时都驱散；
好像那太阳，驱除掉黑暗。[1]

希腊神话中与羿相当的最著名的英雄赫拉克勒斯（Heracles）也是无敌于天下的神射手，教他学习射箭的是敢于向阿波罗挑战比赛箭术的俄卡利亚国王欧律托斯（Eurytus）。这位赫拉克勒斯的神话中亦含有“埃及的宗教观念和东方太阳神崇拜的成分”[2]。有些学者认为这位希腊大英雄的神话形象正是以苏美尔、巴比伦英雄吉尔伽美什为原型的。

以上讨论足以从血统和特征两方面确认羿与太阳神具有同一性关系。从神话思维的逻辑着眼，这种关系是一目了然的。因而，羿之射日，绝不是人与自然的斗争，而是日神家族内部的争斗。由于射日神话的本义在后代发生了变化，被人们普遍理解为英雄为民除害，羿与太阳之间就只剩下了表面上的对立关系，其同一性关系也就被遮蔽、被遗忘了。

三、幼子继承：射日神话的原始蕴含

羿本为日，为何还会射日呢？

考察记载中的射日故事的各种说法，尧时十日并出，尧命羿射十日，结果射中九日的说法最早见于西汉时刘安所撰《淮南子》：

[1]《罗摩衍那》第7卷，季羡林译，人民文学出版社1984年版，第410页。
[2] 鲍特文、尼克等编：《神话辞典》，中译本，商务印书馆1985年版，第141页。

尧之时，十日并出，焦禾稼，杀草木，而民无所食。猰貐、凿齿、九婴、大风、封豨、修蛇，皆为民害。尧乃使羿诛凿齿于畴华之野，杀九婴于凶水之上，缴大风于青丘之泽，上射十日而下杀猰貐，断修蛇于洞庭，禽封豨于桑林。万民皆喜，置尧以为天子。[1]

笔者以为上述记叙反映的是羿射日神话在汉朝时的衍变，“上射十日”的羿已完全丧失了自身的太阳神血统，亦即失去了与日的同一性关系，成了十日的绝对敌对者。如前所论，羿本是太阳神所生的“十日”之一，若言射十日，必然意味着羿的自杀，这显然是与羿的原始身份不相吻合的后起传说。

相比之下，羿射九日而中九日的说法似乎具有较大的可信性，更接近射日神话的原始蕴含：小儿子羿射落了他的九个哥哥（或姐姐），独立继承了母亲羲和的太阳神籍，这种情况表面上看只是一种血亲相争，实际上却隐隐约约地透露出民族学家和人类学家从母系氏族社会中总结出来的所谓“末子相续”制（又称“幼嗣继承制”，英文为 ultimogeniture）的遗迹。

末子相续制与长子继承制相反，后者普遍流行于大多数父权制的社会组织之中，汉民族亦是如此。但是在原始民族中，末子继承制却相当普遍，即由最年幼的儿子或女儿继承家庭遗产。在印度的许多部落，在非洲的某些原始社会中，甚至英国的某些地区，至今仍保留着这种由来已久的继嗣制度。弗雷泽等人类学家解释说，幼嗣之所以会继承遗产，是因为兄、姐分别离开家庭以后，仅幼嗣和父母同住，自然担负起奉养的义务与继承的权利。[2] 虽然这种末子相续制在大多数文明社会中已不再流行，但因其起源古老，必然在上古神话传说及后代民间故事、童话中留下永难磨灭的印记。关于兄弟相

[1]《淮南子·本经训》。

[2]参看芮逸夫主编：《云五社会科学大辞典》第10册《人类学》，台湾商务印书馆1980年版，第121页。林惠祥：《文化人类学》，台湾商务印书馆1981年第7版，第218页。

争末子取胜的故事母题遍布世界各地，正是对逝去已久的末子相续的现实的一种永恒回忆。丁乃通《中国民间故事类型索引》中所列第480F“善与恶的弟兄和感恩的鸟”型、第503E“狗耕田”型、第511C“金银树”型、第555A“太阳国”型、第555B“含金石像”型、第613“二人行”型等类故事，都讲述了小弟弟的聪明、运气和成功。这种情形同现实生活中普遍流行的长子继承制形成了鲜明的对照。对此，月朗先生提出的解释是：长子继承权的确立，使其他子女，特别是幼子的社会地位一落千丈。帝王将相的幼子将永远失去承袭王位、建功立业的机会且不说，即或是平民家中的幼子，也常常因为长兄长嫂的虐待而饥寒交迫、含辛茹苦。长子的专横，必然会激起社会对长子继承制的强烈不满和对幼子不幸遭遇的深切同情，这种强烈的社会逆反心理，为幼子继承型故事的生存提供了新的条件，使这一古老的故事模式作为一个载体，又重新发展起来。[1]

末子相续制为我们提供了重新理解羿射日神话的基础和出发点，使我们可以说明羿作为十个小日神中的一个为什么要射杀其他九个日神。这样，羿与太阳的同一性关系和对立关系便同时得到了发生学的解释：这两种关系表面上看是相互矛盾的，从实质上看又是统一的。

在我国台湾省高山族支系布嫩部落中流传的太阳兄弟的神话同样可以看作是末子继承制母题在太阳神话中的表现。据说在很久很久以前，天空中有两个太阳，它们是一对亲兄弟。兄弟俩轮流出现，所以那时不分白天和黑夜，整日都有明亮的日光。太阳弟弟性情温和，当它照亮大地时，人和动物都愉快地生活着；太阳哥哥则相反，性情暴躁，只要一照临大地，草木被晒干了，动物被晒死了。所以只要太阳哥哥一出现，人和动物就得赶快躲进山洞里。来不及躲藏就会被活活晒死。后来有人用巧计射伤了太阳哥哥的一只眼睛，

[1] 月朗：《幼子继承型故事产生及流传的社会基础》，《民间文艺季刊》1987年第1期。

它慌忙而逃，太阳弟弟也吓得不敢出来了，大地上变成一片黑暗。直到有一次一个妇女投石问路，碰巧打在一只小鹿头上。小鹿惊叫之声惊动了太阳弟弟，他跑出来看热闹，大地又恢复了光明，人们欢呼雀跃，使太阳弟弟深受感动，从此每天按时东升西落，世间才有了白昼与黑夜。那位被射瞎了一只眼的太阳哥哥也改邪归正，成了夜间为人类照明的月亮。[1]

这个神话的内容与民间流传的两兄弟故事十分相像：故事的价值评判总是倾向于弟弟一边，而把哥哥描绘成暴虐、邪恶的化身。最后获得胜利的则是人心所向的弟弟——末子。神话中的太阳兄弟虽没有直接发生冲突，但在性情暴躁、晒杀人畜的太阳哥哥和性情温和、受人爱戴的太阳弟弟之间，显然形成了一种鲜明的矛盾对立关系。结果是弟弟继续作为太阳而存在，恢复了人与自然之间的和谐秩序，矛盾对立得到了妥善的解决。

相比之下，羿与他的太阳哥哥们之间的矛盾更为表面化，表现为争夺继嗣权的直接冲突。这种冲突同样导致了宇宙秩序的破坏，直到羿射九日之后，天上只剩下一个太阳，冲突才得到解决，宇宙秩序得以恢复。

值得注意的是，由于汉代以后的改动和误传，羿射九日的神话失去了本来面目，转化出人与自然相争的主题，并且使羿丧失了原有的太阳神格，成为帝尧手下的一个现实人物，从而使十日神话变成难以求解的谜团，从王充、朱熹直到郭沫若、茅盾，一代代的学者为此绞尽脑汁、倾注笔墨，至今未能找到令人满意的答案。

王夫之曾在《楚辞通释》中提出，十日神话是一个“喻言”：“或尧承挚乱，天下僭为帝者不一，羿灭其九，《庄子》谓尧伐丛枝胥敖是也。”贺宽也认为这是屈原造的“寓言”。[2] 这两位清朝学者开倡的这种社会学的解

[1] 参看马哈山、达和讲述《太阳和月亮的故事》，《中国少数民族神话传说选》，四川民族出版社 1985 年版，第 206—209 页。

[2] 参看游国恩主编：《天问纂义》，中华书局 1982 年版，第 173 页。

释在现代有众多的响应者。李玄伯《中国古代社会新研》即说，羿射日的神话情节“表示当时有十个集团以日为图腾者，羿曾灭其九”。前述郭沫若、朱天顺等人的观点与此同类。茅盾在《神话研究》中又试图从人类学解释法的立场出发，把十日神话看成是原始太古时期一次罕见的大旱灾的反映，羿之射日，体现了初民企图征服自然、战胜干旱的良好愿望。“在历史初期，这个羿一定是民间艳称的半神的英雄，正和赫拉克勒斯一样。后世史家将这神话的羿来历史化，就成为尧之臣的羿，再变而为有穷后羿了”[1]。当代学者大都赞同这种人同旱灾斗争的解释，羿因而被看作是为人民除害的英雄。冯天瑜说：“羿降临凡世，大显神威，做了一系列替人民消灾除害的事业。第一，射九日。在中国神话系统里，有一个‘十日并出’的酷热时代。”“汉族‘羿射九日’的神话……是初民借助幻想解除干旱和酷热的一种努力。羿射落九日，解除了人间的旱热之苦，其功劳是很大的。”[2]除了上述两种观点外，还有的学者另创新说，认为射日神话影射着远古时期一次历法改革：“上古时代可能实行过这样一种历法：把一年的周期，划分为十个等分，或者说，划分为十个太阳‘月’。……作为一种纪年法，它当然是很不准确的，而其误差不断积累的结果，就必定会在某一年，终于造成了历法的全面混乱。历法上预告的寒季变成暑季，而历法上预告的暑季变作寒季。……正是在这样的情况下，产生了帝尧命羿射十日的神话。而这个神话的真实意义，也是唯一可能做出的合理解释，就是它实际上是暗示了一场重大的历法改革。”[3]笔者认为，历法的发生是对自然周期变化规律的认识和总结，它不可能是主观人为设置的东西。如果一种历法不能以自身的调节功能去反映季节变化，以致达到寒暑颠倒、全面混乱的地步，那就根本不成其为历法了。因此，把

[1] 茅盾：《神话研究》，百花文艺出版社 1981 年版，第 220 页。
[2] 冯天瑜：《上古神话纵横谈》，上海文艺出版社 1983 年版，第 140、145 页。
[3] 何新：《诸神的起源》，三联书店 1986 年版，第 171—172 页。

羿射九日的神话同一场莫须有的历法改革相联系，其可信性是值得怀疑的。

新近还有的学者将社会学的解释同历法改革说相结合，认为射日象征着以羿为首的东夷部族征伐夏国取得中原统治权，并以东夷部落实行的一年十二月阴阳合历取代夏族的十月太阳历。关于这次夷夏冲突的主要论据是《山海经·海内经》如下两句话："帝俊赐羿彤弓素矰，以扶下国，羿是始去恤下地之百艰。"[1]

以上引述的三种观点虽然似乎都能自圆其说，但是从中可以看到一个共同的失误，即未能有效地区分有关羿的各种文献传说之间的先后关系，错将《淮南子》中作为尧之臣子的羿的射十日传说同《天问》和《山海经》这两种先秦文献中作为天神之一的羿的神话混淆在一起了，这样，原始的射日神话同汉代以后被修改了的射日神话之间的渊源流变关系被彻底掩盖，十日神话成了无法理清头绪的纷争难题。

需要特别说明的是，射日神话虽有多种多样的说法，但明确记载于先秦典籍之中的只有一处，即《天问》中"羿（《说文》引作"芎"）焉彃日？乌焉解羽？"在此并未涉及射日的数目。尤其被古今学者忽略的是，这两个问句在《天问》诸问题总体结构中的时序位置。众所周知，《天问》中的问题不是随心所欲、漫无边际地乱问，而是遵循着一定的逻辑顺序而展开的：从宇宙的由来即时空的开始一直问到楚国的当代史。《天问》中关于羿的问题是分两次、在两种不同的语序中提出的。"羿焉日彃"两句问题是紧接在开天辟地神话、鲧禹治水神话和昆仑神话诸问之后提出的。接下来问的是有关夏朝的史事，如启益之争和五子之乱等，再往下问才出现了"帝降夷羿，革孽夏民"之事。这两种不同的语境足以说明，羿射日、乌解羽的故事发生在先，或者说发生在天上的神灵世界，即发生在他被降至人间"革孽夏民"之前。而羿来到人间以后的所作所为，按照《天问》所说，如射河伯、妻洛嫔、射封豨、上昆仑等事项

[1] 王从仁：《后羿考辨》，《中州学刊》1988 年第 5 期。

中根本不包括射日在内，因此不能混为一谈。简言之，羿的事迹分别在两个不同的时空范围内发生，射日一事发生在他“扶下国”以前，那时他完全是天神世界中的一员，而不是人间的英雄。其余的事迹发生在他从上天下降人间以后，这时他已不再是神，而是具有神性血统的人间英雄。根据这样一种时空划分，射日神话所反映的，既不会是人间的社会斗争，也不会是人同大自然的斗争，更不会是历法的变更，只能是太阳神家族内部的兄弟内讧了。

如前所述，中国上古的太阳神家族中有十个兄弟（姊妹），且都是同一位母亲羲和所生。幼子羿究竟是如何射杀他的兄长们的？这个问题已无从察考了，我们只能进行合理的推测。《山海经·海外东经》说：

下有汤谷，汤谷上有扶桑，十日所浴，在黑齿北，居水中。有大木，九日居下枝，一日居上枝。

又《大荒东经》：

……上有扶木，柱三百里，其叶如芥。有谷曰温源谷（郭璞注：温源即汤谷），汤谷上有扶木，一日方至，一日方出，皆载于乌。

这里所说的汤谷扶桑（即扶木）十日是不是羲和所生的十日呢？《山海经·大荒南经》郭璞注引已佚先秦古书《归藏》提供了肯定的解答：

瞻彼上天，一明一晦，有夫羲和之子，出于旸谷。

看来，神话思维曾将昼夜之交替解释为十个太阳轮留出现，这也正是与我国上古初民以“旬”纪日这一特殊现象相吻合的。但是在某一时刻，太阳十兄弟（姊妹）的轮流值日制度遭到破坏，发生了试图独占鳌头、排斥异己的家庭纷争，其结果便是神话中那种“十日并出，万物皆照”[1]的异常局面，争斗到最后，末子继承的母题发挥了作用，神话中又出现了“羿落九日，落为沃焦”[2]的情节。不言而喻，天空中剩下的一个太阳自然是羿本人了。这位被后人奉为天下第一大英雄的射日者，原来却是比该隐还要残忍凶狠的弑兄罪人。或许正是由于这种罪过，羿才被帝俊逐出天庭，贬降尘世间“以扶下国”，开始了立功赎罪的尘世生涯，从而导演出为王、杀妖、除怪、求不死药等一系列人间英雄的事迹。

以上笔者运用严格限制在先秦范围之内的文献记载重新考察了羿射日神话原始形态，推测了羿由神到人的转变及其原因，明确了射日故事发生在羿由日神到人的转变之前，杀妖除怪等其他事迹发生在这一转变之后，这就从根本上统一了前代学者关于“人性的羿”和“神性的羿”相矛盾，以及羿本为神，又何需求不死等聚讼难题，为重构作为人世英雄的羿的史诗故事奠定了基础。

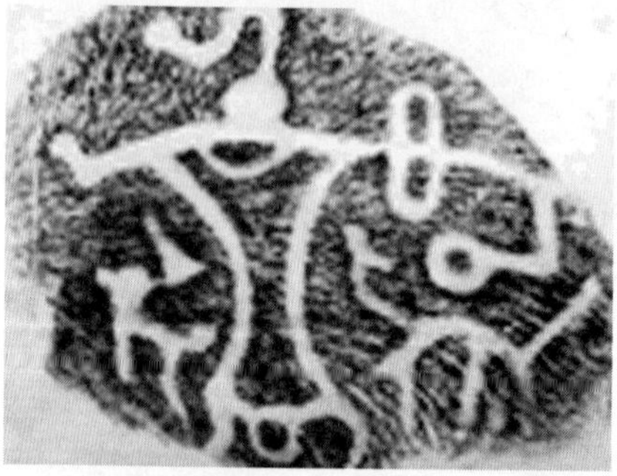
贺兰山岩画射猎图

从神话学的通例来看，丧失神的地位和身份也就意味着丧失了神特有的优越之处——不死性。所有那些被逐出天庭或乐园的角色，一旦降至地上人间，就同人类一样成了必死的生物。如何重新获得不死性，自然是这些失乐园后的角色们孜孜以求的东西，只是这追求的结果不尽相同罢了。赫拉克勒斯这位神性大英雄是位幸运者，他在立功赎罪的人间生涯结束时，重新获得了神籍，加入到永生的诸神行列之中。而吉尔伽美什和羿却没有那么幸运，他们好不容易找到的不死药得而复失，寻求不死的努力似乎只能以失败而告终了。

[1]《庄子·齐物论》。
[2]《庄子·秋水》成玄英疏引《山海经》。

THE FOURTH PART

第四章

母题比较

——羿史诗表层结构的复原

- 主人公的出场
- 主人公的罪恶
- 敌手与主人公的道德转变
- 主人公诛妖怪立大功
- 主人公探求不死的旅行
- 主人公的仪式性死亡与复活
- 主人公得不死药
- 主人公失不死药
- 主人公的结局

从太阳神到太阳英雄，羿的身份转变伴随着他“失乐园”的过程。在天神世界中处于从属小神地位的羿，降至人间世界后成为天下无敌的英雄。他一生的主要业绩除了射日一项之外都是降到人间以后才完成的，这些轰轰烈烈的作为使羿声名远播，终于成了上古神话中最引人注目的英雄主人公。

俗话说，英雄所见略同。这话所揭示的道理在于，正确的认识遵循着同样的规律因而能达到不约而同的结果。把中国的太阳英雄羿的神话传说同上古西亚的太阳英雄吉尔伽美什的传说相比较，我们可以说：太阳英雄所为略同。他们是在东、西亚不同的地区所产生的遵循着同一种定居文化原型范式的史诗英雄。

也许会有人对这两个神话人物的可比性产生疑虑：这样的比较会不会落入为比较而比较的窠臼呢？诚然，由于苏美尔、巴比伦文化分别早在公元前30世纪和公元前20世纪就拥有了发达的楔形文字书写系统，吉尔伽美什的神话传说得以发展成一部宏伟的英雄史诗，较完整地刻写在12块泥板上；而羿的神话传说却大都是散见于各书中的只言片语，各种记载之间时空差异之大，矛盾错综之多，往往使后代考据家们摇头不已。所以，要把羿的片段故事同世界上现存第一部大史诗相提并论，难免会有人觉得不伦不类。然而，原型批评和结构主义的广泛的跨文化研究启示我们，正是在这种表面的不可比性之下，潜藏着实质上的可比性：按照原始心理和神话思维的共同逻辑，探讨具有全人类性的、基本的象征原型和神话叙述深层结构。

不仅如此，羿与吉尔伽美什的比较还有其特殊的意义，它将使我们开阔眼界，超越传统考据学的既定思路，从新的角度重新理解和阐释古老的问题。鉴于巴比伦史诗的及时记录和长期封存（19世纪才重新发现），其中保留着丰富的、未经后人理性主义曲解的原始神话成分，这就使我们有了一个较为坚实的参照基点，通过比较去辨析众说纷纭的羿神话的实质，纠正为后世理性主义的改编者和注疏家所曲解的内容，重新构拟出较为完整的、有内在逻辑联系的羿的一生故事，重构失传已久的中国上古英雄史诗。

以下的比较将从两个故事的表层叙述结构入手，概括出两者所共有的原型母题，逐项加以讨论，为进一步探讨其深层象征结构奠定基础。

在太阳英雄一章中，笔者曾将巴比伦史诗《吉尔伽美什》的叙述层次分解为 13 个母题，以便确认其中哪些是苏美尔文学中已有的，哪些是巴比伦人创造的。在分析史诗人物时，笔者认为与主人公“一模一样”的敌手兼朋友恩启都可视为主人公的一个对象化的自我。这样，原来分解出的 13 个母题可以围绕主人公吉尔伽美什一人重新组合为九项，每项之下再视情况而分解出亚母题和子亚母题。分解的依据除巴比伦史诗外，还将参照美国东方学家克拉莫尔的《苏美尔神话学》等其他文献。

至于羿神话的母题确认，主要依据先秦文献《天问》中提供的线索，适当参考《山海经》和《淮南子》等其他文献。以下行文将按照九项母题的展开次序分九节进行逐个研究。

一、主人公的出场

在“主人公的出场”这一母题之下还可以细分出主人公的出身、被弃、能力和为王四个方面的亚母题。

1·1. 主人公的出身。作为神性英雄，吉尔伽美什同羿有着同样的出身，从以上的研究中已经可以看出这一点。吉尔伽美什“三分之二是神，三分之一是人”；羿先为神后为人。作为太阳英雄，他们的出身又都同太阳神有直接关系。吉尔伽美什同太阳神舍马什的特殊关系已如前论，可以认为他是太阳神的后裔。作为补充说明，还可以举出苏美尔历史和巴比伦传说的其他证据。在乌鲁克第一王朝的王表中，吉尔伽美什被列在第五位，而第一位国王

吉尔伽美什的母亲 Ninsun 女神，公元前 3000 年的苏美尔浮雕

麦斯金加喜尔则被明确说成是“太阳神的儿子”[1]。而吉尔伽美什这个名字，据楔形文字专家赫罗兹尼的说法：意义是“火与斧的人”，表示他是一个精于金工和木工的人。[2] 笔者以为，把太阳（神）视为火神或火的来源是一个十分普遍的象征类比，因而“火与斧的人”并不一定指金属和木器加工者，似应是太阳神血统的隐喻表达，正如中国神话中的火神祝融被说成是太阳神炎帝的重孙一样。在一则古巴比伦传说中讲到吉尔伽美什的诞生：他是洪水以后统治巴比伦的第一任国王索卡罗斯（Sokkaros）的外孙。索卡罗斯在占卜中得知他的女儿将生下一子，夺取他的王位。为了逃避这一宿命，他把女儿关闭在一座塔中严加看守。但她还是生下一子，她的侍从怕激怒其父王，故将婴儿从塔上扔下，但在孩子落地之前，一只鹰抓住了他并带他到一个园子里，被一农民发现，带回抚养成人，长大后的吉尔伽美什果然夺取了外祖父的王位。据神话学家史本斯的分析，这个传说中的鹰便是太阳的化身，故事中未直接出现的婴儿的生父也是太阳，所以他才会在生死关头拯救自己的孩子。[3] 照此看来，吉尔伽美什本为太阳神之子，而《圣经・新约》中关于圣母玛丽亚处女怀胎生下耶稣的所谓“圣灵感孕”神话，现在看来不过是吉尔伽美什的母亲感日光而孕的处女怀胎故事的翻版。

[1] 参看赫罗兹尼：《西亚细亚、印度和克里特上古史》，中译本，三联书店 1958 年版，第 81 页。
[2] 参看赫罗兹尼：《西亚细亚、印度和克里特上古史》，中译本，三联书店 1958 年版，第 72 页。
[3] 史本斯：《巴比伦尼亚和亚述的神话传说》，1920 年英文版，第 156 页。

无独有偶，中国的太阳英雄羿也有一段出生后被弃的传说，两相对照，自然引申出了第二个亚母题——

1·2. 主人公被弃。关于羿诞生及童年时的情形，先秦时期未留下文字记载。宋人编的类书《太平御览》卷三五〇引《括地图》一书中有这样一个传说：

羿年五岁，父母与入山。其母处之大树下，待蝉鸣，还欲取之。群蝉俱鸣，遂捐去。羿为山间所养。

按照神话学的术语，吉尔伽美什和羿幼时被母亲抛弃的故事应当归入“弃儿型”（exposed child type）母题。《吴越春秋·勾践阴谋外传》中曾提到羿学射的老师弧父，原来也是一个弃儿英雄：“楚有弧父。弧父者，生于楚之荆山，生不见父母。为儿之时，习用弓矢，所射无脱。以其道传于羿。”这位生不见父母的神射手弧父并不见载于他书，关于他的事迹更无从详考。但是他的名字却暗示我们，他同羿一样，是射箭这一事物的象征人格化或神话化。所谓“弧父”一词中的“父”同“甫”一样，是古人对男子的美称，[1] 无须深究；而这个“弧”字其实就是弓。《说文》：“弧，木弓也，从弓瓜声。”段注云：“按木弓谓弓之不傅以角者也。”可见弧原是与角弓相对而言的木弓，又可泛指一切弓。《广韵》：“弧，弓也。”朱骏声《说文通训定声》：“弧，又为弓之通称。”弧又常与矢连称，意思为弓箭。《易·系辞下》：“弦木为弧，剡木为矢，弧矢之利，以威天下。”弧父的得名，正像羿的得名那样，分别取自弓与箭的象征。由此看来，《吴越春秋》中的这个传说的产生绝不会比羿的神话更早，传说之所以把弧父说成是教羿射技的老师，不过是为了适应弓在前而箭在后的顺序。在古汉语中，越是早期的词语越以单音词为主，

[1] 王国维说，男子之美称莫过于“父”。见《观堂集林》，第1卷，中华书局1959年版，第165页。

羿这名字的产生不仅比双音词弧父为早，而且比形声字弧也要早。楚人为了突出自己的神射手，把本族的弧父说成是天神兼有穷国君的羿的老师，当然不会令人普遍信服。所以，羿的声名在先秦时代已家喻户晓，而这位弧父却罕为人知。

羿作为箭矢的象征，当然要依赖弓的推动作用方可能射出。于是，基于此种日常经验的神话“弧父教羿”也就被创造出来了。按照地上的事物需在天上得到求证的神话思维要求，还应当在中国天文学中找到弧矢故事的证据。《史记·天官书》：“狼下有四星，曰弧，直狼。”正义云：“弧九星，在狼东南，天之弓也。弧矢向狼。”前章讨论羿的太阳神籍时曾引述楚神话中的太阳神东君“举长矢兮射天狼”一事，现在看来，楚之弧父显然是天象之中直对着天狼星的天弓弧星在地上的对应者。《说文通训定声》：“按，弧矢九星，在天狼巨星之左，形似张弓发矢，故以为名。”19 世纪欧洲自然神话学派中和本世纪德国天体神话学派中都有人提出“一切神话都是天象神话”的极端学说，至少在楚之弧父的神话这里，这种学说是可以得到验证的。正因为星象之中呈现出了弧九星那种“张弓发矢”的形状，地上才编造出了弧父教羿学射的故事。与此同时，民间传闻中其他一些善射者也纷纷与太阳英雄羿有了师生关系或其他关系。较著名者如逢蒙，被说成是羿的弟子。班固《答宾戏》说“逢蒙绝技于弧矢”。对于这位与弧矢有关的神话人物，将在下文中再做考察。

弧父的故事之所以值得注意，首先由于他同羿一样是位“弃儿”，《吴越春秋》中说的“生不见父母”明确暗示出了这一点。既然我们已经确认弧父的故事晚于羿的神话，那么这位楚地的弃儿射手很可能是以羿神话为原型的，这就间接提醒了我们，《括地图》中所说羿幼年被弃一事可能是上古流传下来的母题，而不是后人发明的。关于“弃儿型”母题的发生，笔者以为当追溯至阿卡德国王萨尔贡出生的神话。由于苏美尔文学中没有关于吉尔伽美什出生后被弃的情节，巴比伦传说中的这一情节显然受到萨尔贡神话的影响，而羿的被弃也当作如是观。本书第九章将对这个弃儿型母题的源流问题做专门研究，故在此从略。

1·3. 主人公为王。世界神话史上见诸记载的第一个弃儿英雄萨尔贡虽然生逢不幸，见弃于生母，但却神奇般地获救，长大后建功立业，成为阿卡德民族的开国君王。巴比伦和中国的太阳英雄吉尔伽美什与羿也都是同样的幸运儿。他们的生母虽然都没有保护好自己的孩子，他们的生父太阳神却在暗中保护着他们，让他们非但在被捐弃之后幸免于死，而且长大后当上了一国之王。

在苏美尔王表中可以看到，吉尔伽美什是历史上一个真实的国王，是洪水之后乌鲁克第二王朝的第五位王。[1]一些研究者认为，苏美尔早期城市公社的社会组织中只有长老，而“王”字（Lugal）尚未出现，这种情况到了早王朝以后的古苏美尔时期已经改变。[2]“城邦首领，或为执政，或为王。名义是多样的。……他们或则由氏族贵族家族世袭，或则由选举产生。这些在文献中不很清楚。但有一点可以肯定，他们都不是所谓‘东方专制主义’的君主。在苏美尔史诗《吉尔伽美什之死》里边，列举了大批殉葬人。但吉尔伽美什还是一个家长制的家长族长，是氏族贵族制度下的贵族和所谓英雄。虽则他死后有人殉，他还是一个首领，而不是一个专制君主。人殉之制并不影响他统治期间的城邦政治制度，奴隶主民主制。”[3]在另一部苏美尔史诗《吉尔伽美什与阿伽》中写到了基什城邦与乌鲁克城邦之间的一场冲突，乌鲁克城邦首领召集长老会议和男性公民大会决定对策。这部只有 115 行的史诗[4]

[1] 胡克（S.H.Hooke）：《中东神话学》（*Middle Eastern Mythology*），企鹅丛书本，1963 年英文版，第 36 页。

[2] 弗兰克服（H.Frankfort）：《近东文明的诞生》（*The Birth of Civiliztion in the Near East*），第 3 章“美索不达米亚诸城市”，1954 年英文版。

[3]《世界上古史纲》，人民出版社 1979 年版，第 143 页。

[4] 中译文见《世界通史资料选辑》上古部分，商务印书馆 1962 年版，第 31—36 页。

中没有表现出神话色彩，真实反映了当时的城邦政治体制的三权分立形式：一是由氏族军事首领发展来的城邦之王；二是由氏族长老议事会发展来的氏族贵族会议；三是全体公民男子战士的人民大会。国王只有相对的权力，决定权由人民大会所掌握。这种城邦民主制的王到了巴比伦的中央集权制国家中已无影无踪，巴比伦史诗中的吉尔伽美什虽然仍然以乌鲁克城邦领袖的面目出现，却表现为一个十足的专制暴君了。

羿在古代又称“后羿”，这个复合词虽然比羿这个单音名称晚出，却标明了羿的身份地位是帝王。《说文》：“后，继体君也，象人之形，从口。《易》曰：后以施令告四方。”段玉裁注则认为：“后之言，后也，开刱之君在先，继体之君在后也。析言之如是，浑言之则不别也。”《诗经·商颂·玄鸟》“商之先后”句笺曰：“后，君也。”从所谓“皇天后土”这个古代习语亦可看出，后字本义乃指皇帝。作为帝王的羿在上古史书中也确有其人。《左传·襄公四年》魏绛引用了《夏训》中“有穷后羿”的史事劝说晋侯——

公曰：“后羿何如？”

对曰：“昔有夏之方衰也，后羿自鉏迁于穷石，因夏民以代夏政。恃其射也，不修民事，而淫于原兽。……”

疏曰：“羿居穷石之地，故以穷为国号。以有配之，犹言有周有夏也。后，君也，穷国之君曰羿，羿是有穷君之号。”把史书中的记载同《天问》中“帝降夷羿，革孽夏民”之说相参照，可知羿同吉尔伽美什一样，都是受天命而帝的圣王。维柯在谈及英雄时代的自然本性时指出：“英雄们都相信自己是来源于天神的，因为他们既然相信一切事物都是由神造的或做的，他们就自信是天帝约夫的子孙，是在天帝占卜典礼下生育出来的。这样英雄们在物种上就属于人类而不属于野兽类，他们因此就相信他们的英雄体制就具有一种自然高贵性，凭这种高贵性，他们就成了人类的君主，他们就向另一批人夸耀自己的这种自然高贵性。”[1]这段话试图从英雄时代的信仰中找出亦人亦神的帝王产生的原因。现代人类学家证实，这种既有神的血统又有人的身份的国王，在世界各民族文明初始之际是非常普遍的现象，其观念的由来当追溯至原始社会中巫师兼任酋长或部落首领的事实。弗雷泽认为："人一神观念，或者说赋有神性或超自然力量的人这种观念，基本上属于早期宗教史上的事。在后来的思想看来，那时候，即在神和人尚未被展现在他们之间的不可逾越的鸿沟分开之前，神与人还仍然被看作差不多是同等地位的。对于我们似乎是奇怪的那种化身为人形的神的观念，对于原始人说来，却没有什么值得惊讶的。那时人们心目中，人一神，或神一人，只不过是较高程度的同一超自然力量而已。他们完全相信自己也具有这样的力量。他们对于神和有力量的巫师，也没有明确的区分。他们的神常常不过是隐形的巫师，在自然的帷幕后面做着同可以见到的巫师在自己的伙伴中间做的同一类施符祝咒的事。”[2]事实上，原始部落中的巫师总是借助于上述观念把自己装扮成神的化身。这样，巫师和萨满师等原始的神职人员就自然而然地窃取了社会共同体中的领袖地位。当原始社会共同体迈向文明国家的转化时期，巫师领袖们也就开始变化为神圣君王了。因此之故，早期历史上的帝王们常常身兼神庙中的主祭，即所谓“政教合一”的体现者。《吉尔伽美什》除了曾夸耀他建造的城墙之外，还曾夸耀乌鲁克城的神庙埃安那：

到那伊什妲尔居住的埃安那瞧瞧，

它无与伦比，任凭后代的哪家帝王！（第15页）

[1] 维柯：《新科学》，中译本，第461页。

[2] 弗雷泽：《金枝》，徐育新等译，中国民间文艺出版社1987年版，第140页。

史诗中说吉尔伽美什派神庙中的神妓去降服恩启都，这显然表明他本人就是神庙中的宗教领袖，而且，他住的地方，据史诗所反映的，也不是王宫而是神庙。神妓在对恩启都的劝导中说：

走吧，我领你到那拥有环城的乌鲁克去，
去到阿努和伊什妲尔居住的神殿；
去到那吉尔伽美什仗恃他的膂力，
像野牛一般统治人们的地点。（第 22 页）

看来吉尔伽美什之所以拥有王权，同他所住的“统治人们的地点”神殿不无关系。历史学家指出：“根据巴比伦尼亚的传说以及这个时期的文字记载，克什国王阿伽被推翻了，其统治权让与巴比伦尼亚南部乌鲁克城的神庙埃安那，这个神庙的高级僧侣成为国王。”[1]吉尔伽美什亦曾在史籍中被称为“高僧”。

对于吉尔伽美什的多重身份——高僧、英雄、神人、国王等，西方学者并未表示异议，他们认为这是在不同时期产生的关于同一人物的传说。但是在中国，羿的多重身份却导致了许多分歧的理解，造成了长期的混乱不清状态。究其主要原因，乃是由于后人不了解初民的思维和信仰习惯，无法接受这样一个又是英雄又是神的国王形象。他们只接受羿的某一种身份，用排中率的逻辑分解出了作为天神的羿和作为人的羿，又根据不同的传说记载将作为人的羿分解为两个、三个乃至四个。从《天问》中关于“夷羿”的十二句话中可以明确看出，被天帝下降民间的天神羿和在人间称王后又被寒浞篡位的夷羿是同一个人物，而这位被降自天界的羿与曾在天上射日的羿也还是一

[1] 赫罗兹尼：《西亚细亚、印度和克里特上古史》，中译本，第 81 页。

个人物。但自王逸以下的注解家们把具有不同身份的羿逐渐分解为不同历史时期的不同人物。所谓“喾时一羿、尧时一羿、夏时一羿，而逢蒙所杀又非寒浞所杀之羿”[1]，便是这种分解的最后结果。面对古书中所记载的各种不同面目的羿、夷羿、后羿等，有的古代注疏家干脆以简化繁，认为“羿是善射之号，非复人之名字”[2]。这种混乱状况一直延续下来，唯有清代学者蒋骥明确提出只有一个羿的见解。他写道：

详《天问》中彈日射狶，与寒浞所杀，又初无二人。吾意古今唯此篡夏之羿，以善射称，后人因设诸异以神之，而混其时于喾与尧耳。不然，何事历三朝而错出如一手？[3]

可惜蒋氏的这一见解未能引起普遍的注意。在现代的神话研究中，羿还被当作两个或更多的人物。袁珂先生新著《中国神话传说》亦用区别对待的方式敷演出天神羿和国王羿两套故事。

1·4. 主人公的异能。由于神性英雄多少都具有超自然的特征，他们总是表现出某些凡人所不具备的特异能力。《吉尔伽美什》开篇充满了对主人公的赞语，所赞不外乎三个方面。其一，神异的体魄：“如同野牛一般”，“他有九指尺的宽胸，十一步尺的身材！”其二，非凡的勇武：“他手持武器的气概无人可比。”在同他唯一的对手恩启都较量之后，后者佩服地赞道：

你的母亲生了你这个佼佼者，

你这条猛牛中的强牛啊，

[1] 蒋骥：《山带阁注楚辞》余论卷上引林拙斋语。

[2]《左传·襄公四年》孔颖达疏引贾逵语。

[3] 蒋骥：《山带阁注楚辞》余论卷上。

真是力大无双！

你的头可以高踞人上，

众人之王的王位，

是恩利尔让你承当。（第 34 页）

恩启都这话从无双的体力和武艺方面为吉尔伽美什的“君权神授”提供了自我证明。不过，吉尔伽美什还不像希腊英雄阿喀琉斯那样仅仅是一介武夫，他还同时具有奥德修斯的智慧特征。其三，过人的智慧：“此人见过万物，足迹遍及天边；他通晓一切，尝尽苦辣甜酸。”这种“通晓一切”的无边智慧似乎只有希伯来人的耶和华神才当之无愧。

以上三方面的特异禀赋在中国英雄羿这里也大致都可找到。关于他的特异体魄，尽管上古神话一般缺乏对人物形象的描写，但还是留下了线索。相传他生得左臂比右臂长，所以天生就有了善射的身体条件。[1] 至于他的武勇，仅从被他战胜降伏的一大批妖怪来看，也足以称天下无敌了。他的拿手本领是弯弓射箭，已如前述。《庄子·桑庚楚》和《荀子·王霸》都提到过羿射箭有“中微”的绝技，连每一只飞近的小麻雀都难逃他的神箭。无怪乎韩非子要说：

羿执鞅持扞，操弓关机，越人争为持的。[2]

连那些与羿素不相识的越人也争先恐后地为羿高举鹄的，可见对他的非凡射艺佩服到了何种程度。在巴比伦史诗中没有突出主人公的射艺，但在现存的苏美尔造型艺术中，吉尔伽美什的形象却同阿波罗一样，是以身佩弓箭为标

[1]《淮南子·修务训》。
[2]《韩非子·说林下》。

吉尔伽美什手举巨狮，展示他的非凡力量。亚述时期印章图案，公元前 1350—1000 年

志的。[1] 关于羿的非凡智慧，古代也有传说。从《淮南子·俶真训》中“虽有羿之知而无所用之”一句可知，他也曾像吉尔伽美什那样，被视为大智大慧的典范。只是由于他们的武功辉煌卓著，反倒遮掩了智慧的一面。

以上从神秘的出身、被弃、为王和特异禀赋四个方面探讨了羿与吉尔伽美什的相似特征，表明了英雄主人公出场阶段的共同性。

二、主人公的罪恶

说来有些令人奇怪，像羿和吉尔伽美什这样两位智勇双全的神人，起初都没有把他们的特异禀赋用到正路上，反而是以邪恶暴君的形象留在时人心目中的。大致来说，他们的恶德恶行都体现在两个方面，我们将分别作为两个亚母题来探讨。

2·1. 主人公的荒淫。古希腊头号大英雄赫拉克勒斯的荒淫是古今闻名的。古添洪在其《希拉克力斯（即赫拉克勒斯——引者）和后羿的比较研究》一文中说：“希拉克力斯于一夜或五十夜中遍交菲士披亚的（五十个）女儿，可作是他精力充沛的象征。精力充沛是圣王所必具的。弗雷泽说当圣王表现出身体衰弱的迹象时便被杀，而这迹象往往见诸其不能满足其妻子们的性需求。这与五十个女子夜宿的神话，亦可认为是男性生殖器崇拜的一种表现。”[2]

[1] 克拉莫尔：《苏美尔神话学》，1944 年英文版，第 33 页图版及解说。
[2] 见《从比较神话到文学》，台北东大图书公司 1983 年版，第 258 页。

按照此说，赫拉克勒斯的荒淫行为是其非凡体魄、精力即阳性能力的表现。在古代中国，对于荒淫的原因还有另一种解释，认为是智慧的一种表现。钱钟书《管锥编》引伶玄《飞燕外传序》记樊通德语云：“夫淫于色，非慧男子不至也。慧则通，通则流，流而不得其防，则百物变态，为沟为壑，无所不往焉。”钱先生以为此话已开《红楼梦》中两段议论之先河。一是第二回贾雨村论宝玉天地间残忍乖僻之气与清明灵秀之气相值，“生于公侯富贵之家，则为情痴情种”。二是第五回警幻仙子语宝玉：“好色即淫，知情更淫。……我所爱汝者，乃天下古今第一淫人也！”[1] 如果说，警幻仙子所说“天下古今第一淫人”用在宝玉这样一个乳臭未干的小儿头上不大合适的话，那么用这一顶帽子戴到吉尔伽美什和羿的头上则是恰如其分的。

这两位英雄的非凡体力和智力似乎为其“淫行”提供了令常人望尘莫及的先天条件。巴比伦史诗中不止一次地提到了吉尔伽美什行使初夜权的情形：

拥有广场的乌鲁克王吉尔伽美什，
为娶亲他设了鼓，随心所欲；
连那些已婚的妇女他也要染指，
他是第一个，丈夫却居其次。（第31页）

看到这几行诗，人们会联想到古罗马奥古斯都大帝和欧洲中世纪某些教皇的类似特权。按照人类学的解释，这种初夜权风习由来已久。在许多原始部落中，酋长或巫师代替新郎首先与新娘交媾是一种宗教义务，实际上是为这些新娘施行成年仪式。这种成年礼仪的象征功能在于，通过实际的或象征性的性行为确定某一少女已经脱离了孩童期，转变为成年女性——社会共同体的成员

[1] 钱钟书：《管锥编》，第3册，中华书局1979年版，第965页。

了，这种身份上的转变乃是该女子开始具有同异性发生性关系的权利的前提条件。[1]由此来看，初夜权本来不是特权，而是义务，并且是一项要承担很大风险的义务。这项义务之所以必须由酋长、祭司、巫师之类人物来承当，理由在于下述原始观念：处女膜流血是不洁净、不吉利的征象，它对于新郎具有极大的危险性。只有具有神性或超自然功能的男性权威方可抵御此种污秽侵害的危险。[2]因此，后世的初夜权也往往由神职人员或兼有神职人员身份的国王来承担。一旦原始观念在文明社会中淡化和消失，原来的宗教性义务也就蜕变成一种享受特权了。

日本民俗学家二阶堂招久曾遍搜各地资料撰成《初夜权》一书，书中称有关初夜权的最古史实见于希罗多德和斯脱拉波的著作。[3]很显然，他没有看到巴比伦史诗《吉尔伽美什》中的情节。可以说，吉尔伽美什是见诸文字记载的世界历史上最古的行使初夜权者。在考察他的身份地位时我们已经确认，这是一位住在神庙之中的“祭司王”，而此种政教合一的双重身份正是从原始的酋长兼巫师那里继承下来的，他的享有初夜权当然也就不足为怪了。史诗中有两句诗追溯了此种权力的由来：

这样决定下来，是按诸神的意旨，

而对他这样授意，

是在切断脐带的同时。（第31页）

这样就把初夜权说成是国王与生俱来的神赐权力了。史诗中还有两句诗说到

[1] 克劳利（E.Crawley）：《神秘玫瑰：原始婚姻及相关的原始思想研究》（*The Mystic Rose*），伦敦1932年英文版，第277页。

[2] 克劳利（E.Crawley）：《神秘玫瑰：原始婚姻及相关的原始思想研究》（*The Mystic Rose*），伦敦1932年英文版，第162—165页。

[3] 二阶堂招久：《初夜权》，汪馥泉译，上海北新书局1929年版，第20页。

吉尔伽美什行使初夜权是城邦议事厅定下的“一条规矩”，似乎具有法律的不容置疑的性质。假如这位集王权与神权于一身的城邦领袖像原始酋长巫师一样，在履行那种史前流传下来的风俗性义务，我们当然不能斥责他“荒淫”。但实际上他连那些“已婚的女子”也要染指，这显然远远超出了原始初夜权的义务范围。尽管史诗中用神赐和“规矩”之类的借口使之合法化，我们仍然应当把这看成是奴隶主贵族的霸道行径。简言之，这是一种保留着原始义务之面具的性特权。

了解到西亚上古英雄的荒淫一面，再回过头来考察中国英雄羿，我们发现他的名声甚至比吉尔伽美什还要糟糕。尽管尚未发现羿有初夜权之类的特权，但诸如射杀儿子娶人家的母亲，射伤丈夫私通人家的妻子之类的传说史不绝书，乃至多少有些道学气的屈原也免不了要在《天问》中质问一句：“胡射夫河伯；而妻彼雒嫔？”与乌鲁克城邦领袖不同的是，羿并不是无选择地随意“染指”，而是专门追求姿色超群的美人。

雒嫔，王逸注为洛水女神宓妃，也就是屈原在《离骚》中求而未得，曹植为之写下千古名篇《洛神赋》的美女神。由于在地理上，洛水与黄河相交汇，故在神话思维中派生出洛水女神宓妃与黄河之神河伯为夫妻的故事。河伯的前身是殷商人祭祀的主要自然神之一，与嵩岳之神并重。日本汉学家白川静说：“由于夺取河、岳的祭祀权而支配了农耕礼仪上最重的圣地；殷乃成为一个名副其实的王朝。不久，河、岳等神祇即被溶入殷室祖神的传说之中，而河神被称作‘高祖河’。”[1]殷商人的“高祖河”在商代灭亡后逐渐降低了神性，演化为河伯。在《庄子·秋水》中，河伯成了被讥嘲的对象。从《史记》所载著名的河伯娶妇传说来看，他也是一位好美色的水神。他的妻子雒嫔据曹植的描述，简直是天下无双的美人：

[1] 白川静：《甲骨文的世界》，温天河译，台北巨流图书公司1977年版，第58页。

其形也，翩若惊鸿，婉若游龙……襛纤得衷，修短合度。肩若削成，腰如约束，延颈秀项，皓质呈露，芳泽无加，铅华弗御。云髻峨峨，修眉连娟，丹唇外朗，皓齿内鲜，明眸善睐，靥辅承权。……[1]

羿降至人间之后所追求的第一位异性就是这样一位毫无瑕疵的美女。为了得到这位有夫之妇，他不惜首先射伤其夫河伯，这也是这位神射手非凡射技在人间的第一次表演，详情记载在王逸注引的传说中：“河伯化为白龙游于水旁，羿见射之，眇其左目。河伯上诉天帝，曰：‘为我杀羿！’天帝曰：‘尔何故得见射？’河伯曰：‘我时化为白龙出游。’天帝曰：‘使汝深守神灵，羿何从得犯汝？今为虫兽，当为人所射，固其宜也。羿何罪欤？’深一作保。羿又梦与雒水神宓妃交接也。”被伤左眼的河伯向天帝告羿的状，反倒被天帝训了一顿。后者似乎在有意袒护着羿。为此，唐朝的柳宗元作《天对》时愤愤不平地说：

夷羿滔荒，割更夏相。夫孰作厥孽而诬帝以降。震嗃厥鳞，集矢于皖。肆叫帝不谌，失位滋嫚。有洛之嫮，焉妻以狡。

这样看来，在这场神话纠纷中，值得后人同情的只有河伯一个，因为他无辜而受害，又被羿霸占了美妻。羿是罪人自不待言；天帝包庇罪人，有失公正；而洛神不报夫仇，反为羿妻，也是该谴责的对象。晚清学者曹耀湘《读骚论世》对此发表评论说：“今按帝降云者，羿之凶恶，亦天之所生，如诗云天降滔德是也。射河伯、妻雒嫔，言羿不独虐害万民，且能凌侮神也。妻宓妃事，

[1] 萧统：《文选》卷十九。

与宋玉赋高唐神女事相类，以见其荒淫无度，妖异乘之而起。”[1]曹氏的这一评论点明了上古文学中的一个重要事实，即羿梦与宓妃性交一事开启了《高唐赋序》所说楚王梦与高唐神女性交一事的先河。这在对性问题始终讳莫如深的中国文学传统中开辟了一个表现原型：男主人公通过梦幻达成与美女相结合的愿望。[2]这个原型自《高唐赋》以降，经由魏晋六朝小说如《天上玉女记》等发展到唐传奇中《枕中记》《南柯太守传》《异梦录》，一直到《聊斋志异》与《红楼梦》，构成具有中国特色的梦幻文学奇观。

羿来到人间后夺取的另一美人是玄妻。据《左传·昭公二十八年》：“昔有仍氏生女，黰黑而甚美，光可以鉴，名曰玄妻。乐正后夔取之，生伯封，实有豕心，贪惏无厌，忿类无期，谓之封豕。有穷后羿灭之，夔是以不祀。”这位光可照人的黑美人玄妻在《天问》中又称眩妻，是羿的配偶之一，后来伙同羿的手下寒浞谋害羿的正是她。《路史·后纪十三》说：“浞乃蒸取羿室纯狐，爰谋杀羿。”《天问》也说：“浞娶纯狐，眩妻爰谋。”可见作为羿之妻室的玄妻（眩妻）又称纯狐，就是“黑色的狐狸”。[3]在此，我们又找到了另一个在中国文学中源远流长的原型：化身美女的狐狸。《初学记》卷二九引《郭氏玄中记》云：“千岁之狐为淫妇”，这也就是狐狸精害男人这一主题的滥觞吧。看来后羿史诗虽早已失传，但它所提供的诸多文学原型却在后代文学中广为流传，派生出无数新的作品。

钱钟书先生述及“慧男子”好色的问题时提出“旧日小说、院本佥写‘才子佳人’，而罕及‘英雄美人’”[4]。这或许是中国文学不同于西方的一个特点。但从羿先后夺占洛神和美狐精的神话来看，英雄匹配美人的观念早在楚霸王之前两千年就已被夏朝的国君羿的行为所落实了：似乎天下无敌的英雄理应

[1]《天问纂义》，中华书局1982年版，第217页。
[2] 参看叶舒宪：《高唐神女的跨文化研究》一文，《人文杂志》1989年第6期。
[3] 顾颉刚、童书业：《夏史三论》，见《古史辨》第7册。
[4] 钱钟书：《管锥编》第3册，第965页。

成为天下最美的女性的占有者；而正是这些具有狐媚特色的美女才是英雄们的真正克星！英雄们过人的武勇也好，非凡的智慧也好，终究要败在美人的魅力之下。蒋骥《山带阁注楚辞》引纬书《湘烟录》云：“嫦娥，小字纯狐。”如果此说成立，那么偷去羿之不死药而奔月的美女嫦娥原来也就是致英雄于死地的黑狐精了！

羿的荒淫行径早在屈原的时代已成为好色误国的历史典故而为人们引用。《离骚》中把他与因色亡国的夏桀相提并论，作为重大的历史教训而警诫后人：

羿淫游以佚畋兮，
又好射夫封狐。
固乱流其鲜终兮，
浞又贪夫厥家。

这里的“封狐”，古代注家多无法解释，因封可训大，便将封狐理解为大狐。但是射杀大狐狸又何罪之有呢？莫非上古时亦施行稀有动物保护法么？射封狐与“乱流鲜终”的因果关联又在何处呢？原来这里所说的封狐不是动物而是可化身美女的狐精，也就是《天问》中的眩妻“纯狐”，《左传》中说的黑美人。关键的一个象征性词汇是“射”，在这里不是指一般的射箭，而是性交的象征表达。射为什么会隐喻性交呢？原来弓箭本身便是一个跨文化的性行为象征物。希罗多德记载：

玛撒该塔伊男子感到有性交需要时在妇女乘坐的车前挂上一个箭袋，他就可以不怕任何人在中间干涉而任所欲为了。[1]

与此十分相似的中国古礼俗亦不难找到。《礼记·月令》所载上古祭祀生殖女神高禖的礼仪中便有如下规定：

天子亲往，后妃帅九嫔御，乃礼天子所御，带以弓韣，授以弓矢于高禖之前。

陈炳良先生指出："不管天子所御的是他的后妃或是女祭司或圣妓，总之，一个实际的或象征的性爱行为就在神前举行。同时，授弓矢这仪式也象征男女交媾。"[2]《艺文类聚》卷六十引《礼记》又说"桑弧蓬矢"是男子的象征之物，用以射天地四方。同书卷三十五引《洪范五行传》云：

蜮射人者，生于南方，谓之短狐。故南越多蜮。蜮者，淫女惑乱之所生也。

这里的"射"字同《离骚》"射封狐"之"射"可以对观，并且看出"射"与"淫"之间的连带关系。更能说明射字象征意义的用法出自《楚辞·招魂》："二八侍宿，射递代些！"钱钟书解释此句："至曰：'二八侍宿，射递

太阳崇拜与阳物崇拜的相关性。阿拉伯彩绘壁毯，维也纳，国家艺术史博物馆

[1] 希罗多德：《历史》，商务印书馆 1959 年版，第 107 页。
[2] 陈炳良：《从采苹到社祀》，《神话·礼仪·文学》，台北联经出版公司 1985 年版，第 95—96 页。

代些！’几如‘妓围’‘肉阵”[1]。这里的“射递代”显然指轮流交媾。至此，我们似乎明白了《离骚》斥责羿的两句话的真意：“淫游佚畋”指的是羿贪图田猎浪游，而“射夫封狐”指的是羿纵欲于美色。射猎可称射，贪色亦可称射，两者合起来不正是“乱流鲜终”的原因吗？《礼记·郊特牲》说得明白：

大罗氏，天子之掌鸟兽者也。诸侯贡属焉……罗氏致鹿与女，而诏客告也，以诫诸侯曰：“好田好女者亡其国。”

孔疏曰：“客谓贡鸟兽之使者。罗氏先受贡毕，使者临去，罗氏又以鹿及女子致与使者，而宣天子之诏于使者，令使者返还其国以告诫其君……不得好田猎及女色使国亡也！言鹿是田猎所得之物；女是亡国之女，而王所以获者也，故与之鹿女，明以此为戒也。”将这段说明移用于《离骚》，羿之佚畋与射狐不正是会导致亡国（即鲜终）的“好田好女”两大恶习吗？在今人的心目中，羿被当成射日除害的大救星，他的登徒子一面也就被淡忘掉了。与现代教科书中的一片赞扬之声相反，我们在古书中看到的是种种出于道德立场的指责诃骂之词，什么“淫于原兽”（《左传》），什么“仍有禽荒”“更肆色荒”（夏大霖《屈骚心印》），什么“多行不义”（胡文英《屈骚指掌》），等等，不一而足。至少从汉代起，羿的名字前面已加上了一个修饰词“淫”。[2]

行文至此，自然出现了这样一个疑问：为什么中国、巴比伦、希腊的神话英雄都不约而同地表现出特别的荒淫好色呢？英雄的体力和智力固然高于常人，但这只不过为其好色提供了必要的优越条件，并非他们贪欢纵欲的必然原因。

[1] 钱钟书：《管锥编》第2册，第631页。
[2] 扬雄《太仆箴》便说：“昔有淫羿，驰骋忘归。”

看来，问题的真正解答仍潜藏在他们的神秘身份之中。简言之，他们作为太阳英雄或射手英雄必然会放射出远远超过凡人的阳性力量。这也就是说，他们不仅是弯弓射箭的神射手，而且也是性行为方面的神射手。他们的太阳神血统先天决定了他们超常的性欲望和性能力。《说文》训“日”字为“太阳之精”，可见古人心目中的太阳是宇宙之间阳性力量的总源泉和总代表，这个“太”字就足以说明问题了。神话学家罗科指出，对生殖器的崇拜和对太阳的崇拜不仅是同时期的现象，而且两者是在同一种信仰之下交融在一起的。男性性器与太阳具有相同或类似的蕴含——它们都是性神的代表。[1]汉语中把男性性器称为“阳具”，清楚地暗示出它与太阳之间的象征关联。弗雷泽曾列举出许多民俗事例说明青春期女子禁止观看太阳或火，这一禁忌背后的信仰便是太阳射出的阳性力会使女子怀孕，如古希腊神话中达那厄因宙斯洒出黄金雨而致孕的故事所显示的。[2]原始人曾认为，太阳的无穷生殖力与地母的孕育力是一切动植物生命的源头。因此太阳光可使女人怀孕的观念同火光使女人怀孕的观念也就应运而生了。《金瓶梅》一书的作者为了突出男主人公西门庆的非凡性能力，曾在一首赞诗中把他喻为太阳神兼火神的“赤帝”，正是借用了这一古老的原型象征。[3]如果说后代被类比为太阳神的西门庆尚且能表现出超人的性欲望与性能量，那么那些本身就是太阳象征的上古神话英雄们之所以特别好色不是很容易理解了吗。

不仅如此，古代帝王们同英雄一样，总要把自己体现为人间的太阳，也就是具有最强大性能量的神人。一旦年迈体衰，失去了非凡的性力，许多民族的王都要被直接处死，代之以精力旺盛的新王。弗雷泽指出：“一般所说的决定王必须死亡的那个征兆就具有很大的意义；当他不再能满足他的许多

[1] 罗科（Sha Rocoo）：《性神话》，伦敦，1898 年英文版，第 57—58 页。
[2] 克劳利：《神秘玫瑰：原始婚姻及相关的原始思想研究》，第 166 页。
[3] 参看叶舒宪：《性与火：一个文学原型的跨文化研究札记》，《艺术广角》1989 年第 4 期。

男性性器和太阳都是性神的代表。
阳物崇拜石像，首尔仁寺洞古物店

妻子的性欲时，换句话说，当他部分地或完全地不能传宗接代时，那就是他死亡的时刻，是他让位给更有精力的继承者的时刻。与其他杀王的理由放在一起看，这一点就表示了人、畜、庄稼的繁盛是相应地依赖于王的生殖力，以致王身上这种力量的消失，就会引起人、畜、植物的相应消失，因此，不要多久，就会引起人、动物、植物的生命完全消失。”[1] 从这种原始的信仰方面来理解，中国古代的帝王们之所以要三宫六院，嫔妃百千，一方面自然有“汉皇重色思倾国”之类的因素，但另一方面，也未尝不是他们具有超人般的性能量的象征。就此而言，三宫六院在实质上只是一种符号，一种性崇拜的文化标志。尽管君王实际的性能力与凡人无异，尽管一代又一代的后宫中造就出了无数“上阳白发人”，但只要当了天子，这种符号标志是不可少的。按照上行下效的法则，公侯将相乃至士大夫们为了确证自己的男性存在，也要在较小的规模上模拟帝王的性符号，于是有了所谓“蓄妾制”。然而，不论是帝王的三宫六院制也好，模仿而来的三房六妾制也好，只不过是原始性崇拜在后世遗留下来的空洞符号而已。相对而言，作为国王的吉尔伽美什和羿比起他们的后继者来说，倒是名副其实的男性英雄：吉尔伽美什“不给母亲们保留闺女”的初夜权实践和后羿的“一雀适羿，羿必得之”象征性故事充分表明了他们有足够充分的生命能量，因而能够确保他们所统治的社会共同体的昌盛和繁衍。虽然他们性功能的超常表现招致后世无数道德谴责，但

[1] 弗雷泽：《金枝》，中译本，第 396—397 页。

就当时那种自然与社会混同一体的宇宙生命观而言，却不啻为他们英雄本色的一种特殊的证明方式，绝不仅仅是“荒淫好色”四个字所能了结的。

2·2. 主人公的暴虐。身为国君的羿与吉尔伽美什，实在都太不称职。尽管他们的身体条件、智慧程度和生命冲动之旺盛使他们理所当然地坐在了国家统治者的宝座之上，但他们在出场时的所作所为却完全是丧失民心的暴虐之举。那位乌鲁克王再也不像苏美尔时期遇事与民商议的民主制领袖，“日日夜夜，他的残暴从不敛息”，以致城邦全体民众把他视为灾星降临。为了摆脱他的残暴统治，人们上告天神，要求借助超自然力量来制止吉尔伽美什的野牛般的为所欲为的行径。有穷国君羿的为君之道也大体类似，他除了“好田好女”的癖性之外，还“恃其射也，不修民事”，罢免了四位贤臣，却重用被寒国国君伯明赶走的小人寒浞为相，真是自食恶果、自掘坟墓之举。当时民怨沸腾之状，可想而知。和尧、舜、禹等上古贤明君王相比，羿作为国君完全是一个反面教员，一个尚力不尚德的暴君。孔子的弟子南容有一次把尚力而不得善终的羿与奡同尚德而治天下的禹与稷相对比，受到孔圣人少有的高度赞赏。待到南容离开后，夫子连声叹道：“君子哉若人！尚德哉若人！”[1]可见在春秋时期人们的心目中，羿是怎样的一个反面教员形象。这个形象同今天受人交口赞誉的除害英雄羿相距何止十万八千里。

三、敌手与主人公的道德转变

倘若羿与吉尔伽美什一味地为非作歹下去，恐怕会沦为千古罪人了。值得庆幸的是，他们两人在各自的生涯中都及时经历了一番洗心革面的道德转换：从荒淫残暴、不修民事到为民除害，建功立业。这种一百八十度的道德

[1]《论语·宪问》。

面目的转换使他们前后判若两人，差异之鲜明强烈，常使现代读者感到不可思议。这种从叙事的内容上看不符合逻辑的现象，在神话和民间故事中屡见不鲜，它体现着某种叙事的形式逻辑。用现代哲学所熟悉的语言来概括这种形式逻辑，即是“由对立面所促成的矛盾转化”。用神话学的眼光来看，主人公的转变都是由各自的对手或敌手的出场所促成的。这里拟将敌手的出场与主人公的转变作为两个亚母题略作讨论。

3·1.敌手的出场。在巴比伦史诗中，主人公的敌手是构成作品第二主人公的恩启都。天神听取了乌鲁克城邦民众的请求，让大神阿鲁鲁用泥土造出了恩启都的巨人形体，战神尼努尔塔赋予他以灵魂，又将恩启都降至人间去和吉尔伽美什相匹敌。两位英雄的一场决斗反倒促进了他们之间的相互认同，胜负未决出来，敌人却转变为挚友，成为一对形影不离的伙伴。前文中已经揭示，主人公与敌手的这段传奇性的结交，成为他道德面目改观的直接契机。在此之后的吉尔伽美什改易了荒淫癖性与暴虐恶习，走向了征服自然暴力，为社会共同体谋福利的真正英雄之路，并因此而受到那些先前厌弃他的民众的拥戴和赞誉。主人公的这位敌手究竟有什么样的本领使主人公发生如此惊人的道德革新呢？从叙述的形式逻辑上看，敌手的出场本身就是“天意”的代表，他是为了适应民众和天神的意旨而作为主人公的对立面被创造出来的，他出场的目的不是别的，就是纠正主人公的不良习性。

在羿的故事中，主人公的敌手似乎不只是一个。仅从《天问》中看到的就有河伯、封豨、寒浞三位，若再加上其他古籍中提到的，至少还应算上逢蒙。不过仔细考虑之后，我们发现主人公的前两位敌手并不是真正意义上的敌手，河伯和封豨充其量只能算作主人公的情敌或称准敌手，因为他们在实质上构不成主人公的对手——不要说还手之力，就连招架之功都没有，完全是主人公神奇射艺的受害者和牺牲品。主人公真正的敌手显然只能是寒浞和逢蒙，尽管在不同来源的古文献中他们被说成是两个不相干的人物，但从神话思维的立场出发去辨认，这两个人其实是一个人，或者说是一个象征实体的不同表现。不论按照哪种文献的叙述逻辑，他们都是严格按照“对立统一”规则作为主人公羿的对立面而出现的。同恩启都一样，他们存在的目的就在于适应“天意”、民意或神意，消除那位作为暴虐者而存在的主人公。

比较分析英雄主人公的两位敌手的特征，可以使我们对于神话思维所遵循的“对立统一”规则有一个清晰的理解。为便于说明起见，拟将此一项亚母题再分解为两个子亚母题：

恩启都搏斗双狮。波斯金牌浮雕，公元前350年

3·1·1.敌手与主人公的同一性。中国俗语中有“棋逢对手”之说，意思是说只有交战的双方在实力上旗鼓相当才算是真正的对手。创作神话的初民早已深解此中奥妙，他们往往为主人公创造出一个同他本人具有同一性特征的敌手，让主人公在“棋逢对手”的真正抗衡和匹敌之中反观自身。在分析《吉尔伽美什》史诗人物形象时，笔者特别强调了恩启都同吉尔伽美什具有“同一性”，这种同一性几乎到了“一模一样”的程度。现在再来看看中国英雄的敌手及准敌手，他们也都在不同程度上与羿具有同一性特征。首先是两位准敌手：河伯与封豨。尽管他们在体魄和武艺方面根本不是羿的对手，但他们在荒淫好色方面同主人公是一样的。后代所传河伯每年要娶一位美女为妻的故事说明他在古人心目中是一位风流河神。而屈原《九歌·河伯》中更将他描绘成终日与少女们嬉戏同游的登徒子。[1]河伯同羿的对立仅仅表现在他是羿的情敌，羿为了得到美女雒嫔才将河伯射伤。封豨是玄妻的儿子，

[1] 闻一多：《九歌古歌舞剧悬解》，《闻一多全集》第1卷。

又叫封豕。王逸注《天问》时说封豨是神兽，“羿不修道德，而挟弓射韝，猎捕神兽，以快其情也”。但《左传·昭公二十八年》的记载，却说封豨是人，是为羿所夺取的黑美人（为狐精所化）同前夫乐正夔所生下的孩子，因生性贪得无厌，被起了个外号叫“封豕”。据《方言》“豨，南楚谓之豨”的古训可以证实，封豨，封豬，其实一也，意思就是大猪。闻一多先生认为羿先后所射的河伯与封豨实为一人，《左传》所说封豨之母玄妻也就是河伯之妻雒嫔。[1]按照这种说法，河伯也好，封豨也好，作为同雒嫔有夫妇关系的男性，与羿又获得了相对意义上的同一性。至于封豨的贪婪好色，则又丝毫不亚于羿。钱钟书先生曾指出《周易》中便有以猪之象拟示淫欲的例子；《左传·定公十四年》，卫夫人南子与宋朝淫乱，野人歌之曰：“既定尔婁豬，盍归吾艾豭？”《史记·秦始皇本纪》记三十七年望于海南而刻石，文有曰：“防止内外，禁止淫泆，男女絜诚；夫为寄豭，杀之无罪。”寒山诗“世有一等愚，……贪淫状若猪”。这些比喻表明猪在古代作为色欲和食欲的象征应用极广。“是故《西游记》中猪八戒，‘食肠’如壑，‘色胆如天’……一身而二任者”[2]。看来后羿来到人间首先射中的竟是与自己同样荒淫好色的两个准敌手，然后又同样充任了“妻彼雒嫔”或玄妻的角色。

同两位准敌手不同，寒浞与逢蒙作为羿的真正对立面给英雄的生涯带来了决定性的影响。就此而言，这两个分化为二的敌手形象在叙述中的作用正与恩启都相同。在完全历史化的《左传》叙事中，羿的敌手是寒浞；在更多保留神话色彩的传说中，羿的敌手是逢蒙。由于笔者确认他们实质上是一个人，都是神话思维为太阳英雄所设立的对立面，因此以下的讨论偏重于保留神话色彩更多的逢蒙。当我们略览一下古文献中有关逢蒙的一些记载时，立刻发现他与羿有着异常惊人的“同一性”特征：善射。

[1] 闻一多：《天问疏证》，第 57 页。

[2] 钱钟书：《管锥编》第 1 册，第 28 页。

《荀子·王霸》把逢蒙与羿相并列，作为天下善射的两大典范人物。《孟子·离娄下》说逢蒙是羿的徒弟，他在掌握了羿所教的高超射技之后，忘恩负义地谋害了师父，以便使自己成为天下第一射手。从上面这两种传说中可知，逢蒙是羿的唯一对手，其射技足以和羿相匹敌。因此之故，逢蒙也同羿一样，被奉为射箭（工具）的发明创造者，如《世本·作篇》说“逢蒙作射”。《淮南子·说林训》说“百发之中，必有羿逢蒙之巧”。更有甚者，把逢蒙的射技视为青出于蓝而胜于蓝，更在羿之上。如《史记·龟策列传》附褚先生言：“羿名善射，不如……雒门（即逢蒙，——引者）”。这一说法似乎是为了适应流传甚广的逢蒙杀羿之说。

主人公同敌手之间的这种奇妙的同一性关系正是为了反衬英雄的“棋逢对手”，而只有势均力敌的对手的出现，方能改变主人公的生活道路。

3·1·2. 敌手与主人公的对立。敌手与主人公的同一性造成了一种势均力敌的矛盾对立状态，此种矛盾状态的解决必然表现为敌手与主人公之间的一场冲突。巴比伦史诗中突出描绘了两位巨人之间的武力交锋：

他们相遇在“国家广场”上。
恩启都用腿，
把门拦挡，
不让吉尔伽美什进房。
他们狠命地扭住厮打，
活像牤牛一样，
墙壁塌了，
门坏了。
吉尔伽美什和恩启都，
像牤牛一样，

狠狠地扭住对方。

墙壁塌了，

门坏了。

吉尔伽美什弓起两腿，

两脚撑在地上。

他的怒火平息了，

他退到原来的地方。（第33页）

在这场未分胜负的比武中，是敌手恩启都主动向主人公发起攻击的，而首先退出战斗的是主人公，接下来就有了敌手对主人公“力大无双”的赞词，矛盾对立是以“两虎相争，无一伤亡”的罕见形式而化解的。

羿与敌手的对立导致了完全不同的结局，那是严格按照“两虎相争，必有一伤”的逻辑而设计的。两位准敌手河伯及封豨毫无抵抗地败在羿的手下，但那位真正的敌手逢蒙或寒浞却战胜了羿。不过这场战斗并非公开的武力较量，而是一种运用计谋的暗害。从《天问》的问句中可以看出寒浞推翻了羿的统治，自己当上了有穷国国君。历史化的《左传》还说羿在这场篡位斗争中被寒浞所买通的“家众”杀死了。另一种说法见于《路史·后纪十三》，传说是逢蒙用桃木大棒暗害了羿。古代注家还把逢蒙说成是寒浞所买通的羿手下的“家众”之一。[1]不管哪一种传说，都表明敌手战胜了主人公，矛盾对立是以主人公的死亡而告终的。但是，根据《天问》以下的几句问话来判断，羿只是失去了王位，并没有死，而且以另一种面目出现在登昆仑的旅程之中。据《山海经》等书提供的补充材料，羿失去帝王身份后到各地为民除害，杀了许多妖魔鬼怪，立下了不朽功业。所以笔者认为，传说中羿死于寒浞或逢

[1] 见《楚辞·离骚》“浞又贪夫厥家”句王逸注。

蒙的情节当从象征意义上去理解，意味着主人公的脱胎换骨式的转变：随着他的身份从国君降至民间英雄，那位荒淫暴虐的羿也就不复存在了，代之而出现的是顺应民心的善良的羿，正像吉尔伽美什的一百八十度转变那样。

于是，接在“敌手的出场”之后，我们要讨论另一个亚母题：

3·2. 主人公的道德转变。巴比伦史诗的主人公在敌手的作用之下先后经历了两场转变，先是道德面目的弃恶从善，后是命运上的由喜转悲，成为寻求不死药的失败者。我们再看羿的故事，这两种转变的迹象也都非常明显，只因羿史诗的失传散佚，这两种转变前后的羿形象之间失去了情节上的连贯性，成了各自独立的传说，以讹传讹的结果，使三种羿的形象无法统一，变成完全不同的人物。值得注意的是，吉尔伽美什的两次转变是先后依次完成的，而羿的两次转变之间的时间顺序已无从详考了，我们只知道在那位暴虐的有穷国君“死后”又出现了一个为民除害的羿和一个上昆仑求不死药的羿。可以肯定的是，正如吉尔伽美什的两次转变皆由敌手恩启都直接促成，羿的两次转变也是敌手出场后才开始的。

按照神话思维的通则，主人公的敌手其实乃是神意的化身，恩启都如何由天神造出派至人间，已如前述。众神的意旨又是城邦民众要求的结果：他们需要一个好国王取代暴君。这样看来，主人公的弃恶从善的终极原因在于民心的向背。天神的作用在于为民做主，正如老子所说的与天合德的圣人：“圣人无心，以百姓之心为心。”至于敌手，显然是替天行道，促使主人公道德改观的现实媒介。儒家所谓“天视自我民视，天听自我民听”的观念可以说在羿的史诗中早已露端倪：《天问》继羿射河伯与封豨之后有一问曰：

何献蒸肉之膏，而后帝不若？

王逸注：“后帝，天帝也。若，顺也。言羿猎射封豨，以其肉膏祭天帝，天帝犹不顺羿之所为也。”正是在天帝对羿的为非作歹产生不满之后，敌手寒浞及时出现在下文之中成了羿的灾星，谁说这敌手不像恩启都那样是天意即民意的一种现实工具呢？转变之后的羿以其全新的道德面貌建功立业，又是怎样真实地反映着民众的愿望啊！《淮南子·氾论训》说：“羿除天下之害，死而为宗布”，这里说的“宗布”就是以驱邪避害为特征的宗布神。

敌手寒浞或逢蒙作为天意的代理人，虽然在对付主人公的手段上与恩启都大相径庭，但他们的存在和作为都实际上导致主人公结束自己那种“不修道德”的前半生涯，带来人格上的根本变化。这其中的奥秘，可用普洛普的人物功能说加以阐明。

普洛普在其《民间故事形态学》一书中提出的人物功能说认为，民间故事虽然千变万化，但故事的基本结构成分却总是大致相同的。变化的是人物的名字和个性特征，但不变的是某一类人物在故事的叙述展开中所起的功能。因此，人物只是功能的“负载者”。在分析了100个童话故事之后，普洛普得出了如下总结：功能是民间故事中的恒定要素，不论这些功能由谁来完成和怎样完成。功能构成一个故事的基本成分。民间故事中已知功能的数量是十分有限的，它们在故事中出现的顺序也总是同样的，尽管不是所有的功能都会出现在一个故事中。“如果我们用字母A来代表一种到处可见的功能，用字母B代表总是随着A而出现的功能，那么，民间故事中出现的所有功能都将遵循某一单个故事的模式，不会出现超出预料中的秩序的情况，也不会表现出矛盾不合的情况”[1]。从人物功能说出发，我们可以将巴比伦和中国羿史诗中的敌手看成是行使让主人公发生变化这一功能的“负载者”，这样，不管敌手是谁，也不论敌手是一个完整形象抑或化身为两三个形象，他必然要发挥这一功能。紧接在敌手之后的另一功能便是主人公自身的道德改观。这两个功能的先后顺

[1] 普洛普：《民间故事形态学》的定义与方法，见叶舒宪编：《结构主义神话学》，陕西师范大学出版社1988年版，第9页。

序确实是不容颠倒的，两个功能之间的前因后果关系构成了一个完整的叙述单元，即以上讨论的第三项母题“敌手与主人公的道德转变”。

四、主人公诛妖怪立大功

继主人公与敌手之间的冲突对立之后，英雄史诗的情节转向了主人公与自然暴力的对立和斗争。这种人与自然相争的故事情节在上古神话中便十分普及，继神话而发展起来的史诗自然吸收了这方面已有的文学原型，作为展开冲突、塑造英雄主人公的必要母题而加以突出表现。如本书开篇所述，英雄杀妖怪的母题之所以在世界各地不同文学中反复出现，是由于它导源于某种自史前至上古普遍流行的仪式行为。在仪式上象征性地杀死动物或妖怪是主人公经受考验和磨炼的标记。羿与吉尔伽美什在经历了人格转变之后开始将他们的非凡的智和勇应用到为天下除害、建功立业方面了。他们各自所征服的妖怪数量不等，形貌各异，但从神话思维的象征意义上看，诛妖杀怪这一情节的功能是完全等质的。

吉尔伽美什在史诗中声称自己诛杀过熊、狮子、豹、虎、鹿等野兽，但史诗中直接叙述的被杀妖兽只有两个：杉林妖怪芬巴巴和天牛。芬巴巴住在森林里，“形成人间的恐怖”，对定居生活的人们造成严重威胁，因为他的“吼声就是洪水，他嘴一张就把火吐，他吐一口气，人就一命呜呼”。从象征意义上看，这个可怕的妖怪只不过是初民对水、火、风这样三种不同的自然暴力的拟人化表现。他的口中吐水火的特征使我们立刻想到羿在凶水之上所射杀的那个九婴，据高诱说：“九婴，水火之怪，为人害。”[1]数千年前的巴比伦人和中国人在为他们的英雄主人公编造可怕的对手时，竟能想象如此雷

[1]《淮南子·本经训》注。

使恩启都胆怯的森林妖怪芬巴巴（又称 Huwawa）陶像，公元前 2000 年

同，这实在令人惊异。

袁珂先生说，九婴之婴，疑当作䁝；䁝，咽也。九婴当是长着九个头九个咽喉的怪兽，能喷水吐火为灾。[1]这样奇特的形象对于理性思维来说显然是无法理解的，从古到今不知引起了多少迷惑。一位研究中国神话的当代学者对高诱解释九婴能吐水火这一点提出疑问说："他的解释不大可靠，因为上古神话中的自然神，莫不是一种自然现象或某几种有密切关系的自然现象的化身，而从来没有是两种截然相反的自然现象的化身的；他们拥有的是某一种或相互关联的某几种自然现象的力量，从来没有拥有几种互不相干甚至截然相反的超自然力的。高诱大约未见着关于九婴的其他材料，于是含含糊糊地说他是什么'水火之怪'了。与其相信高氏的话，我们倒不如做这样的推测：九婴是凶水中的水神。"[2]现在，巴比伦史诗提供的芬巴巴形象足以消除对九婴的千古疑虑。看来神话思维是不遵循所谓"矛盾律"的，在理性思维看来是完全相反的水与火这两种自然现象，在神话思维中却不但不矛盾，而且可以拟人化到一个妖怪形象之中。由此可见，高诱对九婴的解释还是可信的，他若毫无根据就信口开河，又怎么会把水和火这两种自然力集中到九婴这一个怪物身上呢？

同战马英雄型的史诗相比较而言，太阳英雄型史诗中的自然暴力化身总是象征着对农业生产生活造成巨大危害的事物，像水旱灾害与风灾便是对农

[1] 袁珂：《中国神话传说词典》，上海辞书出版社，第 12 页。
[2] 刘城淮：《中国上古神话》，上海文艺出版社 1988 年版，第 485 页。

作物威胁最大的。芬巴巴身兼水、火、风三种自然暴力，同九婴身兼水、火两种自然暴力一样，同是定居农业民族所赖以生存的文化范式所决定的，因此这种不约而同的妖怪形象的出现也就在文化学的理解中显得不足为奇了。

与芬巴巴的第三种特异功能——口吹气致人死命——相对应，在羿所射杀的妖怪中也有大风的象征。《淮南子·本经训》高诱注云："大风，风伯也，能坏人屋舍。羿于青丘之泽缴遮使不为害也。"其实，大风岂止能坏人屋舍，更能摧毁田地中的农作物，因而早自卜辞的时代，"宁风"就已成为一种专门的祭祀仪式，体现着农耕民族要求风神息怒的愿望。

羿所杀的另一怪兽修蛇似乎也是旱灾的一种象征。《山海经·北山经》说大咸之山上有蛇名叫长蛇，似乎正相当于《淮南子》所说的修蛇，它的特征是"其毛如彘豪，其音如鼓柝"。同书《北次三经》又说錞于母逢之山也有大蛇，其特征为"赤首白身，其音如牛，见则其邑大旱"。

与这个"其音如牛"的怪蛇相联系，还有一个"其状如牛"的吃人怪物窳，也是羿所除掉的大害之一。猰窳又叫猰貐，《山海经·北山经》形容它"其状如牛而赤身，人面马足……其音如婴儿，是食人"。这个红色的巨牛状吃人怪兽自然使我们联想到吉尔伽美什与恩启都所杀之天牛。参照巴比伦史诗中天牛的象征意义，这个令人们伤透脑筋而不得其解的猰窳，现在也可以理解为旱灾的一种可怕象征，或者说是对农业收成的毁灭性打击的象征。

在巴比伦史诗中，伊什妲尔女神为了报复吉尔伽美什，让父神阿努制作天牛，阿努反问女神说：

若把你求我的事情办好，
将有七年的歉收来到。
为人们你可曾把粮谷积好？
为兽类你可曾使草儿繁茂？

伊什妲尔回答父神阿努说：

我为人们储存了粮谷，
为兽类备足了草料。
即或七年的歉收来到，
为人们我已经把粮谷积好，
为兽类已经使草儿繁茂。（第 57 页）。

吉尔伽美什与恩启都杀天牛及其他妖怪，苏美尔印章图案，公元前 2300 年

这里所说的“七年歉收”同《圣经·旧约》中的“七年歉收”同样，是神秘数字“七”的象征性应用，七在这里不是实指，而是象征巨大、无限长久的极限意义。[1] 而七年歉收显然是举世罕见的持久性大旱灾的神秘表达法。可见天牛为害农业和畜牧业生产的严重性是十分惊人的，连天神造出天牛之前都不得不仔细考虑一下它将对人类生活所造成的恶果。相比之下，中国神话中的窫窳不也是这样一种可怕的天牛吗？不仅它的形状是牛，而且它原本也是来自天上神界的圣物。[2] 它不仅是后羿神箭之下的牺牲品，而且先前就曾被杀过一次，只因天帝垂怜于它的无辜受害，让神巫用不死药使它复活了。

考察一下窫窳第一次被杀的情况，我们惊奇地看到，竟与巴比伦史诗中

[1] 参看叶舒宪：《人日之谜：中国上古创世神话发掘》，载《中国文化》创刊号，生活、读书、新知三联书店，香港中华书局 1989 年版。

[2] 参看袁珂：《中国神话传说》，第 291 页。

的情形十分类似。《山海经·海内西经》记述的窫窳第一次被杀的情形中有两个凶手，一个为主的叫贰负，另一个是贰负的臣下叫危，这不正同吉尔伽美什及其手下恩启都两人的身份和相互关系一样吗？贰负与危同杀窫窳，天帝却只惩罚了危一人，这和巴比伦天神让恩启都受罚死去又相吻合了。惩罚的方式是把危反绑了双手和头发，捆在西方的疏属山上，还枷了他的右脚，让他永世不得翻身。我们说，这正同恩启都下地狱一样，体现了违抗神意而诛杀圣兽者应得的可悲下场。至于这一情节相似的原因，拟留待本书第五编再做研讨。

以上所论，确认了羿所杀诸怪与吉尔伽美什所杀的芬巴巴、天牛一样，同是对农业生产威胁最大的自然力的化身。除了九婴、大风、修蛇和窫窳之外，《淮南子》所列被羿杀的怪物还有封和凿齿两个。前者在先秦时代是人不是兽，已如前文所辨析。后者据《山海经》说是羿到昆仑山前才遇到的，笔者以为它本不是怪兽，拟留待以下讨论羿上昆仑求不死药的母题时再详细说明。

五、主人公探求不死的旅行

主人公探求不死的旅行，这是一个重现频率很高的世界性文学母题，也是我们的两位英雄后期生涯的主要内容。如果说死是人类文学的永恒主题，那么这个主题在东方和西方的滥觞，大概就要算这里的两大作品了。

在史诗中，吉尔伽美什从恩启都的死预感到自己同样的命运，于是告别城邦，开始了跋山涉水的艰难旅行。在《天问》所反映的羿神话中，紧接着寒浞篡位之事出现了这样一问，“阻穷西征，岩何越焉”？王逸注认为指的是“尧放鲧羽山，西行度越岑岩之险”一事，后代注家皆随声附和。只有清人毛奇龄指出这问仍指羿事，晚近学者童书业、闻一多、游国恩、顾颉刚等皆同意毛说，证据主要是《山海经》中羿上昆仑的记载。他去昆仑干什么呢？

正是为了求不死。今以巴比伦史诗作为旁证，知此问指羿事确凿无疑。若再细察，两位英雄的这次旅行还有三个共同的亚母题。对比参证之下，我们确信可使中国考据史上若干疑难问题豁然开朗。

5·1. 越过非凡人所能越过的艰险。《山海经·海内西经》："海内昆仑之虚……帝之下都……百神之所在。在八隅之岩，赤水之际，非仁羿莫能上冈之岩。"这种"非……莫能……"的句式等于告诉人们，只有羿能达到那百神所在的昆仑山顶，其艰险程度足以使屈原对羿的登山能力提出了质疑。他大概不知道，羿，这位以"淫游以佚田兮"（《离骚》）而著称的无道昏君，这位以夺人美妻为能事的登徒子，他之所以能独享登上昆仑顶（当时人心目中的珠穆朗玛峰）的荣幸，恰是因为他与太阳具有同一性的关系呀。这种失传了 25 个世纪的关系一旦被重新发现，自屈原时代以来的难题也就顿时不成其为问题了。

转过来再看那巴比伦太阳神的后裔吉尔伽美什，只因为太阳神的一路护送，"竟渡过了那难以渡过的海"（相当于《山海经》所说的"赤水"？），攀上那"上抵天边"的马什山。在山口把关者的答话中，我们分明看到了那"非……莫能……"句式的翻版（确切地说，应当是"原版"）：

吉尔伽美什，并没有谁曾经把这件事办成，
也没有谁曾经跨越那条山径。（第 73 页）

由于中国文献记载的简略和残缺，我们无法详细了解羿是怎样历经艰难险阻，不远万里来到"帝之下都"所在地——昆仑山的。那么，就让我们从巴比伦英雄的夫子自叹中来间接体会一下羿的艰辛吧：

我漫步流浪，把一切国家走遍。

我横渡了所有的海，

我翻过了那些险峻的山。

我的脸色表明缺乏充足的、舒适的睡眠，

我深受了失眠的折磨，手脚为忧伤所缠。

还没有到女主人家，我的衣服就已经磨烂，

熊、鬣狗、狮子、豹、虎、鹿、大山羊等野兽与活物，［我都杀过］，

我吃他们的［肉］，把他们的毛皮［穿］。

5·2. 来到一座神山山巅。这座神山在巴比伦史诗中叫马什山（Mashu），在《天问》和《山海经》中叫昆仑。两座山都想象为处在世界的极点，是凡人可望不可到之处。按照神话学中的术语，马什山和昆仑应当称为“世界山”（world mountain）或“宇宙山”（cosmic mountain）。宇宙山常常被设想为宇宙的中心轴，也可以被设想为处在世界的西极或东极，其根本作用是联接天和地。[1] 世界各地早期文明的伟大建筑，如巴比伦的通天塔与空中花园，埃及的大金字塔，美洲印加帝国的金字塔等，都是模拟神话宇宙观中的宇宙山而建造的人工宇宙中心。[2] 对于马什山和昆仑的宇宙山性质进行深入的比较研究，将为我们充分理解中国和上古西亚的宇宙观念的发生提供宝贵的启示。限于本书题旨，以下仅举出几点相通之处，作为此一亚母题之下的子亚母题。

5·2·1. 宇宙山与太阳。“马什”一词的巴比伦语直译为“双生子”。为什么这样叫宇宙山，无文献可考，但可以看出，“马什”与巴比伦太阳神的名字“舍马什”仅一音之差。显然这神山与太阳有关。内证就在史诗中：“只见它（指宇宙山）天天望着日出和日落”。该山有把关者，史诗说“他们把太阳望，就在日出日落的时间”。（中译本，第 72 页）在此，我们似乎悟

[1] 参看艾利亚德（Mircea Eliade）：《萨满教》第 8 章“萨满教的宇宙观”。

[2] 坎贝尔（Joseph Campbell）：《神话的观念》，普林斯顿大学出版社 1974 年英文版，第 2 章第 2 节。

出了一点：《天问》中按顺序排在羿神话之前的昆仑神话，为什么要一再提到太阳："日安不到？烛龙何照？羲和之未扬，若华何光？"《史记·大宛传》引《禹本纪》也说："昆仑其高二千五百余里，日月相避隐为光明也。其上有醴泉，瑶池。"这里的"日月相避隐为光明"一句似可借来为马什山名"双生子"做最佳注脚。

台湾学者杜而未先生认为，《山海经》中所有的山都是"月山"，昆仑当然也是月山之一。[1]这实际上等于把宇宙山掌管天地连接和阴阳变易的"双生"作用变成"独生子"了。就在他引以为据的《山海经·西次三经》中的以下话语中，也可以看出昆仑绝不仅仅是月山：

南望昆仑，其光熊熊，其气魂魂。

郭注："皆光气炎盛相焜耀之貌。"若不是日与月在此交汇的话，大概不会如此明亮的吧。中国古代世界观认为"日生于东，月生于西"，那么正是在日落于西的时候才会与生于西的月亮在昆仑相会，这正是"双生子"与"日月相避隐为光明"的本义。宇宙山的这种兼通天地阴阳的神秘性在后人的想象中又衍化出了东王公西王母在昆仑相会的传说。如《神异经·中荒经》所述：

昆仑之山……上有大鸟，名曰希有。南向，张左翼复东王公，右翼复西王母。背上小处无羽，一万九千里。西王母岁登翼上，会东王公也。……其鸟铭曰：有鸟希有，绿赤煌煌，不鸣不食。东复东王公，西复西王母。王母欲东，登之自通。阴阳相须，唯会益工。

[1] 杜而未：《山海经神话系统》，台湾学生书局 1984 年版，第 29—30 页。

在这个带有性爱色彩的阴阳相会故事中依然保留着昆仑山作为宇宙枢纽的意蕴。如果了解到所谓东王公、西王母不过是太阳与月亮的化身，那么这则恋爱故事及其发生地之间的关系也就不证自明了。吕微先生在《昆仑神话中的二分世界》一文中指出，从昆仑神话的各种描绘之中可以抽绎出一系列二元对立的相关项：天地、日月、鱼鸟、羽人互人、男女、上下、东西等。这一系列二元因素又以一定的方式，通过一定的媒介相互联系与转化。[1] 作为补充，还可以给这些对立项加上晦明、死生、朝暮、金玉，等等。至此，宇宙山的“双生子”性质在以上这些二元对立中昭然若揭了。

5·2·2. 宇宙山与天神世界相通。《山海经》说昆仑之虚是百神所在的“帝之下都”；《天问》则以为宇宙山顶上有一上不着天，下不着地的“县圃”：

昆仑县圃，其尻安在？增城九重，其高几里？

王逸注说县圃即昆仑之巅，“乃上通于天也”。巴比伦史诗说得明白：“那山巅上抵天边，那山麓下通阴间。”看来王逸对县圃的解释不很确切，倒是注家李陈玉一语破的：

县，古悬字。县圃者，神人之圃，悬于中峰之上，上不粘天，下不粘地，故尻字景奇。尻，臀尾所坐处也，既是悬圃，则所坐当于何处？[2]

若说得再通俗一点，“圃”就是园林或花园的意思，照此，屈原所疑惑不解的这个悬在空中的园子“悬圃”岂不是世界七大奇迹之一的巴比伦空中花园的意译吗？后者正是巴比伦人通天神之处。只不过其中的通天塔不是九

[1] 见《民间文学论坛》1989 年第 2 期。
[2] 陈玉：《楚辞笺注》，引见《天问纂义》第 126 页。

重而是七重（层），难道是在汉译时为中国的阳数“九”汉化了？

如前所述，巴比伦空中花园同埃及金字塔一样，本来就是一座人工建造的宇宙山模型，是沟通天堂、人间、地狱的宇宙枢纽。我们在《天问》中窥见的昆仑悬圃也毫无疑问地具有同样的性质。《淮南子·坠形训》说：“凡四水者，帝之神泉，以和百药，以润万物。昆仑之邱，或上倍之，是谓凉风之山，登之而不死；或上倍之，是谓悬圃，登之乃灵，能使风雨；或上倍之，乃维上天，登之乃神，是谓太帝之居。”这段描述把昆仑看作是层层上升的通天阶梯，这就表明了昆仑同宇宙木或宇宙柱之间的象征等值关系。艾利亚德指出，宇宙木同宇宙山一样，是原始萨满教宇宙观中的核心形象，它同样是连接神、鬼、人三界的媒介物，同时还体现着世界的神圣性、丰饶性和永续性。[1]宇宙木在各民族神话中通常还表现为一棵参天大树，典型的例子莫过于北欧神话：

垂直的宇宙模式的中心是宇宙树伊格德拉希尔。这是一棵巨大的秦皮树，联结着天空和大地、大地和地下世界，按照顶端和底部的二重对立将宇宙沿着垂直轴划分成三个部分。这个垂直的三元划分被恰当地表现为位于不同水平上的动物形象：鹰在树的顶端，巨蟒在咬树根，而鹿则在树的中部吃树叶。

……宇宙树也是生命树和命运树。它四季常青，从上面滴下生命之蜜或奶露，滋养着树根处的圣泉。三个司命运的仙女诺恩氏依次将泉水洒在宇宙树上（湿润与干燥的对立就像生命与死亡的对立）。

宇宙树高插入天空中的顶端是众神聚集的地方。……尼格尔海姆（Niglheim），普通的死者的归宿处，位于大地的深渊之下。[2]

[1] 艾利亚德：《萨满教》，崛一郎日文译本，冬树社昭和五十六年版，第345—346页。

[2] 梅列金斯基（E·Meletinskij）：《斯堪的纳维亚神话的对立系统》，中译本见叶舒宪编：《结构主义神话学》第160—161页。

对照之下，《水经注》把作为宇宙山的昆仑划分为同样的三元层级构造也就不难理解了：

昆仑之山三级：下曰樊桐，一名板桐；二曰玄圃，一名阆风；上曰层城，一名天庭，是为大帝所居。

昆仑既与天庭神界相通，自然亦应与地下阴界相通，其实在昆仑四周流动着的“四水”，即河水、赤水、弱水、洋水，正相当于与巴比伦马什山相连的“死水”（the waters of death）[1]。关于弱水，其得名据说是因为连羽毛都漂不起来，一切东西到了那里必然下沉。陈炳良先生据此判断弱水也就是太阳西落之处羽渊（虞渊）。[2] 前文讨论的被羿所射杀的怪物窫窳，据《山海经》说就住在这弱水之中，似乎是看守地狱门户的卫士，正像围绕马什山的死水也有卫士看守一样。在张华《博物志》的描述中，昆仑山北面往下便直通“八玄幽都”即黑暗阴间。可见中国上古神话观念中的昆仑同巴比伦的马什山，斯堪的纳维亚神话观念中的宇宙树，以及古希腊神话中的奥林匹斯山，都具有同样的象征性质，尽管它们在名称、形貌方面各不相同，但都是死亡与永生的分水岭，是生命树、不死药之类神话宝物的所在。凡是企求获得永生的人，只有到这里来方可找到一线希望。

5·2·3. 山门的开关与把关者。史诗说马什山由把关者守住山门，此门本是关闭的，特为吉尔伽美什打开。《天问》：“四方之门，其谁从焉？西北辟（闭）启，何气通焉？”《山海经》：“海内昆仑之虚，……而有九门，门有开明兽守之。”至于《淮南子》说有四百四十门，则纯属夸张之词了。《天

[1] 胡克（S.H.Hooke）：《中东神话学》，企鹅丛书本，1963 年英文版，第 53 页。
[2] 陈炳良：《神话·礼仪·文学》，台北联经出版公司 1985 年版，第 14 页。

问》中还有“何兽能言？”一问，真是难坏了历代注疏家们，他们遍翻古书，找出一大堆典故（如伯益知兽语，扬由听雀，介葛闻牛等）为这一句做解，其实这兽就是《山海经》说的把门者开明兽，尽管是兽却还保留着人面，所以能说人话。在史诗中的把关者被叫作“沙索利人”，“那可怕的凶相，如同死神一般。他们的恐怖把山笼罩”。如此形象，同《山海经》所形容的开明兽“身大类虎而九首，皆人面”倒是同样吓人的。这些把关者盘问了（当然是用人言）吉尔伽美什的来意，劝阻未果，才勉强同意开启山门。

在这里笔者拟提出羿诛凿齿的情节一并讨论，因为凿齿同开明兽类似，行使着看守昆仑山的把关职能。据《山海经·海外南经》之说：

昆仑虚在其东，虚四方。一曰在岐舌东，为虚四方。羿与凿齿战于寿华之野，羿射杀之。在昆仑虚东。羿持弓矢，凿齿持盾，一曰戈。

从武器上看，羿持弓矢，凿齿持盾牌，显然前者是进攻者，后者为防守把关人。从地点上看，羿西征昆仑，显然来自东面，而凿齿扼守昆仑入山关口，自然背西面东以迎战来犯者，所以书中明确记下这场攻守战发生的地点“在昆仑虚东”的寿华之野。在被后人加以历史化的《淮南子》叙述中，有“尧乃使羿诛凿齿于畴华之野”的说法，高诱注“畴华”为南方泽名。从《山海经》中所记的两处“凿齿”来判断，似乎区分出两个凿齿，一个在南方融天山，另一个在西方昆仑山。这里所论的是昆仑凿齿。萧兵先生则以为凿齿这个神话形象反映着史前太平洋文化圈中常见的“拔牙”习俗，羿诛凿齿似发生在沿海东夷地域。[1]由于凿齿在古人观念中是“齿如凿，长五六尺”的怪人形象，并非拔掉门牙的习俗之反映，所以似可将这可怕形象同昆仑山门把关者开明

[1] 萧兵：《楚辞新探》，天津古籍出版社 1988 年版，第 809 页以下。

兽视为同类，其凶相的实质与看守马什山的沙索利人一样，在于恫吓轻易来犯之人，护卫宇宙神山的神圣性不容干犯。至今我们仍可在宫苑宅院的门前看到龇牙咧嘴的石狮和怪兽形象，其实也都不过是些故作凶相吓人的把关者。至于寿华之野，正同都广之野一样，都是神话地名，是接近生长长生不老药的神秘地方。《吕氏春秋·本味》云："菜之美者，昆仑之苹，寿木之华。"高诱注："寿木，昆仑山上木也；华，实也，食其实者不死，故曰寿木。"《山海经·海内西经》则又说，"昆仑开明北有不死树"。在神话观念中，不死树是神灵的专利，禁止凡人接触，因此必然派凶神恶煞严加看守。而这类行使看守不死树职能的凶神恶煞总是被夸张到令人闻而生畏的地步。《圣经·创世记》说上帝把亚当夏娃逐出伊甸园后，专门委派了一位叫噻略帕的凶神连同一把能四面转动喷出火焰的利剑，严守通往生命之树的道路。[1]相形之下，长着九个头和老虎身子的开明兽，长着五六尺长牙的凿齿，不也都是神话制造者故意夸张出来的看守生命树的恶神么？之所以把这类把关者形容得如此令人惊心动魄，目的不过是突出生命树的不可接近性，突出必死之人类与永生之神灵之间不可逾越的界限而已！

"非仁羿莫能上冈之岩"，羿毕竟不同于凡人，他是太阳神的化身，自然能冲破重重阻碍直登宇宙山，正像太阳神之子吉尔伽美什是唯一能上马什山的英雄一样。所不同的是，吉尔伽美什在死水和山门前两次都是用言语请求说服看守者，顺利通过关隘的，而羿则与把关者话不投机，动起手来，先后诛杀了窫窳和凿齿，方才得以通过的。对于这两次最后的攻坚战，后人编造出了许多异说，终于把把关者凿齿也算在羿为民除害时所杀的恶兽之中了。把先秦文献《山海经》同汉代文献《淮南子》加以对照，凿齿身份的演变迹象是十分明显的。

[1]《旧约·创世记》第3章第24节。

5·2·4. 黑暗通道与北风。《天问》“日安不到”以下四句，注家或以为“天地之西北，有幽冥无日之国，有龙衔烛而照之也。”（王逸）今对比巴比伦史诗，始知道往山巅的旅途要经过一段没有光线的黑暗之路。把关者开启山门后，吉尔伽美什便一直在无边的黑暗中摸索前行，走到半路，只觉得有北风迎面刮来。史诗中没有出现烛龙，而且说这黑暗通道正是太阳所走之路。这里的分歧该怎样理解呢？

《天问》“日安不到”四句紧接着在“四方之门，其谁从焉？西北辟启，何气通焉”二问之后，显然是进入山门后的情形，而且有西北方向来的“气”，这简直同吉尔伽美什碰到的北风合若符节了！看来，这黑暗通道不是“日不到”而是日必经的关口，只因太狭窄，太阳必须挤过去或钻过去，钻时身体拉长，便像（或变成）一条蛇（龙）了；且这通道的深黑与狭窄，使夕阳本已很暗淡的微光变得更加暗淡，其形象不正是发出微弱烛光的龙吗？

人类学方面的旁证可以证明笔者上述推测并非出于想象：“太阳乘舟旅行于天空的海洋，是地球上许多民族所熟知的。但既然天和地在地平线上似乎是长在一起的，故人经常相信每天两者在西方要分合一次，而每天黄昏太阳必须从两者之间小裂缝中通过。这是一件危险的事情，太阳在悄悄通过时经常受伤，被挤掉尾巴或大腿。希腊人的‘西姆普莱加代斯神话’认为，两块岩石能开能关就出于这种信仰”[1]。就此看来，与天相连的宇宙山顶有太阳所必经的狭窄黑暗通道是确实可信的神话观念原型了，《天问》与巴比伦史诗在这一点上表面上有分歧，实质上又完全相通。在这里，我们不但理解了巴比伦史诗中的悖论难题（为什么说吉尔伽美什所经过的黑暗中的摸索是“沿着太阳的路”），同时也理解了中国烛龙神话的起源。至于龙蛇与太阳的同一性关系，弗雷泽等早期人类学家根据几乎遍布世界各地的原始信仰材

[1] 利普斯：《事物的起源》，中译本，四川民族出版社，第 357—358 页。

料做出过详细的讨论，[1]笔者也就无须再废笔墨了。

值得一提的是黑暗通道下通阴间地狱的问题。王逸注“西北辟启，何气通焉”句说：“言天西北之门，每常开启，岂元气之所通？”显然未得要领。柳宗元将错就错，说“辟启以通，兹气之元”。其实，黑暗通道即是太阳西沉的必经之路，自然在古人想象中的天地相合之处，它上可达天庭，下可通阴间。英雄主人公既然“沿着太阳的路”西行，自然会在黑暗通道中遇到来自阴间的阴冷之气息。而太阳西沉之后向北转入阴间，故这阴冷气息又被视为“北风”。洪兴祖针对王逸和柳宗元的误解而提出：“《淮南》云，昆仑虚玉横维，其西北隅北门开以纳不周之风。按不周山在昆仑西北，不周风自此出也。”[2]这个不周山就是共工与颛顼争帝神话中被折断了的天柱，无疑也曾是天地接合之处。《离骚》“路不周以左转兮，指西海以为期”句洪兴祖注云：

《山海经》，西北海之外，大荒之隅，有山而不合，名曰不周。注云，此山形有缺，不周匝，因名之。西北不周风自此出也。《淮南子》云，西北方不周之山，曰幽都之门。又曰，昆仑之山，北门开，以纳不周之风。[3]

这就明确了作为天柱的不周山同时也是阴间地狱的门户。幽都在上古便是地狱的代称之一。《楚辞·招魂》有云：“魂兮归来，君无下此幽都些，土伯九约，其角觺觺些。”王逸注：“幽都，地下后土所治也。地下幽冥，故称幽都。”按照中国上古神话宇宙观，阴间的方位在平面空间中被认同为太阳所不到的北方，在立体空间中被认同为地下之方，所以又将地下幽都与

[1] 弗雷泽：《不死的信仰与死者崇拜》，1913 年英文版，伦敦，第 3 章。
[2] 王、柳、洪三家说，均见《天问纂义》第 130 页。
[3] 游国恩主编：《离骚纂义》，中华书局 1980 年版，第 475 页。

地上的北方相认同，这就是基于神话宇宙观的北方地名幽都的由来。[1]《尚书·尧典》："申命和叔，宅朔方，曰幽都。"蔡沈注："日行至是，则沦于地中，万象幽暗，故曰幽都。"在这"万象幽暗"的北方地狱中，那与烛龙神话相联系的所谓"幽冥无日"之国的说法也就易于理解了。从地狱中吹来的气息为什么叫作"北风"，也就迎刃而解了。又由于地狱是死亡之国，与生命对立，所以自西北来的不周风又被看作是阴风，杀生之风。《史记·律书》说得分明："不周风居西北，主杀生。"

5·2·5. 石林。《天问》是学者公认最难解释的一部上古典籍，而以下四个问句又是《天问》中最令注家头痛的问题：

何所冬暖？何所夏寒？焉有石林？何兽能言？

对这十六个字，古今的博学之士曾有过各种各样千奇百怪的解释和猜测，但没有一种令人满意。仅以"石林"这个千古难题而言，今日所可见到的解说，便有以下12类之多：

第一类，不知出处说。洪兴祖《楚辞补注》说："按《淮南》云，西方之极，石城金室。未见石林所出也。"

第二类，山上巨石说。汪仲弘《楚辞集解》说："石林，石峙如林也，无所径见。然泰山有石闾，华山有石室，庐山有石、石梁，天都峰下有石笋，冈山有石帆、石鼓、石门，皆此类也。"

第三类，瑶说。周拱辰《离骚草木史》说："道书昆阜山生瑶笥，千年一芽，郁然成林。"

第四类，珊瑚树说。钱澄之《庄屈合诂》说："石林，疑即珊瑚树之类。"

[1] 参看叶舒宪：《中国神话宇宙观的原型模式》，《民间文学论坛》1988年第2期；又见《探索非理性的世界》一书第三章第三节，四川人民出版社1988年版。

第五类，贵州或南方石林说。王夫之《楚辞通释》说：“石林，石能生枝叶，近贵州有之，亦一异也。”毛奇龄则说石林在南方。

第六类，东海石林说。蒋骥《山带阁注楚辞》说：“李长吉注《海外纪》，石林山在东海之东。有石如木，挺立树仞，亦开花，朱色，灿然满山，故名。”屈复《楚辞新注》也说：“按《海外纪》云，石林山在东海之东，石有五色，笋立成林。杜诗赤日石林气，用此。”

第七类，积石千里说。徐文靖《管城硕记》说：“按《庄子》曰，老子见孔子从弟子五人，叹曰，吾闻南方有鸟，其名为凤，所居积石千里，天为生食，其树名琼，枝高百仞，以璆琳琅玕为实，当即为石林也。”

第八类，夔巫诸山说。王闿运《楚辞释》说：“石林，石生若林，夔巫诸山是也。”这就把石林的原型追溯到高唐神女峰去了。

第九类，石之美者说。吴志伊《山海经广注》说：“古人谓石之美者，多谓之珠。《说文》，玕，石之似玉者。《玉篇》，琅玕石似玉。故屈子谓之石林。”丁晏《楚辞天问笺》据此说解石林为《山海经》和《淮南子》所言诸玉树。虽不中，亦不远矣。

第十类，积石山说。游国恩《天问纂义》总列古人异说之后，提出了又一解释：“谨按：《吕氏春秋·求人篇》，禹北至积水积石之山。高诱注，积石，山名。盖其山积石成林，故名积石之山。屈子所谓石林或即此类。”

第十一类，桂林景观说。谭戒甫在《屈赋新编》[1]中说：“石林，蒋骥引得很多，然未必可信。设不论开花结果，如桂林、阳朔，粤北连山，我曾游过，仿佛似之。”

第十二类，滇地风光说。龚维英在《〈天问〉和云南风物，神话》[2]中说：“《天问》四句一节。……石林是滇地特有景色，故知本节其他三句所

[1]《屈赋新编》，中华书局1978年版，第452页。
[2]《〈天问〉和云南风物，神话》，《民间文艺季刊》1986年第1期。

质询者，也必然是云南风物无疑。”又说：“石林在地质学上称作‘喀斯特地带’（Karst Topography），是石灰石为雨水中的碳酸长年溶蚀而形成，乃亿万年来造化的杰作。石笋处处，钟乳倒垂，蔚为奇观，系旅游胜景。云南石林地处西陲，今之内地人亦难知其详，况彼上古？距今近两千年的王逸作《楚辞章句》，已用‘言天下何有石木之林’释此，可证他并不知道石林的真面目。至明末的王夫之……复又移滇物置黔地，无怪二千三百年前的大诗人屈原，径自质询‘焉有石林’了。”

以上十几位古今学者对石林的解释似乎是越来越具体，越来越确凿了，石林的地望忽东忽西，从王夫之的“贵州”说，到今人的“云南”说，甚至为石林找到了科学的地质名词“喀斯特地带”云云。然而实际上，对石林的认识却是越来越离谱，越来越玄奥了。问题的症结在于，人们总是要在现实存在之中找出神话幻想的根据，这就难免走向神话思维的反面。倒是闻一多先生较为谨慎，不愿用凭空猜测之词充当解释，故其《天问疏证》断言：“四句本无事可考。”[1]

谁知，在浩如烟海的中国古文献中“无事可考”的哑谜却可以在异域出土的泥板文书中得到求证。巴比伦史诗叙述主人公走完黑暗通道之后又重新见到了光明的人间仙境：

他面前看到了石的树木，他就健步向前。

红宝石是结成的熟果，累累的葡萄，惹人喜爱，

翠宝石是镶上的青叶，

那儿也结着果，望去令人心胸舒展。（第76页）

[1] 闻一多：《天问疏证》，第37—38页。

西方学者在这里找到了《圣经·创世记》中伊甸乐园的原型，我们不是也看到了昆仑悬圃的真实写照吗？原型理论家弗莱指出，文学的原型具有生成性的特征，这就使它能够跨越时空地进行传播。“文学中可以有生活、现实经验、自然、想象的真实、社会条件，或者你对其‘内容’所愿望的一切东西；但是文学本身却不是由这些东西构成的。诗只能从别的诗中产生，小说只能从别的小说中产生。文学是自我形成的，而不是由外加的东西所形成的。”[1]从昆仑悬圃的景观在中国本土的现实中找不到对应物这一事实来看，巴比伦史诗中描绘的伊甸雏形是否有可能借文化传播的力量催生出中国神话中的“伊甸”呢？以宝石为果、以翠玉为叶的石树林乃是冬暖夏凉、四季长青的不死仙境的象征，而《山海经》《淮南子》在描述昆仑仙境时所罗列的“珠树、文玉树、玗琪树、不死树”和“珠树、玉树、璇树”，等等，从名称造字上一看就知道属于同类的玉石树林。而玉之所以在古人心目中享有崇高地位，正因为它自石器时代起就已成为永恒生命的象征。古人在埋葬死者时往往在口中含放玉珠之类玉器，正是希望生命能够永续下去。由此可见，“石林”实质上是“玉林”，而玉林只有在神灵出没的“空中花园”中才会出现，其象征蕴含同不死药一样，是现实中根本不存在的永生不朽。

至此，《天问》中自“昆仑悬圃”至“何兽能言”共11个疑难问题在巴比伦史诗的参证下理出了头绪，这些内容反馈过来成为我们重构羿史诗整体的第一手材料。

5·3. 找到一位不死的神人。吉尔伽美什找到的是巴比伦的“挪亚”，一位名叫乌特那庇什提牟的神人。他是在创世后所发生的宇宙性大洪水中唯一受神保护的幸存者，因加入神籍而获得永生。他对远道而来访的吉尔伽美什讲述了洪水的故事，告诉他常人难逃死亡的宿命。羿上昆仑找到什么人，

[1] 弗莱（N.Frye）：《批评的解剖》，中译文，见叶舒宪编《神话·原型批评》，陕西师范大学出版社1987年版，第150—151页。

《天问》与《山海经》都未明言，倒是《淮南子·览冥训》道出真相：“羿请不死之药于西王母”。西王母究竟是何许人也，是男是女，古今争议极大，但据《山海经》可知他（她）是住在“昆仑虚北”掌有不死药的神人，他（她）在羿神话中所起的作用与巴比伦史诗中的乌特那庇什提牟正相对应。

在《中国神话哲学》一书中，笔者曾以世界神话为参照，分析了西王母形象在中国神话宇宙观中的时空坐标（配西主秋）及其与月神的认同，以及由此而具有的主管刑杀与生死的特征。在此需要补充说明的是这一神话形象与不死观念的内在联系及其动物原型。西王母虽是主刑杀之神，但他在古人心目中却是不死和永生的象征。司马相如《大人赋》有云：

……吾乃今日睹西王母，皓然白首戴胜而穴处兮，亦幸有三足乌为之使。必长生若此而不死兮，虽济万世不足以喜。

《易林·讼之泰》亦云：

弱水之西，有西王母，生不知老，与天相保。

看来，掌管不死药的神人必然也是长生不死的人，这种超常的生命力究竟从何而来呢？作为月神的西王母显然可以对此提供答案：月亮在神话思维中正是“死则又育”，具有无限生命力的。除了月亮之外，西王母还同鹿有关联。葛洪《抱朴子·登涉篇》中有这样的话：“称东王父者，麋也；称西王母者，鹿也。”据此说法，东王父（公）与西王母是麋鹿的化身。《山海经》等古书都注意描绘了西王母的外在特征“蓬发戴胜”。蔡大成先生指出，所谓“蓬发戴胜”指的是鹿角枝杈交错貌。北方少数民族的萨满巫师所戴神帽便多装饰鹿角，因为鹿角的枝杈既是生命树杈的象征，又是再生功能的象征。西王母的动物原型很可能是鹿，他的神奇生命力来源于古人对鹿角、鹿茸的崇拜。鹿角每年堕而重生，其生长之快几乎无与伦比，在中药里又是能使人长寿的珍品。古文献中所描述的西王母很可能是头饰鹿角的萨满女巫师的神化。蔡先生写道：

> 初民认为人的生命与萨满、巫师的巫术生死攸关；萨满既可咒人于死地，又能前往地狱拯救死者阴魂使其复活或得到解脱。在通古斯人的萨满教信仰里，“驯鹿作为某些人与神灵之间的媒介，在崇拜仪式中起重要作用，死者的灵魂借助于它前往另一世界。”[1]鄂温克人丧葬时要杀一只黑色驯鹿，鹿头朝日落方向，这意味着驯鹿驮走了死者。驯鹿的这一功能也适用于萨满自身的复活。西伯利亚的雅库特人相信萨满会再生三次。[2]

从西王母与鹿的特殊关联中可以理解为什么她是神话中掌握着生死奥秘的关键人物，为什么在刑杀之神的凶相背后还蕴含着死后再生的神秘功能。受到死亡威胁的后羿不远万里来拜访西王母，目的就是要获得同样的不朽性。

六、主人公的仪式性死亡与复活

羿在拿到不死药之前还有一次神奇的经历，这就是《天问》中所说的：

> 化为黄熊，巫何活焉？

古今学者众口一词地说，夹在羿神话中间的这一问是指鲧事而言的。但从叙述顺序上来判断，自“帝降夷羿”至“岩何越焉”的所有问题都是针对

[1] 史禄国：《北方通古斯的社会组织》，内蒙古人民出版社 1984 年版，第 51 页。
[2] 蔡大成：《论西王母形象中的萨满教因素》，《云南社会科学》1988 年第 2 期。

羿事而发问，接下来并未改换主语，那么“化为黄熊”的还应是羿才合乎逻辑和文理。

诚然，只从文理上判断是不足以服人的。羿在获得不死药之前为什么会化为黄熊呢？笔者以为，羿的变形情节正是人类学上所说的“仪式性改变身份”的象征表现，其实质是让来自尘世的、犯有罪过的即污秽不洁的羿“象征性”地死去，而由主持这仪式的神巫所“复活”了的则是焕然一新的、洁净的羿。

对于理论思维来说，人变化为某种动物是不可思议的奇谈怪论。但对于神话思维来说，这种变形不仅是可以理解的，而且在某些特定场合是必不可少的。“当科学思维要想描述和说明现实时，它必然会使用它的普遍方法——分类和系统化的方法。生命被划分为彼此独立的各不同领域。在植物、动物、人的领域之间的界限，在种、科、属之间的差别，都是基本的和不能消除的。但原始人却不管这些。他们的生命观是综合的而不是分析性的。……在不同的生命领域之间没有不可逾越的界限。没有什么东西具有固定不变的确定形态。所有的事物都可以在瞬间变形的过程中转化为其他事物。如果说神话世界有什么突出特征的话，如果说它有什么支配法则的话，那就是这种变形的法则。”[1] 在中国上古神话中，人物的死亡被表现为变形化生成另一种动物，这样的例子多不胜举，正是上述原始生命观的体现。在这类变形神话中，生命成为超时间的连续整体，死亡只不过是生命从一种形态转化到另一种形态的过程，而复活也可以表现为从新的形态再度变回原初的形态。艾利亚德指出，死亡与再生的观念是原始萨满教的核心观念，它突出体现在萨满教的各种仪式活动中，尤其是“成年仪式”（rites of initiation）。参加这种仪式的个体经历过象征性的死亡与复活，便能完全转变身份，由自然生命状态进入到社会生命状态。[2]

[1] 卡西尔：《论人：人类文化哲学导论》，英文本，耶鲁大学出版社 1944 年版，第 81 页。
[2] 艾利亚德：《生与再生》（Birth and Rebirth），纽约，1958 年英文版，第 1 章。

需要特别注意的是，这种仪式性的脱胎换骨，这种象征的身份转变，对于要求得到不死药的羿来说是必不可少的先决条件。理由在于，不死药具有超人间的神圣性，是只为神人享用和掌握的稀世之珍，羿虽有神性的血统，但已被天帝逐出天界，贬在人间，且在人间世界又犯下了荒淫残暴诸般罪孽，就好像犯了“原罪”的夏娃与亚当，已经失去了原有的不朽性，上帝严禁他们再接近生命树（不死药的变体）一样。羿若想接近不死药，就必须经历洗心革面的彻底改造，仪式性的变形乃是他的最佳选择。

那么，同样在人间犯有罪孽的吉尔伽美什是否要经过类似的仪式性“死亡”呢？事实正是这样。吉尔伽美什在有幸得到不死药之前居然有两次象征性的死去与复生。第一次是考验性的，神人乌特那庇什提牟对吉尔伽美什的为人不放心，使他睡去，在他枕边放上面包，六天后将他唤醒，再看那些面包：

他的第一个面包变成异样的东西，

他的第二个坏了，第三个潮了，第四个白了皮，第五个变了色，第六个刚刚烤完。（中译本，第93页）

史诗中的这段叙述使西方学者们困惑不解，这神秘的睡眠，究竟是什么意思呢？恰恰是《天问》中“巫何活焉”一句提醒了我们，乌特那庇什提牟是在行使巫师职能。让主人公睡去，即是让他象征性地死去，再将他叫醒等于让他象征性地复活。史诗另外一处的两句话可以作为我们这种推测的参证：“睡着了的人和死者是那么近似难分。他们岂不是正将死的影像描摹？”（中译本，第81页）

将睡眠或梦境同死亡相互认同，这又是原始人特有的一种神秘观念，它与原始信仰中的灵魂观念密切相关。“睡眠的实质被看成是灵魂暂时性地离开躯体，由此引发出下述信念，在灵魂有充分的时间返回躯体之前，突然地叫醒睡着的人是有危险的。死亡的原因在于灵魂永久性地离开躯体。”[1]所谓“招魂”之类的行为，其本义是要把永久离去的灵魂再召唤回来，使死者有复生的可能。这种把死亡等同于梦和睡眠的观念在甲骨卜辞中亦有反映。汉字“薨”既指睡梦，又指死亡，是上述原始信念的活化石。白川静先生说，古人“尽管献上吉梦，用堂赠法祓除噩梦，不懈地举行防卫媚蛊的仪礼，有时也会因噩梦而丧命。称之为薨。薨薨这个形容词，在诗篇周南《螽斯》里，是蚱蜢飞起的声音，不过原来可能是描绘昏睡状态的词。‘梦’这个词，在今天的语感中会使人联想起快乐的东西，但对生活在可怕的媚蛊世界的古人，它甚至是走向死亡的预感。”[2]在希腊神话中，睡眠之神许普诺斯（Hypnus）和死亡之神塔那托斯（Thanatus）是一对亲兄弟。在希腊早期哲学家的著述中，“唤醒”的行为具有某种“救世主义”的意义。苏格拉底清楚地意识到“唤醒”人们是他的神圣使命。[3]从这一意义上看，他的职能类似于原始的巫师。

以上材料足以帮助我们理解，吉尔伽美什的睡眠为什么是“将死的影像描摹”，而乌特那庇什提牟为什么在六天后才将他唤醒——让他的灵魂有充分的时间回归躯体，从死中复活。主人公睡眠期间，放置在他枕边的面包不是变了形就是坏了，这细节似乎暗示了主人公的罪过和不洁。于是，有必要举行第二次象征仪式。这一次已不是考验性的，而是洗礼性的。乌特那庇什提牟吩咐手下人说：

你领到这儿来的人，体内满是污垢，

那身体的健美，被他那表皮遮盖住。

乌鲁舍那庇哟，你领他到洗澡场去，

---

[1] 杰文斯（F.B.Jevons）：《宗教史导论》，伦敦，1902年英文版，第44页。
[2] 白川静：《中国古代民俗》，何乃英译，陕西人民美术出版社1988年版，第145页。
[3] 艾利亚德：《神话与现实》（Myth and Reality），纽约，1975年英文版，第126页。

用水把他的污垢洗净，让他露出雪肌，

把表皮抛到海里，露出其健美的身体。（中译本，第94页）

同羿化黄熊又复活一样，主人公把表皮抛入海象征着旧我之死新我之生。若不从仪式功能方面着眼，以上描述是难以理解的。在这里我们实际已经看到了基督教施洗仪式的雏形。

《天问》在羿化黄熊之后，得到不死药之前，插入了这样四句："咸播秬黍，莆雚是营。何由并投，而鮌疾修盈？"这几句可以说是给注家造成误解的原因之一。由于在叙羿的故事中出现了"鮌"的名字，所以人们都认为化熊的是鮌，也有人说得不死药的也是鮌。而这里"咸播秬黍"又被王逸说成是大禹治水后"万民得耕种黑黍于鮌莆之地"，真是越说越离题了。童书业说："盖《天问》之语本言羿事，以羿见西王母乞不死药事与鮌复活之事连类，故并举之……盖深叹羿之时机不如鮌也。"[1]笔者以为，所谓"秬黍"不是指一般的种粮食，而是昆仑山上特有的那种巨大木禾。《山海经·海内西经》："海内昆仑之虚，在西北，帝之下都。昆仑之虚，方八百里，高万仞。上有木禾，长五寻，大五围。"考《天问》文意，上言化熊，下言乞药，两事都发生在昆仑虚，"咸播秬黍"的事怎能又拐到别处去呢？合理的推测是，在得到不死药之前，让求药者在昆仑虚播种木禾，乃是巫者所进行的又一次考验仪式。考验的结果，播下的巨禾种，长出的却是草类，这又正像吉尔伽美什的面包"变成异样的东西"，说明求药者还需要进一步洗礼除秽。大概鮌在死前也曾来求过不死药，经历过类似的仪式考验，但是最后没有得到不死药，只因他生前罪孽过重（窃天帝息壤）。所以，对淫羿一直没有好感的屈原在此特插上一句，替鮌打抱不平。"咸播秬黍"两句的主语，自然

[1] 童书业：《答唐兰书》，见《古史辨》第七册下卷，第321页。

是羿与鲧的并举了。“何由并投，而鲧疾修盈”两句，不是叹羿时机不如鲧，恰恰相反，是叹鲧的运气不如羿。

到了晋代葛洪撰《神仙传》，菖蒲又被说成是中岳嵩山上生长的一种长生不老药，大概是误把昆仑山上种植出来的莆藋当成仙药了。

七、主人公得不死药

两位大英雄分别跨越了千山万水来到神话中的宇宙山顶的神灵世界，又都经历了仪式性的考验和洗礼，终于改变了身份，有了获取不死药的资格。羿求得不死药于西王母的具体细节，由于古籍中没有记载，我们已经无从知晓了。吉尔伽美什拿到不死药的经过尚完整地保存在史诗中。巴比伦神话中的不死药是一种生长在深渊水底的生命草，吉尔伽美什从神人那里获悉生命草的所在，立即采取了行动：

他把沉重的石头绑在双脚。
他跳进深渊见到那棵草，
他取了草，草把他的手扎了。
他从双脚把沉重的石头解掉，
海就把他往岸上漂。
吉尔伽美什对船老大乌鲁舍那庇说：
“乌鲁舍那庇哟，这草是颗非凡的草，
人们靠他可以长生不老。
我要把它带回乌鲁克城，让［ ］能吃到这草，
它的名字叫作西普·伊沙希尔·阿米尔，
我也吃它，好重返少年，青春永葆。”（中译本，第95—96页）

为什么主人公没有立即吃掉这生命之草，使自己返老还童呢？这个问题既适合于吉尔伽美什，也适合于羿。就巴比伦英雄而言，原因已在叙述中说明了，他是想把生命草带回城邦让众人分享。英国学者桑达斯（N.K.Sandars）就此分辩说："吉尔伽美什为何不当即吃下生命草呢？是出于一种利他主义的愿望，让他的人民共享之，使老者重返青春期吗？是诸神设下的又一个诡计吗？我并不这样认为，也不认为吉尔伽美什几乎到手的不朽性一直是神灵的骗局。我认为，所有这些事件的目的是累积的，旨在击败主人公拒绝接受必死的人类宿命的执着努力。吉尔伽美什的探求不是为了任何一种自然的永恒复生，如伊什塔尔女神所能应允他的那样；也不是为了逃脱衰老过程，过上一种闲散安逸、无所事事的日子，像乌特那庇什提牟那样。他所寻求的是那种尘世中的不死性，连同实现英雄业绩的机会。他希望获得一种尘世中的荣耀，就像天上诸神的荣耀一样。"[1] 我们不能说这位学者的解释没有道理，但吉尔伽美什要把他找到的不死草带回城邦去也是事实，这就充分表明了英雄的利他主义胸襟，尽管这一愿望最终未能实现。

不死药的神话变体：生命树，韩国高句丽古坟壁画，首尔，国立博物馆

人类能够借助于某种药物而达到长生不死的境界，这是超越国界的人类亘古之梦。但唯有在中国，这种梦想最为发达和持久。著名的科技史学家李约瑟先生便认为，"长寿或长生不老的概念，或青春或永生的概念则只源于

[1] 桑达斯：《吉尔伽美什史诗》，英译散文本导言，企鹅丛书 1972 年版，第 43 页。

中国。我认为其缘由可以追溯到中国独特的长生不老的思想上……”[1]事实上，长生不老的概念并非只源于中国，从巴比伦史诗中的“生命草”到希伯来《圣经》中的伊甸乐园与生命树，说明在西方传统文明中这种思想是根深蒂固的。由于基督教的影响和作用，在西方历史上，追求不死的愿望被置换成为死后升天堂的幻想，所以不死药一类的神话母题才没有像在中国文学中那样历久而不衰，繁衍出无数求仙得道的故事。当今的学者们倾向于把这一类寻求不死的故事同原始神话相区别，称之为“仙话”，不是没有道理的。探寻仙话产生的渊源，自然要追溯到羿得不死药的神话。可以说正是不死药的原型母题及其所象征的“不死”观念成为后代仙话取之不尽的灵感源泉。[2]

翻开一部《山海经》，“不死”母题几乎随处可见。细加分辨的话，又有天生的不死和人为的不死之区别。像《海外南经》所讲的不死民；《大荒南经》所讲的不死国；《大荒西经》中“颛顼之子，三面一臂，三面之人不死”；等等，都是与生俱来的不死性，无须人为的追求。人为的不死主要表现为长生不老药的应用，它一方面可以使人永不衰老，另一方面又可使死者复生。《海内经》中谈到“不死之山”，似乎这山上生长着能令人长生不老的神秘植物。郭璞注说这个“不死之山”就是“圆丘山”。晋张华《博物志·物产》：“员丘山上，有不死树，食之乃寿；有赤泉，饮之不老。多大蛇为人害，不得居也。”这条记载把不死树同蛇联系在一起，显然是有神话类比为其基础的。晋葛洪《抱朴子·登涉》云：“昔圆丘多大蛇，又生好药。”可见“好药”便是“食之乃寿”的不死树，它又同蛇这种神秘动物联系在一起了。这其中的原因留待后文中说明。陶渊明《读山海经》诗云：“自古皆有没（殁），何人得灵长？不死复不老，万岁如平常。赤泉给我饮，员丘足我粮。方与三辰游，寿考岂

[1] 李约瑟：《中国古代金丹术的医药化学特征及其方术的西传》，《中华文史论丛》1979年，第3辑。

[2]《释名·释长幼》训“仙”字说：“老而不死曰仙。”可见仙与不死密切关联，或者说两者互为因果，不死可谓成仙，成仙则永避死亡。一切仙话，都不离这一中心主题。

渠央。”诗中所用典故便出自《山海经》中的不死之山。

《山海经·海内西经》中还记载着一个施用不死药的故事：昆仑“开明东有巫彭、巫抵、巫阳、巫履、巫凡、巫相，夹窫窳之尸，皆操不死药以距之。”郭璞注：“为距却死气，求更生。”可见这里的不死药具有起死回生之功效。袁珂先生以为这里的不死药相当于《大荒南经》所载之“帝药”。该经文说巫山有“帝药，八斋”，郭璞注；“天帝神仙药在此也。”同经又说云雨山，“有赤石焉生栾，黄本，赤枝，青叶，群帝焉取药。”除此之外，《海内经》还说到不死草：“西南黑水之间，有都广之野，后稷葬焉。……百谷自生，冬夏播琴。鸾鸟自歌，凤鸟自舞，灵寿实华，草木所聚。爰有百兽，相群爰处。此草也，冬夏不死。”这种自身不死的草同昆仑仙境中那些四季常青的玉树、不死树大概同样是不死药的出处吧。比起巴比伦神话中独一无二的生命草，中国神话中的不死药种类可谓丰富多彩。除了南方和西方有不死药，东方亦是出不死药的地方。《太平广记》中有如下故事：

秦时大宛中多枉死者横道。有鸟，如鸟衔草以复死人面，遂活。鬼谷先生曰：此草是瀛洲不死草也。[1]

《史记·封禅书》说：“蓬莱、方丈、瀛洲，此三神山者，其传在渤海中……诸仙人及不死之药皆在焉。”据此可知，东海仙山上的不死药同昆仑仙境的不死药一样具有起死回生的功效。相传东方朔所作《海内十洲记》中记载了秦始皇派徐福去东海之中寻找不死草的过程，其所寻找的正是这种“草形如菰苗，长三四尺”的神药。看来，时代越晚，对不死药的描述也越具体，

[1]《洲鉴类函》卷四百十一引。

对不死的信仰也越普及。[1] 倒是颇重理性的屈原最早对这种神话信仰提出了质疑，其《天问》中说：

何所不死？长人何守？延年不死，寿何所止？

然而随着神仙说的流行和方士的见宠，不死信仰除了在个别思想家如王充那里遭到挑战之外，已经融会入道教思想而广泛传播。从齐威王、齐宣王、燕昭王到秦始皇和汉武帝，寻求不死药的努力一浪高过一浪，传为历史笑谈。尽管史籍记载之中除了羿之外罕有人得到过不死药，但这并不影响人们对它的梦想与执着追求。这种追求的对象后来从自然生长的植物转变为人工炼制的丹药。李约瑟说：

“丹”似可译为 elixir，elixir 是一种使人长生不老的药，“丹”字本身就有长生不老的含义。根据制备的原料不同，丹可分为外丹和内丹两种：外丹由无机物构成，……内丹……指由有机体本身的体液、分泌物或组织成分所形成的长生不老药。[2]

从“内丹”的修炼实践中发展起了以“养气”为宗旨的健身术，它同自古有之的“导引”之术合流，成为至今风行的中国气功术。而“外丹”学说则发展为迷信色彩浓重的炼丹术。《抱朴子》内篇卷四《金丹》叙述其原理说：“金丹之为物，炼之愈久，变化愈妙。黄金入火，百炼不消，埋之毕天不朽，服此二药，炼人身体，故能令人不老不死，此盖假求于外物以自坚固。”这

[1] 在纳西族象形文东巴经典中收录的祭天古歌中，便有专门歌颂索取不死药的完整作品。参看《祭天古歌》第三篇《考亦绍》，中国民间文艺出版社 1988 年版。

[2] 李约瑟：《中国古代金丹术的医药化学特征及其方术的西传》，《中华文史论丛》1979 年，第 3 辑。

种神话思维的类比推理居然渗透到中医理论之中，大凡坚固难久、不朽不腐的无机物都成了有助于人类生命延续的神丹。《神农经》说得明白：“上药令人身安命延。仙药之上者，丹砂；次者，黄金、白银、众芝、五玉、五云明珠也。”[1]神话中的不死药就这样衍化成后代医药学理论中一个重要组成部分。

八、主人公失不死药

不死药的得而复失是一个十分具有戏剧性的情节，其起源可以追溯到史前信仰中去。由于某一个人的偶然过失，导致整个人类失去了不死的可能性，这是死亡起源神话中最常见的表现模式。在迄今可见到的最原始的部落社会的神话中，这样的表现模式已相当流行。据此而言，那种认为嫦娥窃药奔月神话是汉代人编造的说法似很难成立。

由于《天问》中“安得夫良药，不能固藏”一句被王逸解说成崔文子学仙于王子乔一事，后世学者以讹传讹，将错就错，乃至曲为之说。洪兴祖说：“崔文子事见《列仙传》。”但今本《列仙传》中却没有关于这件事的记载。晚近学者傅斯年、郭镂冰、童书业、闻一多等终于将这个错案翻了过来。确认获得不死药而不能固藏的并非崔文子，而是上下文中的同一主人公羿，而窃取羿的不死药的人则是奔月的嫦娥。主要的文献依据有以下三种：

《淮南子·览冥训》：“羿请不死药于西王母，嫦娥窃以奔月，怅然有丧，无以续之。”《北堂书抄》一五〇引《归藏》：“昔常娥以西王母不死之药服之，遂奔为月精。”《后汉书·天文志》注引《灵宪》：“羿请无死之药于西王母，姮娥窃之以奔月，……姮娥遂托身于月，是为蟾蜍。”闻一多说：“证以《天问》

[1]《渊鉴类函》卷三百一十九，“丹药”一。

上文曰‘夜光何德（得），死则又育’，意实谓月灵得不死药，故能死而复生，可知姮娥窃药奔月，先秦有其说。”[1]

然而，关于不死药原始失主一案的诉讼目前并未结束，不少学者仍坚持旧说，今以西亚史诗为对照，似可为天平上的新说一端加上一枚有分量的砝码。吉尔伽美什拿着草药后没走多远，到一个冷水泉中去洗澡：

有条蛇被草的香气吸引，
它从水里出来把草叼跑。
他回来一看，这里只有蛇蜕的皮，
于是，吉尔伽美什坐下来悲恸号啕，
满脸泪水滔滔。（第96页）

就这样一个瞬间发生的偶然事件，使主人公后半生的全部追求和劳苦化为乌有，从吉尔加美什的号啕声中，多少也可以体会出羿的心境吧。所谓“怅然有丧，无以续之”，该是怎样一种令人心碎的悲哀啊！

从原始语义方面看，窃药的蛇和化作月精的嫦娥具有神话思维象征符号的等质性，月之盈亏变化被初民想象为死生循环，女人之月经与月亮变化周期相仿，故月神、月宫仙子多为女性角色扮演。那么蛇呢？英国动物学家帕克指出：“人类过分相信的一种信念，就是具有天生不朽的权利，由此信念只需一步就会假定，人之所以不能够不朽，是因为必有一种邪恶的影响在起作用，使他不能享受他的特权。比那些较为安定文明的民族与大自然更接近的原始游牧民族，观察到了蛇类周期性的蜕皮过程，而且蛇每蜕一次皮后都好像能返老还童，于是他们便做出结论，认为蛇类除了其他超自然力量之外，

[1] 闻一多：《天问疏证》，第62—63页。

还得到长生不老的秘密，甚至可能是靠盗劫得来的。”[1]这段议论无形中道出了史诗中蛇偷不死药这个偶然事件背后潜在的原型意义。从史诗中蛇窃药后蜕下了皮这一细节来判断，巴比伦作者显然是有意识地运用原型的。到了希伯来人的《圣经》中，蛇已成了恶的化身；而在我们这个以“龙的传人”自诩的文化区域中，蛇（即非神化的龙[2]）是真龙天子的象征，岂能干小偷小摸之类的事呢，那偷药的角色，于是就转到与小人同列的女子身上去了。不过，有趣的是，现存的一幅汉代嫦娥奔月图中，那飞向月亮的嫦娥分明长着蛇尾巴呢！原型象征的语义转换大抵是这样与文化演变相同步的。

早在原始社会的口传神话中，蛇和女人便常常扮演给人类带来必死性的罪魁角色。人类学家弗雷泽曾收集世界各原始民族的死亡起源神话，并将它们归为四个主要类型，其中有两个类型便是月亮型与蛇蜕皮型。看来在神话思维中，月亮、女性、蛇等不同的事物可以承担相同的象征功能。这三种事物之间的象征认同显然是以原始的类比联想为基础的：月亮、女性和蛇都能给人以周期性变化的联想，而这种周期性的变化又是生命自我更新的象征，于是自然同“不死”的观念结下了不解之缘。

蛇的周期性蜕皮使原始人认为它是通过这种自我变化更新生命以致不死的，由此想象出人也能脱皮更新，像蛇那样战胜死亡。一则关于“不死、蛇和死亡”的美拉尼西亚土著神话讲到，神让他的弟弟去教会人类获得不死的诀窍：让人每年蜕一次皮，达到自我再生。但神的弟弟却把秘诀传给了蛇。于是人成了必死的，而蛇却成了不死的。另一则美拉尼西亚神话《老女人用蜕皮法返老还童》把蛇的角色换成了老女人。[3]在美洲印第安人神话和非洲土著神话中，女人及其过失导致死亡降临人间的主题十分常见。在古代中国

[1] 帕克：《蛇类》，中译本，科学出版社 1981 年版，第 156 页。
[2] 参看出石诚彦：《关于龙的由来》，《支那神话传说研究》，中央公论社昭和十八年版，第 91 页。
[3] 弗雷泽：《不死的信仰与死者崇拜》，伦敦 1913 年英文版，第 69 页以下。

的神话世界中，蛇同女性被结合为一体，并同宇宙间阴性力量的总代表“太阴”相认同。现存河南南阳汉画像馆的嫦娥奔月图具体展现了女性、蛇与月亮的三位一体关系。古神话中的月神又叫常羲、常仪，其实就是嫦娥，因为仪、羲、娥三个字在上古读音相同。《山海经·大荒西经》：“有女子方浴月。帝俊妻常羲，生月十有二，此始浴之。”《吕氏春秋·勿躬》云：“尚仪作占月。”毕沅注：“尚仪即常仪，古读仪为何，后世遂有嫦娥之鄙言。”看来原来的生月之神常羲在神话的发展演变过程中变成奔月的嫦娥，其身份也由帝俊之妻降格为帝俊之子羿之妻，这变格中似乎暗含了子娶母的乱伦嫌疑，或可当作中国神话中的“俄狄浦斯”故事。无怪乎嫦娥要终身待在寂寞冰冷的月宫世界，同阳性存在永久地隔离开来，这也许正是对乱伦之罪的永恒惩戒吧。

“嫦娥应悔偷灵药，碧海青天夜夜心”。后人诗歌的这咏叹似乎针对嫦娥的偷窃之罪而发，而偷窃正是亚洲神话中人类丧失不死性的常见原因。日本南部一则神话说：月亮和太阳派童子担了一桶长生不老水和一桶死水下凡，并吩咐童子说，人们若用长生不老水沐浴可长生不死，蛇用死水洗澡则会死。可是童子担累了，半路上放下两只水桶小便去了。这时一条大蛇偷用长生不老水洗了澡，童子只得让人用死水洗澡了。结果，蛇获得了不死性，人却永远丧失了不死性。在这则神话中，蛇又一次充当了偷窃者的角色。看来，如果吉尔加美什和后羿能保持高度的警惕或采取某些防盗措施的话，不死药是不至于被窃的。

作为妻子的嫦娥偷走了丈夫的不死药，这似乎同自古流行的“女人是男人的祸水”的偏见不谋而合。于是后世文学中又有了类似的小偷妻子。如著名的白蛇传故事，在流传中也增加了“窃药”母题，这便再一次认同了女人、蛇、偷不死药三者之间的神话原型关联。

九、主人公的结局

紧接着不死药失窃这一戏剧性母题而来的，自然是高潮过后的结局了。羿的故事是怎样结局的呢？这又是一个既简单而又复杂的问题，之所以说简单，因为《天问》中早有明确的暗示，我们只需顺着主人公生涯的发展线索来考察，便可一目了然：失去不死药的羿，已经走到了生命的尽头，等待着他的除了无可逃避的死亡之外，还能是什么呢？在丢失不死药一问之后，屈原接着发问：天式纵横，阳离爰死，大鸟何鸣，夫焉丧厥体？我们暂且撇开这里比较费解的词汇，仅从“死”与“丧厥体”几个字不也可以窥见羿的最后结局么？

可是，本来如此简单的问题却被王逸以下的历代注家们弄成了不解之谜，以至于众多功力深厚的现代学者也不得不花费大量精力在这谜中打转，却至今未能转出真相来。如此看来，谜团的始作俑者王逸可真是罪莫大焉了。

事情是何以至此的呢？如前所论，《天问》羿神话的完整线索在王逸的注中屡被斩断，却从中衍生出一些旁枝末叶来，如“阻穷西征，岩何越焉”一问被王注拐到了鲧的故事中，而不死药一问，又被张冠李戴，扣到了一位寻仙学道的崔文子头上，后代人的注意力就这样都被王逸引到了这些旁枝末叶上，羿神话的主干反倒湮没无闻了，这岂不太冤枉了我们的伟大英雄！

让我们看看王逸是怎样曲解羿的结局的吧。

式，法也，爰，於也，言天法有阴阳纵横之道，人失阳气则死。言崔文子取王子乔之尸，置于室中，覆以弊筐；顺臾则化为大鸟而鸣，开而视之，翻飞而去，文子焉能亡子乔之身乎？言仙人不可杀也。

前引闻一多等现代学者对前一问不死药失主问题提出异议，但在这里终未能超出王注窠臼，顾颉刚、童书业等皆认为羿的故事在“良药”一问就终止了[1]，游国恩等编《天问纂义》引前代学者 19 人，只有陈远新、刘梦鹏等少数人不同意王注，但他们又将鲧事拿来作解，还是王逸前面引出的旁枝，真是躲了初一，躲不过十五。闻一多说，“大鸟二句以为王子乔事，以汉世所传王子乔事证之，似无不合。”[2] 这里，笔者不禁要问，屈原《天问》自上古开天辟地神话问起，历经洪水神话、昆仑乐园神话、夏禹夏启神话，而问到羿神话，后面接着对夏、商历史及神话一路问下去，怎么会在羿这里问出个汉代求仙传说来呢？

展现阴间景象的新巴比伦铜牌：天神把恶魔赶下阴间。现存巴黎卢浮宫

问题的症结很明显，由于羿与太阳神的同一性关系失传了，所以“大鸟”一句难住了屈原，更苦了后人，现在既然我们已恢复了这种关系，只要再证明太阳与大鸟的同一性关系，那么，汉代的仙客王子乔就该从《天问》中所窃居了 2000 年之久的羿的位置上，被我们请将下来了。

在神话思维中，太阳被类比为巨大的鸟类形象，可以说是一个世界性的原型象征，若要举出例子来，恐怕得写成大部头的书。最能言简意赅地说明问题的铁证，莫过于从该原型派生出来的传统观念“金乌玉兔”了。《广雅》亦曰：“日名朱明，一名耀灵，一名东君，一名大明，亦名阳鸟。”不过，要证明《天问》羿神话中也照样存在这样的

[1] 顾颉刚、童书业：《夏史三论》，见《古史辨》第七册下卷，袁珂：《中国古代神话》则认为羿死于逢蒙之手。
[2]《天问疏证》第 64 页。

原型观念，还是让羿神话自身的材料显示出无可辩驳的神话思维逻辑吧（尽管这个材料我们在前文中已引用过了）：

羿焉彃日，乌焉解羽？

屈原的理性觉醒使他无法理解非理性的神话思维了：古神话为什么把太阳的落下说成是大鸟脱落了羽毛呢？而作为太阳化身的羿在宇宙山与天边交界处（所谓“天式纵横”是也）坠落（即所谓“阳离爰死”）时又为什么要发出鸣叫之声呢？这个鸣叫着挣扎着死去的大鸟脱落了全身的羽毛。它的身体又到哪儿去了呢？[1]

这便是屈原的困惑，也是两种不同的思维方式交替变更时代的普遍困惑。这种困惑以问题的形式缩略地凝固在《天问》的文字之中，又给理性时代的无数后人造成新的困惑。然而，一旦我们放下了理性的架子，困惑反而会变成心领神会。用神话思维的类比逻辑去看待神话思维，上述问题还用细答么？

也许我们还记得，巴比伦人的宇宙山是“上抵天边”“下通阴间”的，欲寻不死的羿失去了良药，失去了永生的可能，他那已经解了羽的太阳鸟身若不是堕向黑暗的阴间地狱，难道还能翱翔上天堂吗？谁有证据说羿死解羽的地方不是他当年所射杀的九个太阳哥哥“解羽”的地方呢？《淮南子·天文训》：“日……至于虞渊，是谓黄昏。”这个“虞渊”也就是“羽渊”的另一种写法。《左传》昭公七年：“昔尧殛鲧于羽山，其神化为黄熊，以入于羽渊。”《山海经·海内经》，“帝令祝融杀鲧于羽郊。”看来这个鸟解羽之处，既是日落处，又是神死之处了。羽渊、羽郊，大概正因为落满了无

[1] 原始初民认为人的死亡是灵魂离开躯体，灵魂可以循太阳运行的路径在西方坠入地狱。因此，灵魂离开躯体后常幻化为鸟类形象飞翔而去。《亡灵书》中便将死者亡灵等同为鸟；西伯利亚萨满巫师负责护送死者灵魂去地下世界，便穿上带羽饰的衣服扮作鸟形主持祭仪。仪式中鸟形巫师站在一架梯子的顶端，张开“鸟翼”，口中呼喊“灵魂上天了”。参看艾利亚德《萨满教》一书第 13 章。

数的羽毛才得名的吧。

至此，我们该掉头西向，看看巴比伦英雄的结局。吉尔伽美什失去不死药后，悲伤地回到了乌鲁克城邦。他最后是死是生，史诗中没有明说，出现在第 12 块泥板上的内容与全诗不大吻合，因为它是一部叫作《吉尔伽美什、恩启都与地下世界》的苏美尔作品[1]的翻译本，其中写的是主人公与恩启都之亡灵的对话，因为他想知道阴间的情况，亡灵便诉说了那阴森可怕的“黑暗之家”的情况。巴比伦人为什么不明写主人公的死，只是借描写死亡世界的原有作品来暗示主人公的必然命运，我已在前章中做了说明。这里要重申的是，在苏美尔人较短的史诗中，有一部名为《吉尔伽美什之死》，从现存泥板残片中尚可清楚地译出主人公死亡的叙述。[2]据此可知，英雄之死的母题甚至先于巴比伦史诗而存在于上古西亚文学中。

[1] 克拉莫尔：《苏美尔神话学》1944 年英文版，第 30—38 页。
[2] 参看《新大英百科全书》第 6 卷，第 920 页以下“古代美索不达米亚的碑铭学”条，1973—1974 年版。

第三篇 读解

第五章

深层结构

——羿史诗的原型读解

THE FIFTH PART

一个人物的生平故事，如果只有开端和发展，而没有结尾，那就很难说是一个完整的故事。中国上古典籍中所记载的神话，就其“本文”（text）形态来看，大多不是少头就是缺尾，若想把某个人（神）的全貌勾勒出来，就必须将多种零碎的“本文”排比起来，加以辨析和组合。然而，羿神话的情况倒很有些例外之处，从屈原在《天问》中的一系列问题背后，我们显然可以清晰地感觉到有一个相当完整的叙述体的存在，只是由于屈原发问的选择性和跳跃性的缘故，这相对完整的羿的故事便以某种“纲要”的形式出现在《天问》的本文中。而这个被大大简化了的“纲要”形式在其本来故事失传了的情况之下，就自然变得难以理解，使后人不得不采用有关其他神话人物的材料强为之解，从而破坏了“纲要”的连续性，终于使完整的羿的史诗故事埋没在漫漫历史的尘封之下，默默无闻地沉睡了将近3000个春夏秋冬，其命运和巴比伦史诗何其相似！

在上文九个母题的分析中，我们已经看到，中国现代学者以艰巨的努力排除旧注的误解。把若干失传已久的母题还给了羿故事，使被拆散的“纲要”得到某种程度的修补，为这一完整史诗的重见天日奠定了基础。与此同时，20世纪末重见天日的巴比伦史诗的整理和汉译工作相继完成，终于使两部在上古东西亚文化中遥相呼应的英雄作品的当代会师成为可能。我们通过比较分析两部作品的共同母题，从神话思维普遍规律的角度进一步解释了古今学者的误解和附会之处，理出了羿神话的原始线索，重新构拟出其完整的叙述轮廓。

不过，以上的考察和比较还仅仅停留在故事表层叙述结构的水平上，它试图解决的只是“是什么”的问题，而不是“为什么”的问题，因而还远远没有深入到研究对象的本质中去，不能从发生学的必然性上说明问题，这样，我们重构出来的完整故事很可能被人看成是一件七零八碎地拼凑起来的“百衲衣”，它徒有外形上的完整，尚缺乏内在的统一性。为此，和对巴比伦史诗的分析一样，我们还必须进而探讨作品的深层结构，解答表层结构“所以然”的问题。

从表层结构深入到深层结构，也就是从经验层次到非经验层次。用列维-斯特劳斯的话说，可以叫作从意识到无意识的过程[1]；用乔姆斯基的看法，是从现象层次到解释层次。就我们所要剖析的对象而言，则应说是从羿神话故事到羿神话故事背后的故事。这个背后的故事或者说潜故事虽然是非经验的，是包括发问者屈原和王逸以下历代学者未曾意识到的，但又是暗中决定着表层故事全貌的关键所在。说出来好像极为简单：潜故事就是太阳运行的故事。

在“太阳英雄”一章中笔者指出，巴比伦史诗的前半部分与后半部分呈现出截然相反的情调：死亡意识在第七块泥板中的出现使前六块泥板的叙述内容同后六块泥板的内容形成鲜明强烈的对比。前者是高昂、喜庆的英雄业绩的颂歌，后者是低沉、悲哀的英雄末路的挽歌。而使表层叙述形成这样一种先上升后下降的弧形曲线形态的，正是以太阳的昼行程为线索的深层结构。

相形之下，羿神话表面上所讲述的英雄经历是不是也有这样一个潜故事在暗中起着决定主人公命运升降的作用呢？既然我们搞清了羿的出身和血统——日神羲和之子，与太阳具有同一性关系——这个问题也就等于解决了多半，如能再将羿一生活动的大致方向和路线勾勒出来，或许就更为确凿了。我们把已归纳出的九个母题横向顺序排开，便可看到：

1. 主人公出场 2. …… …… 9. 主人公结局

东 ————————————————→ 西

我们的东方英雄正同吉尔伽美什一样，是沿着太阳运行的方向而走完他

[1] 列维-斯特劳斯：《结构人类学》第1卷，英译本1963年版，第20—21页。

一生轰轰烈烈的旅程的。羿为羲和所生，其出生地自然是传说中东海的谷（即汤谷）了。《山海经·海外东经》：“下有汤谷，汤谷上有扶桑，十日所浴……”又云：“汤谷上有扶木。一日方至，一日方出，皆载于乌。”《山海经·大荒南经》郭璞注引《归藏·启筮》亦曰：“瞻彼上天，一明一晦，有夫羲和之子，出于谷。”在现存羿神话中，正是羲和的夫君帝俊派羿到人间来的。说来也巧，这位来自东方汤谷的小太阳神首先“着陆”的地方竟在今天中国大陆的东端。闻一多说：“羿为夷族，本居东方，载籍所传穷国故地，或在今山东德县北，或在安徽英山县，此皆较早之夷族分布地也。”[1]自从羿被寒浞推翻王位，至诛凿齿、杀大蛇诸事，他的行迹似乎偏向了西南。《淮南子·本经训》：“尧乃使羿诛凿齿于畴华之野。”高诱注“畴华，南方泽名。”与《山海经》中的记载相对照，这位凿齿的所在地似乎在古人想象中的南极。《山海经·大荒南经》说：“大荒之中，有山名曰融天，海水南入焉。有人曰凿齿，羿杀之。”据此可证羿的足迹确实同无所不至的太阳一样曾经到达世界南端。按照神话思维的宇宙模式，世界的最南端同太阳在正午所达到的“天顶”是可以象征性等同的。[2]正因为这样，《山海经·海外南经》在叙述宇宙山昆仑虚的景观时再一次提到了羿诛凿齿的事迹。这就把处于南方的融天山同处于西方的昆仑山相混同了。关于这后一个凿齿被羿所射杀的情节，已在前章讨论宇宙山时解说过了。

如果把羿在南方诛凿齿于融天山，断修蛇于洞庭的业绩看作他一生经历的辉煌顶点，那么在此之后开始的“西征”也就走上下坡路了。实际上，羿从南方的融天山奔向西极的昆仑山，是朝西北方向移动的。这一假说若能成立，那么他始自扶桑，解羽在羽渊，一生间所留下的足迹恰恰是自东向南而后西，画出一个太阳运行的半圆形轨迹来，我想这恐怕不能说是出于偶然的

[1]《天问疏证》第 59 页。
[2] 参看叶舒宪：《中国神话哲学》第 2 章，中国社会科学出版社 1991 年版。

巧合吧。《淮南子·天文训》曾把太阳朝出夕落的行程描述得十分明确：

日出于汤谷，浴于咸池，拂于扶桑，是谓晨明……至于衡阳，是谓隅中，至于昆吾（注云：昆吾邱，在南方），是谓正中，至于鸟次，是谓小还，至于悲谷，是谓铺时……至于悲泉，爰止其女，爰息其马，是谓悬车；至于虞渊，是谓黄昏，至于蒙谷，是谓定昏，日入于虞渊之汜，曙于蒙谷之浦，行九州七舍，有五亿万七千三百九里，离以为朝昼昏夜。[1]

在这段描述中，太阳还依稀保留着神话化的痕迹，自扶桑晨明至昆吾正中，恰画出自东向南的上升曲线，而一过正中便跌落西下，连它所经过的地点都染上了无可奈何的悲凉意味，所谓"悲谷""悲泉"，不是它即将面临的死亡的预兆吗？这和我们的英雄的生平曲线是多么相像呀。

回想当初，上帝授他红弓白箭，在亚洲大陆东端建国为王之时，该是何等英姿勃发，尽管为政不仁，而且荒淫好色，但他伤河伯，夺宓妃，射封，占玄妻，又似乎无往而不胜，一直走着上升的道路，一旦失宠于天帝，他的命运便发生转机，流落江湖，尽管除害立功，也难免后半生的悲凉色彩，在死亡的恐怖和焦虑的精神折磨之下去历尽艰险，奢望那能挽回自己命运的不死之药，谁知他虽然在西天边陲的宇宙山"悬圃"窥见了永生世界的奥秘，并拿到了那为后世无数帝王所可望而不可即的永生之药，却难逃自然法则为他预先注定的悲剧结局。阴阳对转，日月交替，那不死之药为月中嫦娥所窃，又是多么符合《易经》的宇宙变化规律啊！巴比伦宇宙山被命名为"双生子"，岂不是一个象征性的哲学命题：那山上的天堂，山底的地狱，标志着光明与黑暗、生命与死亡的对立与统一。"人之将死，其言也善；鸟之将亡，其鸣

[1]原文末句为"禹以为朝昼昏夜"，无解。今据王念孙：《读书杂志》校改，北京中国书店1985年版，卷十二。

也哀！”书呆子气十足的屈原居然能问出“大鸟何鸣？”可4000年后的我们却分明从那太阳鸟悲惨凄绝之声中听到了对羽渊地狱的无限恐怖，对生命和光明的无比留恋……

那大鸟的哀鸣同巴比伦英雄近乎绝望的呼叫似乎是异口同声，久久地回荡在一东一西两大文明古国的上空：

难道我白白地在旷野里跋涉，
我的头颅仍然必须躺在大地的正中，
仍然必须年复一年地长眠永卧？
请让我的眼睛看到太阳吧，使我浑身广被光泽；
那有光的地方，黑暗便告退，
让我仰沐太阳神舍马什的光辉，将死亡给予那些死者！（第77页）

感觉到的东西，未必能深刻地理解，而理解了的东西，却必然带来更真切更深沉的感觉。从表层故事和潜故事共同合成的“英雄—太阳”原型结构的立体层面上，那鸟的鸣叫与那巨人的呼号就不再是个人对生命短促的微弱感叹了，它们不约而同地标志着刚刚摆脱原始和野蛮、迈上文明门槛的人类对死亡意识的空前觉醒，对生命的一次性和不可重复性的五内深忧，正如原型心理学的首倡者容格（C.G.Jung）所说：原型作为集体无意识的显现形式，凝聚着我们远古祖先的欢乐和悲伤，谁道出了原型内容，便等于发出了千万人的声音，这声音动人心魄，又发人深省，“与此同时，他也将他所要表达的思想从偶然和短暂提升到永恒的王国之中。他个人的命运纳入了人类的命运，并在我们身上唤起那种时时激励着人类摆脱危险，熬过漫漫长夜的亲切力量。”[1]

[1] 容格：《论分析心理学与诗的关系》，中译本，见叶舒宪编：《神话－原型批评》，第101页。

综上所述，同巴比伦史诗相似，羿神话整体的内在逻辑是由人从太阳的运行之中观察到的自然法则所规定的，这种内在逻辑使叙述本身构成一种横向展开的原型结构：以主人公经历为线索的表层结构诸母题的依次衔接和发展，取决于以太阳行程为线索的深层结构。所不同的是，巴比伦史诗原型结构的表层叙述和深层潜叙述是两相对应的关系：主人公作为太阳神的后裔“沿着太阳的路前进”，并一再同太阳神对话；而羿神话原型结构的表层叙述和深层潜叙述却是彼此重合和相互蕴含的关系：主人公本身同太阳神具有同一性关系，他的生涯由顺转逆、由喜到悲，同太阳的朝出夕落、太阳光的先明后暗构成了奇特的互为象征的壮观图景，其美学形式上的完整和谐与哲理内涵的博大深沉达到了天衣无缝般的完美结合，就这一点而言，羿神话似又优于巴比伦史诗一筹了：如笔者曾指出的，后者为了深层结构的完整性（凑足12块泥板之数）甚至不惜牺牲表层结构的完整性（在第11、12块泥板上出现了与故事主干不相干的或是矛盾的内容）。至于羿神话与巴比伦史诗之间是否有“青出于蓝”的关系问题，留待本书最后再加讨论，可以确信的是，两大英雄作品在其产生和流行的时代，它们所共有的原型结构的象征意义非但不是隐晦的，反而是尽人皆知的。对此，我们将在下文中从神话思维即象征思维的主体心理机制方面做出说明。随着人类神话思维时代的一去不返，两大英雄故事的原型结构也就失去了再发生的主体根源，不仅如此。已有的原型结构本身在后代人日渐增强的理性思维面前，反倒变得日益模糊不清，最后干脆成了本义消失了的密码，永远封存在种族记忆的最深岩层之下，就像阿拉伯故事中被禁闭在瓶中的魔鬼，几乎无望地期待着有朝一日侥幸得到后人的发现和破解。

历史就是这样和我们开着玩笑：今日理性思维的成人，看到自己那有着自发的象征思维（symbolic thought）[1]的孩童把太阳说成是会行走的活物，不也往往会感到莫名其妙吗？

好在现代人类学教会我们破解失传密码的方法，而巴比伦史诗的现代读解又等于给了我们一部重构出的密码本。于是，按照发生认识论所揭示的人类思维发生的普遍规律，羿史诗的发掘和读解，在东西方文化交汇的今天，也就自然提上了议事日程，这里要说明的还有，虽然我们的发掘工作是从表层母题的复原开始的，但实际上我们正是在读解了羿的故事的原型结构之后，才着手进行条分缕析的母题归纳的。否则的话，倒很容易陷入那种以现象上的比较为目的的所谓“比较文学”研究。

结构主义叙事学理论认为，没有前因后果的逻辑联系的单个情节的排列，不能构成叙述的结构。[2]出于这种尺度的考虑，在表层分析完成之后，面对两大作品所共有的九大母题及亚母题，我们尚不敢轻易地做出判断，羿神话是一部什么性质的作品。现在，对深层结构的开掘使我们认识到羿神话表层故事“所以然”的奥秘，因而，那些乍看起来似乎没有逻辑关联而且荒诞不经的情节，如为害于民与为民除害，杀妖斩兽与求不死等，就在原型结构的立体透视之下形成了一个秩然有序的有机体，得到了内在逻辑的证明，至此，关于它是否是一件拼合起来的“百衲衣”的怀疑，就彻底消解了，同巴比伦史诗相比，两者可以说具有发生学上所谓“异形同构”（isomorphic）的性质。由此，我们就有了充分的理由，放弃“羿神话”这个较为谨慎的说法，承认这是一部东方世界最古老的伟大英雄史诗了。

这部古老史诗最初是否曾以诗体形式写定，看来是不容易查考了，不过，“史诗”这个来自西方文学理论的术语实际上在西方早已不局限于诗体形式

[1] 关于象征思维的种系发生和个体发生之间关系的讨论，参看皮亚杰（J.Piaget）：《儿童的游戏、梦和模仿》，英译本 1962 年版，第 193 页以下。

[2] 卡勒（J.Culler）：《符号的探求》第 9 章“叙事分析中的故事与话语”，1981 年英文版，第 169—187 页。

了。英国学者摩尔登在他的《圣经之文学研究》一书中指出，史诗一词，本有两种含义："一种是叙事（narrative），乃是与戏剧表现相对，另外一种是创造的论述（creative treatment），乃是与戏剧的议论（discussion）相对立。"[1] 据此，他将《日约》中许多散体的人物故事都归入史诗一类中。由麦钱特（P.Merchant）撰写的"文学批评术语丛书"第十七卷《史诗》一书开篇写道："如果企图给包括《伊利亚特》《前奏》和《战争与和平》在内的文学形式下一个简单的定义那将是毫无价值的。"[2]《吉尔伽美什》之所以被称为史诗，主要由于"故事以神话内容和历史传说的融合为基础，正像我们在各民族史诗中所见到的那样。"[3] 既然作为历史人物的羿同吉尔伽美什一样，史书中有明文记载，他的生平事迹又已经和神话因素合为一体，并且包含着印欧民族大多数英雄史诗所共有的三大基本母题，即王权与宗教、肉体方面的特异力量、富有和美人[4]，完全具备了英雄史诗的基本特征，那么，我们将羿神话这个自足的整体列入世界各民族的英雄史诗之林，就不仅是可能的，而且也是理所当然的了。

[1] 摩尔登：《圣经之文学研究》第7章"圣经的史诗"，中译本，上海广学会1936年版，第139页。
[2] 麦钱特：《史诗》1977年英文版，第1页。看来我们上古大英雄的传奇故事列入史诗之林是当之无愧的了。
[3]《美国百科全书》1956年英文版，第12卷，第653页。
[4] 参看《新大英百科全书》，1973—1974年英文版，第6卷，第906页以下。

第六章

循环模式

——羿史诗的再读解

THE SIXTH PART

- 龙凤呈祥：循环模式与羿史诗的发生
- 太阳英雄型故事的普遍语法

一、龙凤呈祥：循环模式与羿史诗的发生

羿的故事经过以上从表层到深层的双重结构梳理，已经复原成了一部独立自足的英雄史诗，可以像“日出扶桑”一样重新回到九州大地上来了。与此同时，那种认为中国上古没有史诗的看法却要变成“神话”了。从纯考古学的意义上讲，我们的发掘工作似已完成；但从人类学即文化学的角度看，仅仅阐明某一部文学作品的自足整体性是远远不够的，还应进而说明“为什么会有”这样的作品结构。结构主义的文学分析之所以常为人诟病，主要在于它往往脱离作品所由发生和存在的现实土壤，把文学当成了失去文化心理背景的纯符号现象，做纯形式的研究。然而正如皮亚杰所指出的：“不存在只有形式自身的形式，也不存在只有内容自身的内容，每个成分都同时起到对于被它所统属的内容而言是形式，而对于比它高一级的形式而言又是内容的作用。”[1]照此来看，原型结构对于作品的叙述来说是一种形式，而对它所由发生的文化心理结构来说则又是一种内容，我们须将羿史诗本文作为一种符号能指，再把这个能指放到由神话思维所产生的原始文化心理这个大“本文”中，方可洞见这个符号的所指。

具体来说有待于我们继续发掘的是：英雄与太阳这两种截然不同的“所指”是怎样在神话思维中合为一个“能指”的，换一种说法，古人为什么要把实际存在过的历史人物作为太阳神的后裔，让他亦步亦趋地沿着太阳运行的轨道走完自己生命的旅程呢？

对此，笔者在对巴比伦史诗的分析中已做了初步的探讨，这里拟根据上古中国的文献材料做进一步的开掘。简单地说，神话思维把太阳和月亮永不

[1] 皮亚杰：《结构主义》，中译本，商务印书馆 1985 年版，第 24 页。

休止的升沉起落理解为永恒生命的象征，也就是不死的象征，太阳虽然每天都要坠入西天，次日照样会从东方升起，它的死是暂时的，是以必然的复活为补偿的。人则不同了。吉尔伽美什眼见恩启都死去，本以为他还有复活的一天，可无情的事实纠正了他的幻想，他意识到人的死亡是无可挽回的，因而希望能与太阳相伴而行，使自己死后的灵魂经过地下世界再随朝日一起重新返回阳世得到新生。由于巴比伦人和埃及人一样，都以太阳的运行圆周的两等分来划出阳世和地狱的对立，所以史诗作者希望主人公超越死亡的动机在史诗的原型结构中充分显示出来。

那么，中国的羿史诗是否也建立在同样的循环观念上呢？传统的看法认为，中国上古没有地狱观念，因而也没有灵魂再生观念。的确，我们在现有先秦文献中，只看到有“黄泉”观念，而看不到像埃及和巴比伦那样的阳世与阴间的对立和循环的直接记载。在表层分析宇宙山亚母题时，我们看到，马什山即“双生子”上接不死的天神界，下连死亡的地狱界；而昆仑山却只和天神界有明确的联系，并没有提到阴间。这究竟是怎么回事呢？难道中国羿史诗的原型结构的心理发生基础是特殊的吗？

人类学告诉我们，原始的信仰和观念，尽管没有明确记载在文字上，并不意味着它们根本不存在。这需要我们依据已经确定了的原始观念为参照系，去做进一步的探索和发掘。在几乎所有早期农业社会里，出于观察天象确定季节的共同需要，以太阳的起落循环为基础的两个世界的对立观念是极为普

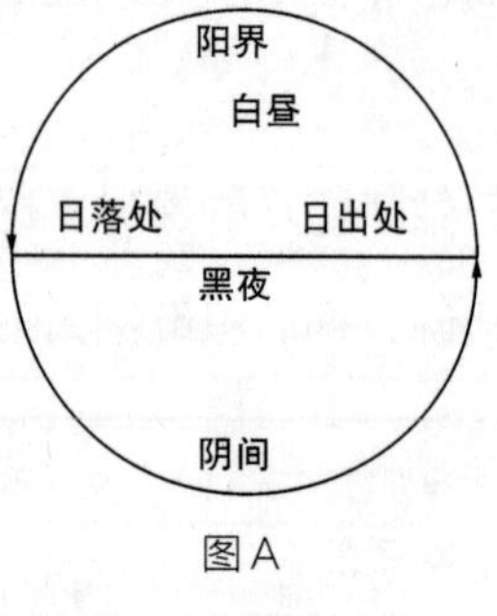

图A

图B

遍的现象，自古以农业立国的华夏民族真的会是例外吗？让我们从人类学所概括出的两个世界的对立模式出发，对问题加以重新思考。

以上A与B两图引自提泰（M.Titiev）《人的科学》一书，其说明如下：

图A：太阳的日周期。原始人观察到太阳每天从东方升起，到西方落下，人们相信这意味着太阳在另一个世界从西向东运行。这样，地上的白天就恰恰相应于阴间的黑夜。

图B：太阳的季节周期，与图2相类似，生命世界的季节常常同死亡世界的季节相反[1]。

图C以下四个图形是笔者分别根据《淮南子·天文训》《楚辞·九歌·东君》《易经》和《尚书·尧典》的有关内容构拟出来的，它们同A、B两图对比足以揭出中国关于两个相反世界的原始观念，以下分别加以申说。

图C

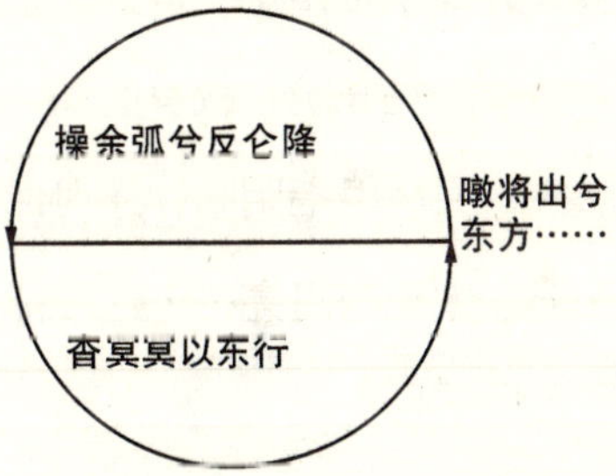

图D

图E

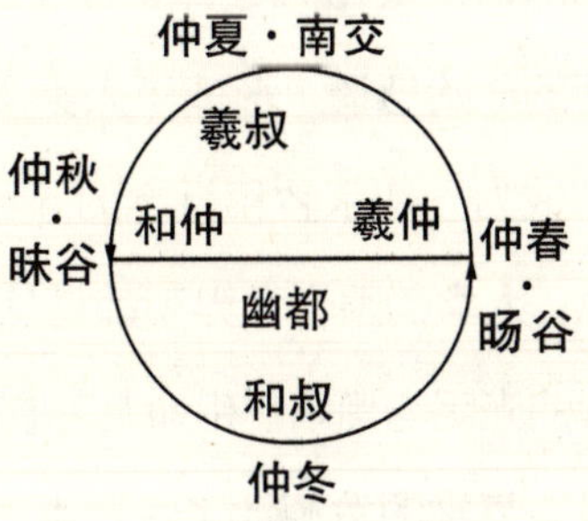

图F

[1] 提泰：《人的科学》，1963年英文版，第533页。

图C所根据的《淮南子》原文在上文中已经引用过了，这里还可以举出《天问》开天辟地神话中太阳行程一问作为参证：

“出自汤谷，次于蒙汜，自明及晦，所行几里？”

《天问》此问已由《淮南子》做了夸张的回答。从图示中可以看出，两书所叙太阳路线呈圆形的循环，其方位结构同图A分毫不差，只是对阴间有不同的叫法——“蒙谷”。蒙者，阴暗不明也。这和《东君》所说的“杳冥冥以东行”，都是在暗示地下阴间世界。而巴比伦史诗中的地狱也被称作“黑暗之家”。至于《尚书》所说的幽都，表面上指北方地名。其原始隐义却也是黑暗的地下之家。《楚辞·招魂》“君无下此幽都些”，才是用的本义，这两种意义分歧不是由于一词多义，而是由于神话思维与理性的不同逻辑，与“幽”相对的是光明，故有所谓“幽明”。这个词含义极为丰富，既可指白昼与黑夜，又可以指阴阳，还可以指生人与鬼魂，阳世与阴间，贤与愚，有形与无形，太阳与月亮……这怎能不让我们想到“双生子”，想到图E所昭示的宇宙哲学呢？

德国哲学家卡西尔（E.cassier）在其三卷巨著《象征形式哲学》第三卷《神话思维》中指出，正是光明与黑暗的对立，东方与西方的对立，以及由此产生的关于空间的原始感情，形成了人类文化的原动力，由此派生出生命与死亡的对立，则成为一切宗教和哲学的永恒主题。[1] 另一位德国哲学家斯宾格勒说得更干脆：人类的整个世界观都是从死亡意识中派生出来的。这样看来，羿史诗所蕴含的光明与黑暗、生命与死亡对立统一的哲学，也就是中国哲学，特别是《易经》哲学的发源地了。羿本人作为太阳的化身，为我们留下了多

[1] 卡西尔：《象征形式哲学》第2卷第2部第2章第2节“空间与光”，耶鲁大学出版社1955年版，第94页以下。

少思想遗产呀。

在这里，我们将对《天问》写羿之死的那两句话做出新的理解。所谓“阳离爰死”者，不是彻底的毁灭消失，而是魄死魂去也！《左传·昭公七年》：“人生始化曰魄，即生魄，阳曰魂。”由此可知古人视体能为魄，为阴，心魂为阳。后者乃生命之本。袁枚《续子不语》卷五：“盖人死阳尽绝，体属纯阴……”可以为证。弗雷泽亦曾指出，原始人“把人或动物的生命解释为灵魂的存在，而把睡眠和死亡解释为灵魂的离去：睡眠或昏迷是灵魂的暂时离去，死亡则是灵魂的永远离开。”[1]这样看来，阳离，不就是魂去之意么。大鸟虽鸣而死，但它“死”在羽渊的只是脱落的羽毛，至于它的本体（“厥体”）屈原并不知到哪儿去了。实际上可以说是同魂一道下冥府去了，而冥府就在“虞（羽）渊之汜”底下，那也就是“黑暗之家”，是蒙谷，是幽都。值得注意的是，《天问》说太阳落下是在“蒙汜”，升起时在“汤谷”，而《淮南子》说太阳落下时在虞渊之汜，次日晨升起处叫“蒙谷之浦”，这是不是意味着冥府同埃及的地狱一样，是一片大水，太阳需乘舟而行呢？不得确知了。但至少可以明白，入冥府的太阳和出冥府的太阳都须过“汜”和“浦”。这一点，又将得到语言古生物学方面的化石证明：

“‘昔’字在甲文中作䒨，像日在浩漫大水之下，示太阳已沉落西下，古昔之本义为‘白天结束，晚上开始’。《穀梁传·庄公七年》：‘日入至于星出谓之昔’，是其确诂、引申而‘夜晚’亦称‘昔’，《博雅》训：‘昔，夜也。’……《左传·哀公四年》：‘为一昔之期’。《庄子·天运》：‘则通昔不寐矣’。皆用此义。”[2]从中国文字发生时期所遗留下来的这些活化石的标本，其实用不着到自然博物馆去查找，但其说明问题的功效却又能“一字胜过万言”。昔字的本义足以告诉我们，在商代的先民们的神话思维中，

[1] 弗雷泽：《金枝》插图，节略本，麦克米兰公司1978年版，第83页。
[2] 温少峰等：《殷墟卜辞研究——科学技术篇》，四川社科院出版社1983年版，第7—8页。

白昼与黑夜的交替是由于太阳处在不同的、正相颠倒的位置的缘故。太阳在此一世界时，便是光明和温暖的白天，太阳运行到大水之下的彼一世界时，此一世界便迎来黑暗与寒冷的夜晚。太阳的循环运行在神话思维中导致了两个对立世界的宇宙模式，而太阳在这两个世界中的相反的运动方向，则又使初民们确信：此一世界同彼一世界中的一切都是颠倒的，根据这种颠倒价值的密码本，人类学家读解了1938年发现于西亚的一个大约5000年前的原始护符图案（图G）：象征着生命循环不已的蛇是两个相反方向的脚印的联系纽带，这神秘图形所传达出来的信息不是要超越两个对立世界的时空局限，求得生命的永恒吗？从这古老护符中得到的无穷启示，使笔者读解了巴比伦史诗的文化哲学意义，也附带弄懂了主人公对恩启都发出的一段关于彼一世界中立身行事的价值的嘱咐（详见第二章第四节）。同理，我们对图H中那中国古兵器图[1]不也可以做同样的理解吗？而这一阴一阳交相对转的两只龙（蛇）辩证地统一起来，不正构成中国上古最神秘的符号——“卷龙”吗？（图I、图J）[2]传说这种能潜入地下能翔于天空，循

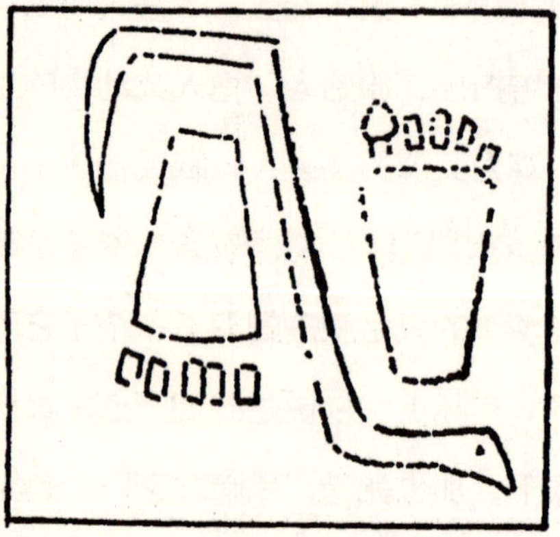

图G

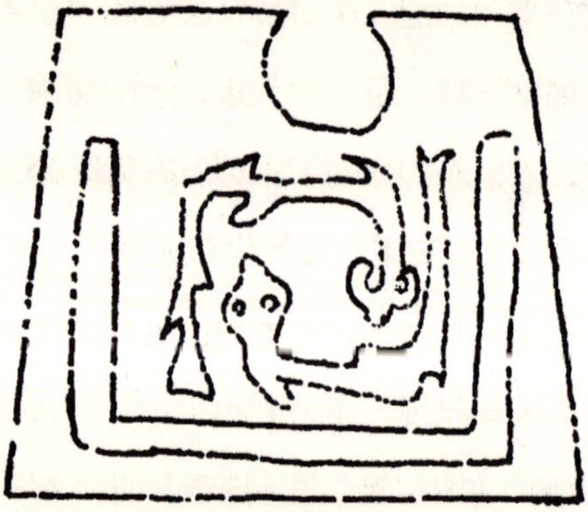

图H

[1] 转引自闻一多：《伏羲考》，《闻一多全集》第1卷，第8页。

[2] 图I，1971年在内蒙古发现的红山文化玉龙，见《文物》1984年第6期，第6页。图J，1976年在殷墟妇好墓出土的玉龙，见《殷墟妇好墓》，文物出版社1980年版彩图。

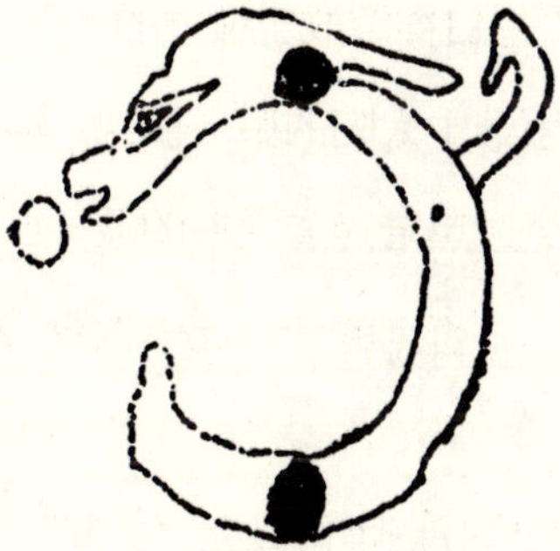

图 I

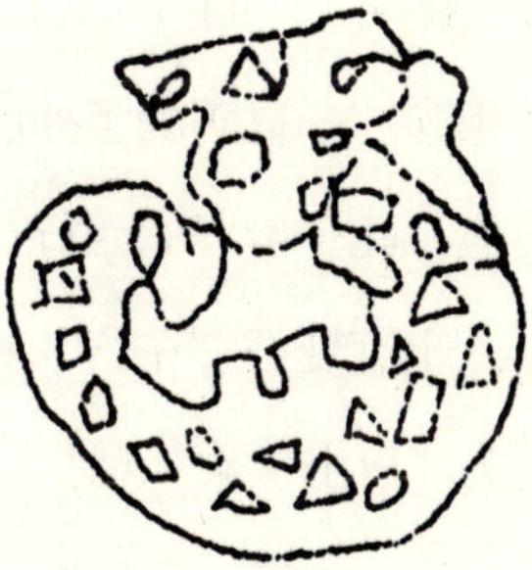

图 J

环不已的神秘生物若不是太阳的神化，又能是什么呢？在表层分析中我们附带提及的烛龙与无日之国的问题，在这里将昭然若揭了：过了黑暗通道的太阳将沿着循环轨道进入那号称“黑暗之家”的冥府；而此一世界白昼的结束恰恰是彼一世界夜晚的结束。于是神话思维中就出现了这种视为昼，瞑为夜，吹为冬，呼为夏……身长千里（《山海经·海外北经》）的怪诞形象。卷龙也好，烛龙也好，还是别的什么由太阳所幻化出的形象也好，其最关键的功能特征（结构分析中，功能的同一性远比外形的相似重要得多）就是循环运动，否则的话，太阳将失去其永恒的生命力，不成其为太阳了，这种循环运动的观念模式，照图 J 中那新石器时代红山文化出土玉龙的年代判断，至少在 5000 年前就已经定型了。到战国时代楚国民间祀神歌《东君》中，同样的循环运动模式依然清晰可辨。如图 D 所示，这首歌唱太阳神一昼夜行程的古歌始于“暾将出兮东方”，终于“杳冥冥以东行”。这里两个“东”字迷惑了多少注家！按照理性思维的形式逻辑，太阳既然出自东方向西而行，又怎么会拐回来“东行”呢？为了打消（不是解释）这一矛盾，有人说“杳冥冥以东行”是从东向西行之意[1]；也有人说东君暗指齐国国王，“杳冥冥以东行”是说齐楚联合打败西方的秦国后，“齐臣亦已极高远地东行归去了”[2]。

[1] 马茂元：《楚辞选》，人民文学出版社 1958 年版，第 98 页。
[2] 谭介甫：《屈赋新编》，中华书局 1978 年版，上集，第 294 页。

前者把"东行"解成了"西行"，后者把日神解成了报捷的齐臣，说法虽异，误解的根源却相同。一旦明确了神话思维中太阳的循环模式，那么按照两个世界的颠倒价值，此一世界的西行在经过黑暗通道之后的彼一世界中，不正是要转变一百八十度变成"东行"吗？[1]否则的话，此一世界的黑夜过后，又怎能迎来新的"日出扶桑"呢？

这样看来，我们在前一部分深层结构分析中自以为"读解"了的羿史诗，其实只读解了一半。也就是说，我们只追索了羿自扶桑至羽渊的整个"西行"足迹，而没有考虑作为太阳神化身的羿自羽渊之汜至蒙谷之浦的整个"杳冥冥以东行"的过程，而这个过程，作为故事下面的故事（即潜潜故事），却在很大程度上决定着羿史诗原型结构的整体象征意义。在巴比伦史诗中，这一整体象征意义是通过主人公对太阳神的追求和呼告来暗示的；而羿与太阳的同一性关系使他足以免去这种外在的呼告和乞求，他在羽渊的解羽本身也就是太阳告别此一世界，化生为另一种形态到彼一世界继续旅行的象征，这一化生的结果，在此一世界看来，就成了太阳大鸟的神秘失踪——它不知"焉丧厥体"，只留下脱落的羽毛，和那回荡在羽渊上空的哀鸣之声。但从彼一世界来看，在黑暗通道中其光如烛所谓烛龙的到来，不正意味着羿的灵魂的地下旅行的开始吗？谁说他在结束地下旅行之后不会以新的化生形式，作为大鸟或"载于乌"的太阳重新在此一世界"复活"呢？从这一意义上理解，在此一世界的人们看来，这个在西天解羽又在东方火红的朝霞中复活的不死大鸟，这个被后人叫作"金乌""金

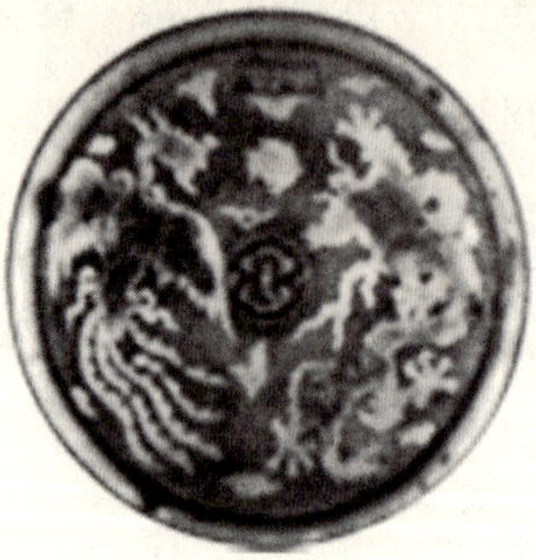

龙与凤两个差异极大的中国神秘符号，以彼此化生的形式统一在太阳的永恒循环中。北京故宫博物院藏明代鎏金龙凤纹铜镜

[1] 据塔西陀记载，住在北冰洋附近的古代日耳曼人甚至声称他们能听到太阳在夜里从西到东穿过海底的声音。参看维柯《新科学》中译本，人民文学出版社 1986 年版，第 162 页。

乌”“金鸦”的神秘飞禽，不恰恰是与龙相对又相辅相成的凤凰吗？

山东大汶口新石器文化出土的透雕象牙梳：注意其阴阳反向运动的象征符号与苏美尔护符图案的类似功能

由此推论，龙与凤这两个外形上差异极大的中国神秘符号，在神话思维的类比逻辑作用下，就以彼此化生的形式统一在太阳的永恒循环运动中了：龙能入地潜渊，所以也就主要成了太阳在彼一世界的代表；凤鸟能高翔于天，于是主要成了太阳在此一世界的代表。[1]《山海经·南山经》就有这样一些关于爬行动物与飞行动物合体的奇特形象的描述：“自柜山至于漆吴之山，凡十七山，七千二百里。其神状皆龙身而鸟首。”这不正是中国神话中龙凤合一的神的形象吗？所谓“龙凤呈祥”，也就是相生相化的循环往复战胜了单一的、静止的死亡。这样来看，羿史诗的原型结构的整体象征意义就不只是对死亡的忧虑，而且也是对死亡恐惧的精神超越了。这，正是这部上古伟大哲理著作在它所由发生的原始文化心理的“潜本文”中所蕴含的深层意义。[2]图E所示《易经》太极图像可以说是这种意义的最好概括。

《易·系辞下》：“生生之谓易。”注曰：“阴阳转易，以成化生。”由此来看，被人们视为中华民族哲理精髓的“生生不息”精神，原来是由神话思维时代的太阳循环化生观念所派生出来的，羿史诗这部上古罕见的英雄作品恰恰充当了从神话到哲学的过渡中介，它也可以说是中国思想史上第一部伟大杰作。

关于这部伟大杰作的原始文化心理根源的讨论，笔者援引西方当代原型批评理论家弗莱概括和总结整个西方叙述文学发生发展规律的一段话来

[1] 龙凤相化与永生观念的联系，在一幅出土于长沙楚墓的帛画中表现得十分明白，画中除了一龙一凤相对而外，还有一个合掌祈祷（求永生）的妇人。此外，在印第安文化中，太阳被表现为鸟头蛇身形，即所谓“羽蛇”。这正是龙与凤的神话合体。关于羽蛇作为太阳英雄故事的例证，详见下节。

[2] 关于超越死亡主题的文化意义问题，详见本书第七章。

参照：

神明世界中的中心过程或中心运动是某一个神的死亡与复活，消失与重返，隐退与再出现。神的这种运动不是被看成一种或数种自然界的循环过程，就是由此而联想到自然界的循环过程。这个神可以是太阳，夜晚死去黎明重生，或是在每年的冬至重生一次；这个神也可以是植物神，秋天枯萎而死，春天又重新复活。或者（如佛教生育故事那样）是一个人格化的神，随着人和动物的生命循环过程而不断地重新托生。由于神按其本性来说几乎是长生不死的，所以，将死的神在同一人格中重生便是所有同类神话的规律特征。因而这种神话的或抽象的循环结构原则便是：由生到死的个体生命在由死到生的持续发展中得到延伸。同一个个体的死与复活的这种认同性重生模式照例和其他所有循环式是相同的。[1]

借助于这种循环模式的运动规律，弗莱读解了自阿都尼斯神话到霍桑《玉石雕像》的整个文学发展系列作品。而我们，在羿神话所由发生的同类循环模式中，也找到了中华文化的核心原型，理解了老子为什么要说“道”是“周行而不殆”的，《易经》为什么要说“亢龙有悔”。亢龙者，直龙也；悔者；凶也，直龙能伸不能曲，能往而不能返，故凶也，而卷龙则如环无端，能往能返，生生不息，循环不已。无怪乎早自新石器时代，卷龙就成了原始宇宙哲学的符号，受到人们的尊崇。

这样看来，羿史诗把英雄认同为太阳就绝不是随心所欲的比附了，它深深地寄托着我们远古祖先超越有限的死亡，求得无限的生命延续的强烈欲望。它用“天人合一”的逻辑赋予社会生活以秩序和意义，它让人们在鸟之将亡

[1] 弗莱：《批评的解剖》，1957 年英文版，第 158—159 页。

的哀鸣中听到凤凰再生的预告，在烛龙潜渊之际想到飞龙登天的时刻，在阴森恐怖的羽渊憧憬那日出扶桑的美丽景象……

二、太阳英雄型故事的普遍语法

通过对循环模式的研究，我们已经步步接近了原始文化心理的核心结构。在此基础上，似可进一步存异求同，按照当代叙事学理论的要求，归纳出太阳英雄型故事的普遍语法规则，使我们对羿史诗结构的研究上升到对于叙述类型的跨文化规律性的认识。

从羿史诗和《吉尔伽美什》史诗的对比分析中可以看到，英雄主人公与太阳的象征性关联是分别按照不同的方式展开的。在中国史诗中，羿与太阳的关系是象征认同的关系：主人公自己就是太阳；在巴比伦史诗中，吉尔伽美什与太阳的关系是象征对应的关系：主人公的行为与太阳神舍马什遥相对应。从这两种不同的象征关系中，可以归纳出太阳英雄型故事的两类叙述规则，姑且称之为“象征认同型”和“象征对应型”。

在象征认同型故事中，前一情节单元叙述主人公如日之升的辉煌业绩，后一情节单元叙述如日之落的悲剧结局，主人公由生到死的必然宿命往往表现为宇宙间阴性力量对阳性力量的胜利取代，或通过阴阳转化寄寓主人公加入宇宙循环，达到永生的希望。

属于这一类型的英雄故事十分常见，其叙述法则的决定性作用常常使同一个深层故事派生出不同的表层叙述。以羿史诗的情况为例，我们已经看到关于主人公之死的三种叙述：

（1）羿被寒浞所杀

（2）羿被逢蒙所杀

（3）羿被妻嫦娥窃药而丧失永生

尽管这三种不同的叙述都分别构成了相对独立的故事，并使羿的神话传说向不同的方向上分化，派生出无穷无尽的争论，但从象征实质上看，这三种叙述所要表达的是同一个意思，而其表达的完成也遵循着同一种叙述语法：阴胜阳。与太阳主人公处于对立面的寒浞、逢蒙和嫦娥其实都是阴性力量的化身。这一点，从神话创造者对他们三人的命名中已经得到了明显的暗示。

就最普通的日常经验而言，太阳的突出特征不外乎温暖和光明，初民遂以为这乃是太阳的强大生命力的表现。太阳在正午和盛夏时发出最强的光和热，午后和秋后便趋向于渐暗渐冷，神话思维针对这种变化创造出“寒浞”和“逢蒙”两个人格化的“阴性力量”，正是要让他们分别代表热和光的克星。

“寒浞”之“寒”，无疑是热的对立面，热的源头在于火，太阳神又身兼火神，而“浞”是水浸之意，正是火的对立面，“寒”和“浞”相组合，不正是致太阳的热量和火力于死地的克星吗？

同寒浞一样，“逢蒙”也是严格按照太阳英雄型故事的二元对立的叙述语法而转换出来的人物。“逢”字据《说文》是相遇的意思。扬雄《方言》也说：“逢，逆，迎也。自关而东曰逆，自关而西或曰迎，或曰逢。”“蒙”是阴暗不明的意思。《释名·释天》：“蒙，日光不明，蒙蒙然也。”神话中的日落之处，或曰“蒙谷”，或曰“蒙汜”，似乎都是吞没光明的象征。这样看来，羿死于逢蒙之手，也就是黑暗战胜光明、取代光明的意思，是对日落这种自然现象的拟人化故事表达，或者说是昼夜交替现象的神话寓言。

公元前9世纪 Sippar 的太阳神庙中浮雕：太阳神舍马什座前有日轮象征，三个朝拜者向日轮顶礼膜拜。

嫦娥与月亮的认同关系使她本身就有“太阴”的性质，自然与太阳构成二元对立。嫦娥窃药奔月的神话叙述无疑也是对日月交替、阴阳转化的自然现象的故事化表达，遵循着同一种阴胜阳的叙述语法。

笔者之所以把阴胜阳作为象征认同型太阳英雄故事的普遍语法，因为这不仅仅是羿史诗所由产生的叙述规则，而是一种具有跨文化的普遍性的叙述规则。试举以下几例加以说明。

第一例，赫拉克勒斯。这位希腊大英雄的结局十分惨烈，但也和羿一样是由妻子而导致的死亡。赫拉克勒斯的妻子得伊阿尼拉唯恐丈夫另觅新欢，把一件浸透毒血的衣服送给英雄穿，结果使他中毒后痛苦难当，跳入火堆而死。这一结局表现了太阳在西天火红的晚霞中坠落的情景。英雄之死也被叙述为阴胜阳的结果。而另有神话说宙斯让死后的赫拉克勒斯获得永生，住在奥林匹斯神山上。这显然是英雄主人公加入循环模式，超脱生死之外的一种表现。

第二例，《圣经·旧约》中的大力士参孙。参孙（Samson）的名字近似于闪族语言中的太阳一词。他那强大无比的阳性力量使他成为天下无敌的勇士。他曾手搏狮子，也曾用火狐去烧毁大片庄稼。这后一情节是太阳之威力的又一种象征表现。但是到了后来，英雄被敌人剜去双眼，抛入西方的一座地下牢房中。这显然是太阳失却光明和坠入地底的象征。英雄何以至此？原来又是女人的阴性力量起了克星的作用：参孙的情妇大利拉探明了英雄力量的源泉在于头发，于是趁他熟睡之际剃掉了他的头发。结果英雄一下子失去了阳刚伟力，束手就擒。神话学家说，主人公的头发就像太阳的光线，那是阳性力量发散出光和热的象征。由女人剃去英雄的头发，这又是阴胜阳叙述语法所转换出的另一种太阳英雄的结局。弗莱曾对这类故事发表过较为谨慎的看法，他说："显然，这个故事在结构或叙述上与有关太阳在空中运行的那一类型故事十分相似，没有一个忠实的故事讲述者会消除这种类似。但是要说参孙故事'源出于'太阳神话或太阳神话'潜伏'于参孙故事之后，则未免有些过头。用一个我曾在别处举过的例子来说，假若描述拿破仑的生涯，人们会用‘日出’形容他的兴起，用‘日当中天’表示他的声名，用‘蔽日’表示他的命运。这里所运用的就是太阳神话的语言，但我们却不能说拿破仑的故事出自太阳神话。可以说明的是，神话的结构仍可给后代的结构类型的隐喻及修辞提供形式。”[1]我们说，由太阳神话提供的这种隐喻形式正是作为英雄故事深层结构规则的“普遍语法”。阴胜阳的叙述规则除了表现为女人害死英雄的套式之外，还可以表现为英雄主人公下海遨游或鱼腹历险等套式。

第三例，墨西哥古代印第安人的传说英雄盖查尔柯亚脱尔，也就是著名的太阳英雄羽蛇。他被描绘为“鳞上有羽毛，既爬行又飞翔，既是鹰，又是蛇”[2]。正相当于中国神话观念中的龙凤合体，象征着太阳升天入地，循行水陆空三界的超越能力。盖查尔柯亚脱尔作为太阳神下凡，完成了他在人间的伟业之后，告别了他所酷爱的土地和人民，平躺在一个蛇筏上，浮海而逝。他临终的话是这样的：“我曾有过地位，有过权力。我的血一直在奔腾，现在它要宁静了。我的年岁到了；我的时辰到了。我要到风里去，我要到海里去。我去了。我要出发到我那宁静之所去。我已经在海岸边了。”[3]英雄的结局隐喻着海上落日，而蛇筏和英雄关于“我要再来”的预言则象征着死亡之中的再生和永生。在这里，阴性力量体现为浩瀚大海，它具有吞噬生命的功用，而在下面一例中，这种功用又置换到了海中巨鱼那里。

第四例，希伯来先知约拿。神命他去尼尼微城，他违神意而逃。在海上，神令风浪大作，只有把他扔进海中风浪方可平息，于是众人把他扔进海里。神让大鱼把约拿吞进肚里，他在鱼肚中向神呼救许愿，神命鱼把他吐出，于是他遵神命去尼尼微城劝那里的人弃恶从善。学者们认为这个故事是海中巨

[1] 弗莱：《伟大的编码：‹圣经›与文学》，中译文，见《神话·原型批评》，第 391—392 页。
[2] 洛佩斯·波蒂略：《羽蛇》，中译本，人民文学出版社 1978 年版，第 1 页。
[3]《羽蛇》，中译本，人民文学出版社 1978 年版，第 160 页。

鱼吞吐太阳的神话的变体。“关于落日为黑夜所吞噬，早晨又吐出来，光亮之球便重新浮现的神话，也是很古老的。美国西部海达人以鲸鱼吞食乌鸦（后者是神话中太阳神的人格化）的故事，对日落和日出提出了自己的解释”[1]。在所有这类吞噬神话和故事中，突出了阴阳相互对立且转化相生的思想，因而使主人公死后的复活再生表现得更为明显。这是同纯粹的“阴胜阳”有所不同的地方。

在象征对应型故事中，情况又有所不同。如《吉尔伽美什》史诗所示，主人公同太阳的关系不是相互认同和化为一体的，而是彼此分离、遥相呼应的。主人公“循着太阳的路”而发展，随着太阳的升落沉伏而先喜后悲，最终的结局也像日落西天一样，在悲壮和死亡中暗喻再生和永恒的希望。属于这一类型的故事要比前一类型少见，中国上古神话中著名的夸父逐日故事可以作为一个实例。根据《山海经·东山经》豺山之兽“状如夸父而彘毛，其音如呼，见则天下大水”等记载，笔者曾把夸父解释为上古神话中的水神，把夸父逐日的故事解释为“道”的循环运动的寓言。[2]在此可以补充说，夸父的“逐日”行为同吉尔伽美什的“循日之道”一样，都以太阳的运行之道为自己的追求对象。在中国古代哲学中，早已有“水几于道”[3]的观念，其着眼点在于水的循环运动特征与太阳的循环运动在象征类比的意义上具有同一性。《尚书大传》云：“非水无以准万里之平，非水无以通道任重也。”《吕氏春秋·圆道》把道的循环运动特征概括为“圆”，

卐字纹铜镜，北京，故宫博物院

[1] 利普斯：《事物的起源》，中译本，四川民族出版社1982年版，第358页。
[2] 详见叶舒宪：《中国神话哲学》第四章。
[3]《老子》第八章。

视之为作为宇宙变化总规律的“天道”：

何以说天道之圆也？精气一上一下，圆周复杂，无所稽留，故曰天道圆。……日，日夜一周，圆道也。……水泉东流，日夜不休，上不竭，下不满，小为大，重为轻，圆道也。[1]

在这段论述中，太阳的昼夜运动同水的上天为云雨、下地为江河的循环运动都被看作是“圆道的表现形式”由此可知，水神夸父追逐太阳运行的故事正是水的循环运动模式与太阳循环运动模式之间的类比寓言：

《山海经·海外北经》：夸父与日逐走，入日。渴欲得饮，饮于河渭，河渭不足，北饮大泽，未至，道渴而死。弃其杖，化为邓林。

卐字纹瓦当，韩国新罗时期。首尔，国立中央博物馆

从空间位置方面来看，夸父本为北方水神，循日之道自东而南而西，最后“逮之于禺谷”[2]，这个禺谷据郭璞注：“禺渊，日所入也；今作虞。”正是群鸟解羽的虞渊或羽渊。《山海经·海内西经》：“大泽百里，群鸟所生及所解，在雁门北。”可知夸父入日后在日落之处偏向北方而死，其一生的运动曲线恰为一个圆形。他的死同太阳之死一样，并非生命的永远完结，而是融入道的循环模式而获再生和永生。所谓“弃其杖，化为邓林”的变形情节，正是生命不死的典型象征。

[1] 据中国社科院哲学所《中国哲学史资料选辑》注释校改，中华书局 1984 年版。第 1387—1388 页。
[2]《山海经·大荒北经》。

总结本节所论，无论是象征认同型还是象征对应型，太阳英雄故事的叙述总是遵循着循环变易之道，以阴阳相生相胜的规则为其普遍语法，这就为我们从非经验的层次上去把握这类作品的转换生成规律，提供了一个独特的视角和有益的启示。

第四篇

影响

THE SEVENTH PART

第七章

死亡意识与中国文化

- 死亡意识的跨文化发生
- 族类的不朽：儒家的“孝”
- 个体的精神不朽：德、功、言
- 加入循环：道家的不死信仰

在对后羿史诗的重新发掘和读解的过程中，我们发现它同巴比伦史诗一样，突出表达了人类的死亡意识及对死亡的超越意识。可以说，这两部作品分别开启了东西方文学中永恒的死亡主题，其意义之重大和深远，关系到两种意识形态传统的形成。在本章中，笔者拟从比较文化的立场出发，探讨死亡意识的跨文化发生过程及其对形成东西方传统意识形态的作用，着重分析死亡主题在中国文化中的独特变奏：儒家的重生哲学和道家的永生奢望，透视儒道两家思想的神话原型及其在传统文化中的地位、发展和价值所在。

一、死亡意识的跨文化发生

大千世界，兴亡何限鱼龙。

自从地球上孕育出第一个单细胞生物至今，大约已经历了 40 亿个春秋。换言之，从初级生命形态发展到具有发达智慧和创造力的高等灵长动物——人类，生命的历史已有 40 亿年之久。

生命的概念从发生之日起便与死亡的概念相互依存。没有生，便无所谓死；没有死，也就无所谓生。然而，与生命本身的历史相比，生与死这一对辩证统一的概念的发生却是相当晚近的事情，而人类对生死奥秘的探寻和领悟也只不过是近 1 万年以来才开始的过程。

倘若要在生与死这对孪生的概念之中确定一个较早发生的概念，究竟应该是“生”呢，还是“死”呢？

从生命的孕育、发生、发展、衰老、死亡的自然程序来判断，自然是先有生，后有死。无怪乎孔子在回答弟子季路关于死亡的问题时斩钉截铁地说：“未知生，焉知死。”

然而，孔圣人在这里却犯了一个经验主义的历史错误。就人类认识过程而言，对死的认识先于对生的认识，后者是以前者为基础和前提的。也就是说，死亡意识的发生奠定了人类对生命本质的真正理解的基础。所以，在这一对孪生概念之中，“死”才是长兄，“生”乃是小弟，其发生程序恰与自然生命程序相反。唯其如此，我们现在有充分理由将被孔子弄颠倒了的问题重新颠倒过来，提出如下的命题：未知死，焉知生？

（一）死亡意识与人类文明：哲学家的观点

在西方思想史上，自第一位人本哲学大师苏格拉底以来，死亡始终被视为哲学思考的起点。这位古希腊哲人甚至把哲学本身定义为“死亡的准备”。给人印象更深的是，苏格拉底以其自身面对死亡的凛然风度，铸就了他作为西方第一位伟大哲学家的不朽形象。相传他曾以亵渎神明为罪名而受到控告并被判死刑，他在临终之前的最后演说被后人作为思想史上的经典文献而保存至今。在这篇演说的最后，苏格拉底以异常坦然的语气说到自己的死：

……我们之中认为死是一件坏事的人乃是错误的。如果一个人能和奥尔弗斯、和缪索斯、和赫西阿德、和荷马谈话，那他还有什么东西不愿放弃的呢？如果真是这样的话，那就让我一死再死吧！在另一个世界里，人们不会因为一个人提出了问题，就把他处死的，绝对不会的。而且除了比我们更加幸福而外，他们还是永远不死的。

死别的时辰到了，我们各走各的路吧——我去死，而你们去活。哪一个更好，唯有神才知道了。

在生命与死亡的分水岭上，苏格拉底毅然选择了死而终不悔。事实证明，这位被判死刑的学者确实获得了永生：那些给他定罪判刑的人早已随着时光的推移而被历史遗忘了，而这位不介意死的死者却永远地在崇高的哲学日历上留下了自己的名字。

苏格拉底为什么不惧怕死亡呢？这一问题曾困扰过无数智者学人。本世纪英国哲学家罗素曾做过如下的解释：从苏格拉底最后那一段谈论死后事情的话里，使人不可能不感到他是坚决相信灵魂不朽的。他并不像基督徒那样，因为害怕死后的惩罚而焦虑，他相信在另一个世界的生活将是一种幸福的生活。[1]其实，从历史发展的角度看，苏格拉底即使是相信灵魂不朽的，他的这种信仰也不同于荷马以前的神话时代的灵魂观。对于原始人来说，对灵魂在死后继续生存的信念是以宗教希望和直觉经验（如梦见死者）为基础的，而苏格拉底则试图表明一种建立在理性基础之上的灵魂观：真正的哲学家，不迷恋于任何事物，只是准备死亡之实践。因为灵魂在现世生活中被肉体的愿望和弱点所奴役，有碍于认识事物的真相，不能畅饮真理之杯；如果一个人想绝对地领悟万物的真相，他的灵魂必须从肉体的统治中解放出来，因而爱智者（哲人）不会惧怕死亡，也只有爱智者的灵魂才能获得神性——不朽。

从这种理性的灵魂观中引出了古希腊哲学乃至整个西方哲学的一种根本精神：关注永恒的事物远胜于关注暂时的事物。为此，爱智者必须使自己本身变为永恒的，即神性的、不朽的。灵魂的幸福在于它对一个最高尚的目的——智慧——的献身。

在这种理性的灵魂观中，我们还可以清楚地透视柏拉图理念世界的思想来源：现世存在的一切均是暂存的，而理念——灵魂的世界才是永恒的、绝对的、不朽的。毫无疑问，在苏格拉底以身殉道的超然行为所昭示的前所未有的死亡意识同柏拉图倾心向往的那个不朽的理念世界之间，理性的灵魂观充当了中介和桥梁的作用。

就这样，西方人生哲学的起始，是以苏格拉底所奏出的死亡主题为标志的。诚如叔本华所言：如果没有死亡的问题，恐怕哲学也就不成其为哲学了。

伴随着文明史的进程，人们对死亡问题的思考日益呈现出更为复杂的局

[1] 罗素：《西方哲学史》上卷，中译本，商务印书馆 1963 年版，第 125 页。

面。虽然古罗马哲学家西塞罗说出了“哲学就是学死”这样极端的话，虽然另一位古罗马诗人哲学家卢克莱修高唱过“死是不能避免的，我们必须去和他会面”的歌，对死亡的恐惧和死后世界的猜测却从来也没有中止过。

近代哲学之父培根的死亡观颇为典型。因为其中融合了古希腊哲学家和基督教神学这两大不同来源的思想。培根既倡导那种视死如归的超然精神，又确信“将死亡看作尘世罪业的赎还和通向天国的大道，这种信念是神圣而具有宗教意味的”。他还认为，人们对死亡的恐惧心理在很大程度上是人为造成的。一方面，民间流传的各种可怕的鬼怪故事，渲染和强化了死的可怕性；另一方面，那些伴随着死亡而到来的东西比死亡本身更让人生畏：死前的呻吟，临终的痉挛，亲友的悲号，丧具和葬仪，还有那坟墓，凡此种种，大大加深了人们对死亡的畏避心理。对此，培根提出了比灵魂—理念世界更为切实可行的超越途径，他写道：“然而，人类的感情并非真的如此软弱，以至于不能抵御对死的恐怖。人心中有许多感情，其强度足以战胜死亡——仇忾压倒死亡，爱情蔑视死亡，荣誉感使人献身死亡，巨大的哀痛使人扑向死亡。唯独怯懦软弱使人在还未死亡之前就先死了。……一个坚定纯洁、有信念的心灵也不会为死亡而恐怖。人生最美好的挽歌无过于当你在一种有价值的事业中度过了一生后能够说：‘主啊，如今请让你的仆人离去。’死亡还有一种作用，它能够消歇尘世的种种搅扰，打开赞美和名誉的大门——正是那些生前受到妒恨的人，死后却将为人类所敬仰！”[1]在与培根同时代的英国戏剧家莎士比亚的作品中，对死的恐惧和死后名誉的渴望如何交织在一起，成为人物思想和行为的深层动因，我们将在后文中通过《哈姆雷特》的分析加以具体说明。

现代文明的到来及其众多的副产品——异化劳动、世界大战、精神分裂

[1] 引自培根《随笔选》。

症，等等，把死亡问题的探讨摆到了更为显著的位置上。文学艺术家们和思想家们对死亡主题给予了更多的关注和表现。人们已不再满足古典哲学家们关于“哲学即是学死”，关于“世界上一切理性及智慧无非……教我们不要怕死”这样一些简单明晰的论断，进而要求理解死亡意识在人类文化和文明发展进程中的地位和作用。德国哲学家叔本华《死亡论》一文便在这方面大进了一步。

叔本华指出，动物的生存是没有死亡意识的。每个动物，只意识着自己的生命，直接享受种群的永恒延续。人类正因为是理性动物，才意识到死亡的必然性，因而产生出对死的恐惧和思考，后者又反过来扩展和深化了的人类的理性。就此而言，人类理性与死亡意识之间的关系是一种交互作用、互为因果的关系。然而叔本华本人更加强调的却是这种相互作用关系之中的一个方面，即死亡意识作为人类精神文明的重大原动力在催生各种宗教和哲学意识形态方面的潜在作用。他指出：“由于对死亡的认识所带来的反省致使人类获得形而上的见解，并由此得到一种慰藉，反观动物则无此必要，亦无此能力。所有的宗教和哲学体系，主要即为针对这种目的而发，以帮助人们培养反省的理性，作为对死亡观念的解毒剂。各种宗教和哲学达到这种目的的程度，虽然千差万别互有不同，然而，它们的确远较其他方面更能给予人平静面对死亡的力量。”[1] 按照这一看法，人类文明的主要精神产品——宗教和哲学，其根本的功能在于解除人类对于死亡的恐惧。

本世纪又一位德国哲学家斯宾格勒在其影响深远的大著《西方的没落》中进一步发挥了叔本华的观点。他也强调了死亡意识之有无乃是区分人兽之别的重要尺度，并指出语言是将感观——视觉世界中的死亡现象转换提升为超验的反思对象的唯一途径。死亡意识借助于语言而成为纯悟性时，人生的

[1] 叔本华：《爱与生的苦恼》中译本，中国和平出版社 1986 年版，第 149 页。

一切方显出前所未有的意义："那时，也只有那时，生活才成为生与死之间的一段短暂时间，关于生的另一神秘也才在对死的关系上出现。只有到了那时候，动物对于一切事物的分散的恐惧才变成人类对于死的明确的恐惧。这种情形使男女之爱、母子之爱、世系、家族、民族，因此最后还有世界历史的本身成为宿命的无限深刻的事实和问题的现有样式。死是每一个生在光中的人类的共同归宿，对死，有关于罪恶与惩罚的观念，有生存是一种赎罪的观念，有这一光的世界之外的新的生活的观念，有结束对死的恐惧的超度的观念。在关于死的知识中产生了我们作为人类而非兽类的世界观。"[1] 在这里，这位当代思想家以空前透彻的方式说明了一个异常重要的却又为常人所忽略的道理：死亡意识的发生奠定了文明人类的世界观之基础并使我们人类生活的一切具有了动物生命所没有的意义。理由很简单，正是因为意识到了生命的限度的必然性，人类才可能进而去思考如何在这有限的生命之年去追求和创造无限的问题，也就是在必然之中寻求自由的问题，这乃是迄今为止人类智慧所要解决的永恒课题。

寄托再生希望：埋藏新生儿脐带的胎壶，韩国，高句丽时期，首尔，国立中央博物馆

总结以上西方哲学家关于死亡问题的思考，不难看出，这是一个构成哲学之起点并贯穿于整个思想史的根本课题。根据死亡意识在人类自我意识发生过程中的重要地位和作用，西方哲学家把意识到"必然死"看作是思索"如

[1] 斯宾格勒：《西方的没落》，中译本，商务印书馆 1963 年版，第 101 页。

何生”问题的根本前提，这就使我们有充分理由颠倒孔子的命题程序，将“未知死，焉知生”作为我们研究问题的出发点。

这样看来，我们所要探讨的文学中的死亡主题已不仅仅是与死有关的问题，而是作为人生哲学之基础的问题。不言而喻，死亡问题正是从它的对立面——或者更确切地说，从它与它的对立面的对立之中——获得其价值和意义的。

（二）死亡主题的发生：人类学的研究

既然“必然死”的认识是“如何生”的思考的起点，那么人类究竟是怎样到达这一起点的呢？

这一问题也可以从另一种角度提出：人类的死亡意识是怎样建立起来的，是何时建立起来的？文学中的死亡主题是如何发生的？对此，哲学家未能给我们提供令人满意的答案。只有借助于人类学的视野，才有可能找到解答的途径。

我们已经明确了动物是没有死亡意识的，它们无声无息地来到这个生命世界，又无声无息地离开这个世界，受到无情的自然法则的任意摆布，对生与死的奥秘一无所知。从没有死亡意识的动物到为了克服死亡意识及其伴随而来的死亡恐惧心理而创制出宗教与哲学体系的文明人，根本性的变化发生在人类进化的史前阶段。也就是说，死亡意识的发生是人类原始时代的事情，这是一个漫长的过程。

值得注意的是，人类学家们从世界各地现存的原始人群那里观察到的一个事实：原始人并不把死亡看成自然而然的事情，不承认死的必然性和确定性。“对很多原始人来说，死亡的状态是由于超自然力量所造成的不幸事件，大多数是被妖术所害。一场致命的疾病，是受了邪恶的影响；甚至偶然事故，也是由于敌对精灵的阴谋。”[1] 这种现象在《原始思维》的作者列维－布留尔的笔下被解析为两个层面：

第一个方面是说，关于死亡的原因如同关于疾病的原因一样，永远被想象成具有神秘的性质；不能不是这样。如果说任何疾病都是“神灵的影响”或“力量”或“魂”或“鬼”作用于或者缠住患者的结果，那又怎能不把疾病的不幸结局归咎于同一个原因呢？对原始人的思维来说，要想象“自然死亡”实际上是不可能的。

……

这个结论的另一方面，是说死亡从来不是自然原因造成的，因为死永远是横死，换句话说永远是由某个人借助巫术仪式而进行的蓄意犯罪的谋杀。[2]

用我们自己的话来说，原始人意识不到死亡是自然生命的必然结果，所以他们总是要在死亡这种自然现象背后去寻找莫须有的社会原因即人为的原因。这种偏执地寻找人为致死原因的行为显然是由尚未成熟的死亡意识所决定的，它同时构成原始部落社会的法律基础。

在南太平洋上的特罗布里安岛（Trobriand）原始居民中便流行着这样一种为死者寻找致死原因的验尸风俗。村民们查看尸身上的斑痕标志，以证实致死的某种人为原因。照常例是在下葬后的 12 小时至 24 小时之中，第一次日落的时候，掘墓洗尸，敷以油料，然后由专人检验，将尸上的伤痕斑点之类记录在案，据以推测死因。有几种典型的标志，可以直接表明死者的某种习惯性癖或行为，由此猜测死者致怨及被蛊的原因。例如身上有“恋爱咬痕”的——多在肩膀上面，表示死者曾和异性拥抱啮臂过，由此猜测死者必

[1] 利普斯：《事物的起源》，中译本，四川民族出版社 1982 年版，第 386 页。
[2] 列维－布留尔：《原始思维》，中译本，商务印书馆 1981 年版，第 277—278 页。

曾犯有奸淫，以致激怒了酋长、贵人或巫师。还有数点也可证明他犯奸致死，如死者两腿分开；死者的嘴唇翕合着，似在作声邀约情人幽会。尸上爬满虱子，也是恋人相互拥抱的象征。如果尸身上发现红黑或白色的颜料，带有富人仓库中的油漆，表示死者生前曾入户盗窃，以至触怒酋长受蛊而死。如果将死时被桃枝划伤，表示死者享有的桃园过于丰富，没有贡出相当的租税给酋长。其他如芭蕉、椰子、甘蔗的创痕，也具有同样的意义。如果嘴上起泡，表示死者是贪食致死。如果皮肤松皱，表示死者食猪肉过量或妄营猪业。[1]以上种种罪名，不论死者生前是否犯过该罪，都被原始人理解为应受到黑巫术惩罚的原因，所以所有人的死都不是偶然的。没有一个人的死不是由于自己生前的罪孽或过失所导致的。

在现存原始部落比较集中的澳大利亚土著社会中，死亡意识也处在类似的幼稚水平。土著人关于死亡的看法与灵魂观念密切相关。他们把个人分解为灵魂和身体两个部分，前者是不可见的生命之源，后者是可见的生命躯壳。人活着的时候，灵魂与身体是结合在一起的，两者的永久性分离则意味着死亡，或者说是身体的死亡。在绝大多数情况下，灵魂与肉体的分离是由于人类的——常常是以巫术形式出现的行为——所引起的。澳洲土著许多解释死亡起源的神话都表明，他们是怎样不愿意正视和接受灵魂的永远离去。

人类学家弗雷泽在广泛收集了遍及五大洲的材料之后断言：灵魂不死的信仰“是处于所有进化阶段的人们中间普遍存在的一种信仰，可以当成一种毫无疑问的真理，很难说有哪一个野蛮人的部落完全没有这种信仰”[2]。至于灵魂不死信仰形成的原因，弗雷泽认为主要有两个方面，一是内在体验，这主要指梦的体验：原始人在梦中看见已死去的亲人，和他们交谈，听见他们的声音，于是相信梦中景象的客观真实性，以为死后的人还依然按照另一

[1] 参看马林诺夫斯基：《蛮族社会之犯罪与风俗》，林振镛译，上海华通书局 1930 年版，第 92—95 页。
[2] 弗雷泽：《不死的信仰与死者崇拜》，伦敦，麦克米兰公司 1913 年英文版，第 25 页。

种方式活着，一般把这种方式看成灵魂。另一方面是外在经验，指观察到的活人和已死的人在相貌上相像，由此加以推论，认为死去的亲人的灵魂在他们后代身上又获得再生。再进一步推论便达到如下见解：所有的活人都是由死者的灵魂赋予生命的。这样，从灵魂不死和灵魂转世的信仰中派生出了对死者的崇拜。

在古代世界各民族的宗教中都可以找到死者崇拜的证据。最典型的例子莫过于古埃及。埃及人对于死者所表示的敬重与关切大大超过了活人。由于确信死后灵魂的再生，所以他们竭尽全力要保存死者的身体。人在现世生活中的目的，人的婚嫁生育的目的，都主要在于死后能将保存尸体之重任委诸子孙。又因为死后的灵魂要做和生前一样的工作，所以对死者身体的四肢，不得有丝毫损伤，于是发明了保存尸体的特殊方式——木乃伊。被现代旅游者当成观赏对象的大金字塔，在当时却是耗费了无数活人生命为帝王死后的木乃伊准备的永生居所。

祖先崇拜也是中国文化的一大特征。汉字中的“祖”字从“示”从“且”。“示”即神，上古所有与神事相关的字大都从“示”。古文字学家认为，“示”字文意为立一石头或木杆为祖先灵魂降临之处，可见上古观念中的神同死去的祖先有密切关联。“且”字是“牡”的初字，在甲骨文中写作男性性器形，是以生殖崇拜形式表现出的男性祖先崇拜。王国维先生说：“祖者，大父以上诸先王之通称也。”可见中国的祖先崇拜同皇权崇拜亦可结缘。在殷人的世界观中，已死祖先之灵对于活着的人有重要的祸福作用，因而凡事都要用占卜的方式预测祖灵的意见。在卜辞中常见到殷王卜问他的行为能否得到祖灵之嘉许，他的牙痛或肚子痛是不是祖灵降灾给他。[1] 总结以上讨论，原始人确信灵魂不死，延续到文明社会中转变为祖先崇拜，实即死者崇拜，这是

[1] 白川静：《甲骨文的世界》，中译本，台北巨流图书公司 1977 年版，第 85 页。

一切宗教情感的深切基础，如马林诺夫斯基所说：“人类对于生命继续的坚确信念，乃是宗教底无上赐予之一；因为有了这种信念，遇到生命继续底希望与生命消灭的恐惧彼此冲突的时候，自存自保的使命才选择了较好的一端，才选择了生命的继续。相信生命底继续，相信不死，结果便相信了灵的存在。构成灵的实质的，乃是生底欲求所有的丰富热情……”[1]只有当人类理智终于在生命欲求的热情之外确认了死亡的必然性事实之后，死亡主题才能真正作为一种个体的自觉而出现在文学作品之中。

那么，从不承认死亡的必然性到不得不承认这种必然性，其间的转变是何时开始的呢？李泽厚先生在《美的历程》中把这一转变放在魏晋时代。在以“人的主题”为标题的一节中，他举出了《古诗十九首》中的关于生命短促、人生无常的主题作为例子。“生年不满百，常怀千岁忧”“人生寄一世，奄忽若飘尘”“人生非金石，岂能长寿考”“人生忽如寄，寿无金石固”“所遇无故物，焉得不速老”“万岁更相送，圣贤莫能度”“出郭门直视，但见丘与坟”……李先生对此发表议论说：“这种对生死存亡的重视、哀伤，对人生短促的感慨、喟叹，从建安直到晋宋，从中下层直到皇家贵族，在相当一段时间中和空间内弥漫开来，成为整个时代的典型音调。”[2]的确，在古诗十九首中我们看到的人生无常之感叹，无疑是死亡恐惧的一种文学显现。而魏晋时代文学中死亡主题的繁荣也是显而易见的。不过，这一主题的实际咏叹却不自魏晋开始，而是要早得多。日本学者铃木修次曾撰有《无常考》一文，把死亡主题的发生确立在春秋战国时代。他所考察的对象是文学作品中对人生无常思想的表现。他认为这种表现以南方文化区的《楚辞》最为典型：像《离骚》中“日月忽其不淹兮，春与秋其代序。唯草木之零落兮，恐美人之迟暮”，《九歌·大司命》中“老冉冉兮既极”，《九歌·湘君》中“时

[1] 马林诺夫斯基：《巫术科学宗教与神话》，上海文艺出版社1987年版，第33页。
[2] 李泽厚：《美的历程》，文物出版社1979年版，第88页。

不可兮再得”，《九章·悲回风》中“岁忽忽其若颓兮，时亦冉冉而将至”等咏叹，都是对人生最大不幸的惶恐不安和悲哀。北方文化区中《周诗》(《左传·襄公八年》所载）说：“俟河之清，人寿几何？”同样表达了对死之来临的忧虑。[1]

现在，当我们对巴比伦史诗《吉尔伽美什》和中国的羿史诗进行了比较研究之后，不得不将死亡主题的发生再向前追溯1000年。两部作品中“不死药得而复失”的共同母题，实际上已将个体生命必然趋向死亡的事实确认下来了。两位英雄主人公在作品后半部分执着探求生命和永生的奥秘，正说明死亡恐惧已经深深地植入了他们的内心，使他们的英雄生涯发生根本性的转变。因此可以说，早在华夏文明和巴比伦文明发端之际，死亡主题已经在人类文学中奏出了前所未有的沉重声音。这声音在后代文学中不断地发出回响，变奏出诸如“宇宙意识”“无常”“虚幻”“及时行乐”“超世飞升”“仙化”等五花八门的曲调，形成文学发展史上历久而常新的永恒主题。

二、族类的不朽：儒家的“孝”

面对死亡意识的巨大威胁，中国的儒家思想采用了两套相辅而成的超越观念，一套是有关族类不朽——种族永恒延续——的观念，另一套是关于个体精神不朽的观念。让我们先来看看前一套观念。

人类社会的基层组织形式有以下三类：血缘类如家族；地缘类如乡亲；业缘类如同行。三类之中唯有血缘类组织是最原始、最自然的结合方式，不论在哪种文化之中，它都构成社会结构的基础。在中国传统社会中，家族占有着更为突出的重要地位。“中国人的人际关系讲究五伦，即君臣、父子、夫妇、兄

[1] 参看铃木修次：《中国文学与日本文学》，中译本，海峡文艺出版社1989年版，第158页。

弟、朋友。五伦中血缘即居其三，另外两伦，君臣拟父子，朋友拟兄弟，广义地说，都是属于血缘的。离开宗族亲戚，中国社会便没有着落，中国的人伦道德也无从说起”[1]。在同西方相比较的意义上说，中国文化对家族社会的重视远远超过了对个体社会成员的重视，因此在五四以后接受了西方思想影响的先进知识分子如鲁迅等，总是把批判封建家族制度和倡导个人主义作为两个基本主题。殊不知，中国的家族制度和族类观念是深深地植根于中国社会土壤之中，构成传统文化有机成分的。它们在消除死亡恐惧，维系中国人的精神平衡状态方面所发挥的重要作用，绝不亚于西方的宗教。而个人主义之所以在传统文化土壤中不能生根，乃由于它与儒家的基本精神背道而驰。

研究东西方文化中不同的自我观念的学者们注意到，中国人的自我观念的特殊性在于，“自我本质上是一个延续的家族在血缘上的发展部分，是个人所属家族的特定祖先的逐渐继续”[2]。从发生学的立场上看，这种儒家自我观念的一项重要的原始功能便是从精神实质上打消死亡焦虑。由于个人的肉体永生是不可能实现的，可是儒家思想便强调族类的永恒绵续，使个体的有限生命成为这无限的家族生命绵续中的一个环节，从而使有限加入了无限的序列，短暂的人生融进了与天地同寿的社会进化历程。

从族类不朽的立场出发，个人所应承担的基本社会义务便是如何保证家族生命延续的问题，这也是个体把自己的有限生命扩展到无限序列之中的前提条件。儒家思想用一个字来表达这个问题和这个条件，那就是“孝”。

孝的伦理是中国文化的核心范畴，这是世所公认的。但是孝作为儒家思想中足以使个体超越死亡焦虑的强大精神支柱，其宗教学的和心理学的价值迄今尚未得到充分的重视和阐发。在当代人的观念中，孝似乎主要指儿女对

[1] 杜正胜：《编户与齐民——传统的家族与家庭》，见《港台及海外学者论中国文化》，上海人民出版社1988年版，第216页。

[2] 马赛拉（A.J.Marsella）等：《文化与自我》，中译本，江苏文艺出版社1989年版，第20页。

父母的孝顺之道。然而从“不孝有三，无后为大”的著名古训中可以看出，孝的原始意义在于为家族传宗接代，使个体的有限生命成为族类生命无限延续的环节和具体保证。这样看来，在后世被当成伦理规范的孝原来却是一种独特的生命哲学。按照这种生命哲学，人生在世的意义既不是像基督教那样追求精神的自我解脱与不朽，也不是像印度教那样为来世生活做准备，而是充分实现生命的现世价值——生命的再生产。可见，孝的生命哲学是一种典型的重生哲学，它对于铸塑中国人的注重现世生活的人生态度，对于推动中国人口的繁衍增长，实在是功不可没。

《易·序卦传》云：“有天地然后有万物，有万物然后有男女，有男女然后有夫妇，有夫妇然后有父子，有父子然后有君臣，有君臣然后有上下，有上下然后礼义有所措。夫妇之道不可以不久也，故受之以恒。”这段议论把国家社会和礼义道德的本源追溯到男女之间的两性结合，实际上是一种唯生殖主义的社会观，其基础又是以天为父，以地为母的原始生殖崇拜的自然观，显然发源于天父地母神话的古老原型。在儒家关于“天地之大德曰生”的观念和原始生殖崇拜之间，确实有着某种一脉相承的思想联系。单个的男男女女只要将自己作为效法天地——宇宙之道——的社会成员，按照“礼”的要求完成再造生命的现世使命，便可望达到“与天地同德”的境界，实现自己生命的价值与意义。相反，如果未能有效地完成生育重任，那么不论个人怎样注重道德修养，怎样为社会做出贡献，也都难免被社会视为未能尽到生命职责的人，因而愧对家族的列祖列宗，被归入“不孝”之列。

孝的生命哲学对于铸塑中国人的民族性格，发挥了至关重要的作用。在后世发展中，孝的伦理化和制度化派生出种种严格的礼仪规范和信念。子女对父系家长的绝对服从成为孝的基本条件。[1] 这种单方面的长辈对子辈的绝

[1] 在较早的文献如《尚书·康诰》中，“不孝”的内容是双方面的，即指儿子对父亲不尽义务，又指父亲憎恨儿子。

对伦理要求成为封建家长制特有的道德支柱。其弊端是众所周知的。如林语堂先生所说："这种制度在我们心中从小就培养了一种冷静感，使年轻人循规蹈矩，恪守本分。它为我们的孩子们提供了过多的保护。很奇怪，很少有孩子们造反与出逃。在以父母为中心的独裁家庭中，这种制度使年轻人失去了事业心、胆量与独创精神。笔者认为，这是家庭制度在中国人性格形成上最具灾难性的影响。"[1] 又如杜维明先生所述：按照孝的准则，"儿子的自我修养就在于他必须学会压抑自己的欲望，预先满足父亲的愿望，而把父亲的指派则看作神圣的命令。……儒学传统中的儿子完全被父亲的权威所压倒，成了软弱怯懦，优柔寡断，依赖顺从的人物。"[2] 需要注意的是，当我们赞同当代学者对孝道副作用的批评见解时，不应忘记作为汉民族原始生命哲学的孝所曾具有的那种对抗死亡意识、消除死亡恐惧的不可替代的作用，以及它那以族类之不朽为鹄的内在精神实质。

三、个体的精神不朽：德、功、言

除了族类不朽的观念之外，儒家思想中还有另一种克服死亡恐惧的精神慰藉，即个人的精神上的不朽观念。关于个人精神上的不朽，可以说世界各主要文明都培植过类似的观念，因而不能说是中国文化独有的东西。但儒家关于个人精神不朽的看法毕竟有其不同于其他文化之处，这主要表现在有关精神不朽的价值序列上。早在《吉尔伽美什》史诗中，已经明确透露了人类最早的关于个人精神不朽的意识。当恩启都在征伐杉妖之前感到死的恐怖时，主人公吉尔伽美什用这样的话来劝他：

[1] 林语堂：《中国人》，浙江人民出版社 1988 年版，第 152 页。
[2]《儒学思想中的自我性态与他人》，见马赛拉等著：《文化与自我》第 7 章。

“我的朋友啊，谁曾超然人世升了天？

在太阳之下永生者只有神仙，

人的寿数毕竟有限，

人们的所作所为，都不过是过眼云烟！

你在此竟怕起死来，

你那英雄的威风为何消失不见？

让我走在你前！

你的嘴要喊：‘不要怕，向前！’

我一旦战死，就名扬身显——

‘吉尔伽美什是征讨可怕的芬巴巴，

战斗在沙场才把身献’，

为我的子孙万代，芳名永传。”（第38页）

这位4000年前的英雄已经充分意识到在有限的肉体生命之外尚有一种无限延续的精神价值，即所谓“名扬身显”，把自己的名字作为某种功绩的象征流传到子孙万代，融入无限延续的历史长河。吉尔伽美什正是用这种精神不朽来劝说友人打消死亡恐惧的。这种留名的意识在古希腊史诗中发展为一种强烈的荣誉观念，在文艺复兴以后的西方文化中又同中世纪的骑士荣誉观相融合，一直延续到当今。相比之下，中国自古亦有类似的不朽观，俗语中所说的“雁过留声，人死留名”即是明证。不过，在以儒学为宗的传统思想中，对于人死留名仍有详尽的价值区分序列，那便是以何种名声留传于世的问题。著名的“三不朽”说早自春秋时期便明文提出，《左传·襄公二十四年》记载叔孙豹答范宣子的一段议论如下：

范宣子逆之问曰：“古人有言曰，死而不朽。何谓也？”穆叔未对。宣子曰：

“昔匄之祖，自虞以上为陶唐氏，在夏为御龙氏，在商为豕韦氏，在周为唐杜氏，晋主夏盟为范氏，其是之谓乎？”穆叔曰：“以豹所闻，此之谓世禄，非不朽也。鲁有先大夫曰臧文仲，既没，其言立。其是之谓乎？豹闻之，大上有立德，其次有立功，其次有立言。虽久不废，此之谓不朽。若夫保姓受氏，以守宗祊，世不绝祀，无国无之，禄之大者，不可谓不朽。

叔孙豹在答问中特别把“不朽”同“世禄”相区别。这里所说的“世禄”近似于族类的不朽，叔孙豹认为这不是真正的个人之不朽。个人之不朽的途径有三：立德、立功、立言。如果个人能够在有限生命之年中达到某种道德成就的境界，或能建立某种功业，或能在学术思想方面、艺术创作方面留下“一家之言”，这就可以使他的名声随之而延续，“虽久不废”，达到精神不朽的目的。据杜预《左传》注可知，叔孙豹所说的“大上立德”，作为最高层次的精神不朽，指的是像“黄帝、尧、舜”这样的古代圣王，对于一般人来说几乎是可望而不可即的。“其次立功”作为不朽的第二级目标，其远古榜样是大禹和后稷那样流芳百世的英雄。作为第三级目标的“立言”，相对来说更容易做到。所以，自古及今，对于立功、立言的追求成为中国知识分子和将相王侯们所关注的主要理想目标。像“大丈夫当立功疆场”的慨叹和“文章经国之大业，不朽之盛事”的说法，分别标示着人们对这两种精神不朽的认识与向往。

三不朽说的确立在中国思想史上具有划时代的重要意义。它在原始的不死信仰同文明社会的人生观念之间画了一道明晰的界限，给中国传统文化的价值观念提供了追求精神不朽的基本标准，对于将肉体不死的原始奢望转换提升为精神不朽的现实追求目标，对于消除死亡恐惧、平衡中国人的文明心态，都有不可估量的作用。

三不朽说将立德作为至高无上的人生理想，它一方面体现了中国文化的伦理本位特征，另一方面又反过来强化了泛道德主义的人生哲学。钱穆先生曾把立德、立功、立言的顺序加以重新排列，认为立言、立功均有赖于外界条件和机缘配合，不是人人可能的。“只有立德，是没有条件的，人人能之。所以中国古人把立德奉为第一位。若我们把世界人类历史细细地读。做一统计，究竟哪一个民族包含此种崇高品德的人最多些，只有推中国。这也是中国文化传统提倡立德之所致”[1]。换言之，中国文化中没有对死后天国境界的宗教向往，对付死亡恐惧的主要方式是世俗性的道德品格的追求。唯其如此，我们才能在对待死亡意识的不同态度方面找到中西文化差异的一个根源。

中国是世界上保存文字记载的历史、文学作品最丰富的国家，这同历代知识分子追求立言的不朽境界不无关系。按照高低层次顺序，立言虽是三不朽中居后位的一个，但是相对来说更为切实可行。文崇一先生曾说，立言是知识分子的末路，前两阶层都爬不上去，只好写点文章发泄发泄，当作欲望上的满足。这种说法虽未免偏激，但还是不无道理的。只是文先生忽略了立言不仅仅是生者的现实发泄，而且也是延长个体生命，达到精神不朽的重要途径。

四、加入循环：道家的不死信仰

与儒家的理性主义态度形成鲜明对照的，是面对死亡问题而采取非理性主义态度的道家思想。与孔子那种“不语怪力乱神”的现实精神截然相反，道家思想就其实质而言乃是对神话思维成果的全面继承与发展。因此，在老庄一派的著作中，神话色彩浓重的神人、真人等取代了儒家所谓圣人，成为

[1] 钱穆：《中国文化十二讲》，台湾东大图书公司1985年版。

人生追求的榜样。如果说儒家的不朽观建立在一种直线性的无限延长的时间观念基础上，如族类的永久绵续或德、功、言的芳名永传所体现的那样，那么道家的不朽观则建立在神话思维的循环时间观念之上。循环模式的自然基础是日月的周期性运动，神话思维从中抽象出阴与阳、光与暗、生与死的对立与转化，并用一个字“道”来总括宇宙间一切循环变易的现象，甚至将许多虽有明显的外在变化却无循环特征的事物也硬套进循环模式之中。人生在世，不必汲汲于名利功业的追求，不必操心族类的延续与否，只要能顺应大自然的循环变化，加入到宇宙之道的运行秩序之中，也就无所谓生与死的区别，更无须被死亡焦虑所困扰了。《庄子》一书中的几段话，充分显示了道家的这种循环生命观：

少知曰：“四方之内，六合之里，万物之所生恶起？”

大公调曰：“阴阳相照相盖相治，四时相代相生相杀，欲恶去就于是桥起，雌雄片合于是庸有。安危相易，祸福相生，缓急相摩，聚散以成。此名实之可纪，精微之可志也。随序之相理，桥运之相使，穷则反，终则始。此物之所有，言之所尽，知之所至，极物而已。睹道之人，不随其所废，不原其所起，此议之所止。[1]

芴漠无形，变化无常，死与生与，天地并与，神明往与！……彼其充实不可以已，上与造物者游，而下与外死生无终始者为友。其于本也，弘大而辟，深闳而肆，其于宗也，可谓稠适而上遂矣。虽然，其应于化而解于物也，其理不竭，其来不蜕，芒乎昧乎，未之尽者。[2]

由于循环之道是终始相接的，因而也可以说是无始无终的流动，就像

[1]《庄子集释·外物》，中华书局1961年版，第914页。
[2]《庄子集释·天下》，中华书局1961年版，第1098—1099页。

日月相代，四季相生，未有穷尽。人生为气之“聚”，死为气之“散”，但“散”为“聚”之前提条件，所以死也就成了新生的准备，或者说是重返生命本源——“以死为反也”。[1] 这样，生死的界限就成了表面的东西，而实质上则是没有界限的。庄子说“孰知有无死生之一守者，吾与之为友”[2]，正是这个道理。

按照道家的观点，个体生命的不死不仅是可能的，而且是用不着竭心尽力去追求的东西，关键在于领悟宇宙之道的循环变易规律，顺应自然而已。庄子借用神话传说，罗列出一批“得道者”形象，作为获得个体不朽的典型：“夫道……先天地生而不为久，长于上古而不为老。狶韦氏得之，以挈天地；伏戏氏得之，以袭气母；维斗得之，终古不忒；日月得之，终古不息；堪坏得之，以袭昆仑；冯夷得之，以游大川；肩吾得之，以处大山；黄帝得之，以登云天；颛顼得之，以处玄宫；禺强得之，立乎北极；西王母得之，坐乎少广，莫知其始，莫知其终。”[3]所有这些得道者，之所以达到了齐生死，无始终的境界，原因在于他们同神话史诗中的羿和吉尔伽美什一样，加入了太阳的循环旅程。西方文学批评家归纳出的“不死”原型模式主要有两种：

（1）从时间中逃脱：重返乐园的理想境界，也就是人类失去不死性之前所享有的那种永生极乐境界。

（2）神秘地化入循环时间中：无休止地死与再生的主题——人类通过加入自然永恒循环的宏大而神秘节奏，获取一种周而复始的不死性。[4]

在中国文学史上，这两种超脱死亡的原型模式都很常见，前者以登天和成仙为常见母题，后者在老庄思想中发挥了重要作用。人的生与死被看成“通天下一气”的流衍变化，也就等于先天地进入了循环时间，生生死死，死死

[1]《庄子集释·桑庚楚》，中华书局 1961 年版，第 802 页。
[2]《庄子集释·桑庚楚》，中华书局 1961 年版，第 802 页。
[3]《庄子集释·大宗师》，中华书局 1961 年版，第 247 页。
[4] 居因（W.L.Guerin）等编：《文学批评方法要览》，1966 年英文版，第 120 页。

生生，不过是“臭腐复化为神奇，神奇复化为臭腐”的形态变化，又有什么值得大惊小怪，忧愁焦虑的呢？可以说，老庄的循环生命观对于克服伴随着文明而来的死亡恐惧，具有独特的精神作用，由此而导出的高超傲岸的人格，在中西思想史上占有突出地位。

如众所知，悦生恶死作为人之常情，在文学中的表现可谓源远流长。从巴比伦史诗中吉尔伽美什同恩启都亡灵对话，到荷马史诗中英雄游地狱，都表现出对生的无比留恋，对死的由衷拒斥。可是在庄子笔下，我们却看到了完全相反的主题——悦死恶生。《大宗师》篇用了一对比喻，把生说成是“附赘悬疣”，把死说成是“绝疣溃痈”，即解除人身上的恶性肿瘤。这样一种前所未有的观点据说是从死后的人那里得来的，对于他们来说，活着的人不愿意死才是最大的执迷不悟。著名的骷髅寓言把庄子这种悦死恶生主题表现得十分生动。庄子自述他见到一具骷髅，向他发问是怎样致死的。问完后枕着骷髅睡了一觉。骷髅托梦答复庄子的问题：“你刚才所问的话出自活人的烦恼，而死人才没有这种烦恼呢。让我讲讲死的快乐吧。死后不再有君臣礼法的束缚，没有饥寒痛病之苦，无忧无虑地与天地自然共长久，其乐趣比当万人之王还要妙得多呢！”庄子说：“难道这是真的吗？假如我让生命之神恢复你的形体，把你送回到活着的亲朋好友中间，你愿意吗？”骷髅万分厌恶地摇头说：“我怎么会舍弃这为王般的快乐而重新陷入人生的苦役呢？”就这样，庄子用针锋相对的办法去打消人们悦生恶死的普遍心态，意在从根本上使人摆脱死亡恐惧的沉重压迫，获得精神上的解放。

道家思想中的循环生命观还常常用原始神话中的变形物作为表现原型。如《庄子·寓言》中所提到的“蜩甲”“蛇蜕”，显然是以蝉的脱壳和蛇的蜕皮现象为生命循环变形之象征的。后来的神仙信仰大大利用了这类神话原型，炮制出尸解成仙的不死之梦，其流传之广，影响之大，弥漫于整个传统文化之中。神仙家认为人类若能像蝉、蛇之类动物那样脱去皮壳，便也能获得返老还童的再生能力。《淮南子·精神训》就把神仙不死的奥秘揭示为“抱素守精，蝉蜕蛇解，游于太清，轻举独往，忽然入冥”。《史记·封禅书》记述了燕人宋毋忌、正伯侨等“为方仙道，形解销化，依于鬼神之事”。《史记集解》引服虔曰：“尸解也。”又引张晏曰：“人老如解去故骨则变化也。今山中有龙骨，世人谓龙解骨他去。”所谓龙骨不过是动物化石，古人把化石与尸解成仙的观念相互印证，实际上是灵魂脱离躯体而独立存在的原始信仰的复活。神仙家就这样利用原始信仰编造出人类不死之梦，使受到死亡恐惧折磨的人们重新燃起永生的希望之火。仲长统《见志诗》二首之一便明确把尸解仙化作为自己的“志”：

飞鸟遗迹，蝉蜕亡壳。腾蛇弃鳞，神龙丧角。至人能变，达士拔俗。乘云无辔，骋风无足。……[1]

在这里，理想的“至人”和“达士”同蝉蛇等变形动物一样，其不朽生命力在于“能变”，也就是用循环的变化战胜了单一的、静止的死亡。不死一旦从愿望变成信仰，就必然有广大的信徒为之宣传。在这种情况下，只有极少数人才能在普遍信仰的狂热之中保持冷静和理智。王充《论衡·道虚篇》尖锐地指出：“物无不死，人安能仙？”如谓不死免去皮肤乎？诸学道死者骨肉俱在，与恒死之尸无以异也。夫蝉之去复育，龟之解甲，蛇之蜕皮，鹿之堕角，壳皮之物解壳皮，持骨肉去，可谓尸解矣。今学道而死者，尸与复育相似，尚未可谓尸解。”王充仅仅抓住得道成仙之人的尸骨与常人尸骨无异这一点，否定了人能像变形动物那样通过脱却皮壳而“尸解”的可能性。从王充的反对意见中，仍可看出仙道文化建立其不死信仰的基础仍是古神话

[1]《先秦汉魏晋南北朝诗》，中华书局版，第 205 页。

中的原型。蛇皮、鹿角这些曾被原始巫师奉为不死象征的神异之物，现在统统为论证尸解说而派上了用场。除此之外，神仙家又从尸解中引申出什么剑解、火解、水解，使不死信仰落实到许多有仙道事迹的死者身上。曾著有《养生论》的嵇康被司马氏杀害，这是历史上众所周知的事件。但高彦休《唐阙史》卷上记丁约曰："道中有尸解，有剑解、火解、水解；唯剑解实繁有徒，嵇康、郭璞非受戕害者，以此委蜕耳。"这话意思是说，嵇康等被杀戮只是表面现象，实际上是通过"委蜕"变化而加入了循环时间，获得了长生不死。

同样的不死信仰也被应用到道家思想的鼻祖老子身上。隋薛道衡《老氏碑》云：

> 庄周云："老聃死，秦佚吊之，三号而出，是为遁天之形。"虽复傲吏之寓言，抑亦蝉蜕之微旨。"

道教徒们为了证明成仙得道的可能性，把老子视为不死之神仙。但庄子却明明说过"老子死"的话。为了调和这种死与不死的矛盾，蝉蜕尸解说又派上了用场。蝉从蛹到爬虫，再到飞蛾，最后复归于蛹，这种循环变形最能说明生命通过变形而达到自我更新的神话哲学。所以，老子，这位首先倡导宇宙之道循环运动而不殆的大思想家，自己的死也被后人视为蝉蜕，即生命循环运动的实例。

总结本章的讨论，不难看出，中国文化中儒道思想的分野在相当大程度上取决于它们对待死亡意识的态度和抗拒死亡恐惧的不同方式。儒家以反神话思维的理性态度，继承了原始生殖崇拜的思想，并把它伦理化为"孝"的学说。希望通过族类的延续来战胜死亡，或通过德、功、言的途径在直线性的历史长河中达到个体不朽；道家却用神话思维的非理性态度，把生命不死的思想建立在循环时间观之上，并利用变形神话制造出尸解说，成为神仙道教的理论奠基，在中国文学史上派生出游仙诗、度脱剧等一系列以“不死成仙”为主题的作品。

至此，重温西方哲人关于死亡意识是人类世界观之基础的话，或许能够有新的领悟吧。

THE EIGHTH PART

第八章

帝王与太阳

- “夔一足”的所以然
- 感生神话的逻辑
- 黄帝与神话的法典功能

本章将考察英雄—太阳的原型在中国传统文化中的一种置换形式，即帝王—太阳的神话认同关系，并通过“夔一足”“玄鸟生商”和“黄帝四面”等神话的跨文化研究，阐释帝王与太阳的原型在上古意识形态中的重要作用及隐含意蕴。

一、“夔一足”的所以然

在论及中国古神话的“历史化”问题时，中外学者都常常举出“夔一足”的例子，旨在说明神话中可能出现的奇异现象到了后代理性人那里便被曲解为合乎理性逻辑的历史事件，从而使远古神话“消解”无闻。[1]有鉴于此，现代神话学家采取了与“历史化”正相反的还原方法，用神话思维的逻辑去重新阐释被“历史化”了的神话，恢复初民们想象中的真实图景之原型。

不过，晚近学者虽然大都倾向于把夔看作神话的形象，但对这一形象的特征及其本质却尚未做出符合神话思维逻辑的说明。换句话说，就是只知夔其然（是神话形象），而不知夔所以然（是什么神话形象，为什么）。本文拟从夔形象的基本特征入手，用比较神话学的方法对问题做出新的阐释，以期探明这一神秘形象的实质及其发生原因。

要言之：夔是太阳神的幻化。

夔是中国上古文化中最常见又最神秘莫测的一个象征。它最晚在商代神话中便出现了。考古学家们认为，商代铜器上屡见不鲜的饕餮图纹，多为两个夔的图像所组成：

[1] 杰克·波德（D.Bodde）：《中国古代神话》，见《中国文明论集》，普林斯顿大学出版社 1981 年版，第45—84 页。

有的夔形基本未变，构成的饕餮只粗具外形，与独立完整的饕餮相距甚远；有些夔形则发生了程度不同的分解演变，由双夔合成的饕餮也在不同程度上表现得独立完整；直至在此基础上进一步加工，成为结构严谨浑然一体的平面或凸出的饕餮之形。其中，也有的体形发生了演变，成了幻想化了的一足奇兽，即后人称为一足之夔的形象。从现在发现的大量青铜饕餮中的夔形来看，大多是一足之物，演变的痕迹依然存在。[1]

在商代甲骨文之中，文字学家们也找到了以“一足”为特征的夔字，夔不但受到崇拜和祭祀，而且还被当时人称为“高祖”，也就是殷人的始祖神。[2]夔字在甲文中本作夋字，学者们以为夔、夋、喾、舜及《山海经》中的上帝俊其实都同出一源。[3] 考察甲骨文中夋字字形，人们又发现好像一个鸟头人身的怪物蹲着的形象。根据《淮南子·精神训》“日中有鸟”的记载，有人以为（夔）即商人图腾之玄鸟。[4]

这里显然存在一个明显的矛盾：夔的字形既像飞鸟，又像一足的爬虫。这种奇妙的组合在青铜器夔纹图中也十分明显。任何理性的逻辑也无法对此做出圆满的解释。《说文》释夔“如龙，一足，从夂，象有角手人面之形”。参照甲文可知，许慎所说“有角手人面”实为鸟头与鸟啄之形。那么，鸟和一足之龙为什么在神话思维中化合为一体了呢？有人推测，“在灭夏之前，殷人已经形成一个大的氏族联合集团。在这个联合集团中，以夔为图腾的氏族集团和以鸟为图腾的氏族集团，是其中的主要成员，而在两个集团联合时，以夔为图腾的氏族集团可能更为主要，从而形成了以夔形为主综合鸟形及其

[1] 于民：《春秋前审美观念的发展》，中华书局 1984 年版，第 87 页。
[2] 白川静：《甲骨文的世界》，中译本，台北巨流图书公司 1977 年版，第 59 页。
[3] 吴其昌：《卜辞所见殷先公先王三续考》，《燕京学报》第 14 期，1933 年。
[4] 吴其昌：《卜辞所见殷先公先王三续考》，《燕京学报》第 14 期，1933 年。

他兽形特征的情况。”[1]对此推测笔者不敢苟同。如果这种“综合”图腾说能成立，那么殷墟妇好墓中新出土的玉鸟与玉龙又该做何解释，两者分明是独立的崇拜物。

商人以鸟为图腾且崇拜太阳，其王祖皆以日为名便是太阳崇拜的明证。那么，在其图腾玄鸟与太阳之间有没有关系呢？从比较神话学的角度看，这种关系是自然而然的，也是十分普遍的。太阳每天从天空经过，在神话思维中很容易被设想为有翅膀的鸟类生物。古埃及人用神鹰的形象来标志太阳神；古赫梯人的太阳神也是生有翅膀和尾翼的形象。可见玄鸟也好，燕子也好，凤凰也好，[2]这些能够飞翔于天，并且具有定时的出没循环规律的所谓“候鸟”，在神话思维中是可以和具有类似定时隐现规律的太阳类比认同的。这样理解后，商人对鸟和日的双重崇拜便可统一起来了。

一足之龙又是怎么同太阳类比认同的呢？考察世界神话中“一足”神的发生原因，我们发现，原来也是由太阳的循环运行现象中幻化出来的神话思维产物。人类学家利普斯的一段描述须再次引用如下，“……既然天和地在地平线上似乎是长在一起的，故人经常相信每天两者在西方要分合一次，而每天黄昏太阳必须从两者之间小裂缝中通过。这是一件危险的事情，太阳在悄悄通过时经常受伤，被挤掉他的尾巴或大腿。希腊人的‘西姆普莱加代斯神话’认为两块岩石能开能关，就出于这种信仰。澳大利亚人的太阳神只有一只好腿，另一只在旅行中弄成残废了。墨西哥人的太阳神同样是个跛子，某些古老的法典表明，他的左边残肢还流着血，但是这里岩石被鱼所代替。这一观念引导出鱼夜晚吃了太阳而白天又吐出来的‘约拿神话’，和上述‘西姆普莱加代斯神话’相结合。关于落日为黑夜所‘吞噬’，早晨又‘吐出来’，

---

[1] 子民：《春秋前审美观念的发展》第 49 页。

[2]古人把玄鸟和凤相混同，参看朱芳圃：《中国古代神话与史实》，中州书画社1982年版，第78页。又：闻一多：《龙凤》，《闻一多全集》，三联书店1982年版。

埃及神话中吞吐太阳的也是女神：努特吐生太阳

光亮之球便重新浮现的神话，也是很古老的。”[1] 根据上引材料判断，欧洲、澳洲和美洲这些时空差异极大的文化中不约而同地产生了太阳神一足的神话观念，这就足以说明该观念是以人类所处的共同的自然环境为现实基础的，也是以人类初民神话思维的普遍规律为主体发生根源的，因而也是有一定的必然性的现象，不能看成是纯偶然的巧合。相比之下，亚洲神话中的一足夔是否可以按照同样的普遍逻辑理解为太阳神的形象呢？根据殷民族崇拜太阳，用十个太阳的序数（十干）来命名自己的先王，且又视夔为“高祖”，可以确认一足之夔非太阳神莫属了。与希腊神话中天地接合处的活动岩石、墨西哥神话中吞吐太阳的大鱼相对应，在卜辞中可以看到在东方和西方各有一位“母亲”，被称为“东母”“西母”，对她们的祭祀要用“三牛”甚至“九牛”为牺牲。[2] 陈梦家以为她们是日月之神，实不如看作主管吞吐日月之神，因为古埃及神话中吞吐太阳的也是一位“母亲”。[3] 大概夔失去的一足便是在经过母口时不小心被咬掉的吧。殷人之所以用牺牲来祭祀这两位主管日之出没的地母神，或许是为了乞求她们不要把太阳神夔的唯一一条腿也咬掉吧。

又因为太阳白昼运行在天上，夜间则进入海底或地下，所以在神话思维中的太阳神只具有飞鸟的特征还不够，还须具备“潜渊”或“入地’的本领，这便是龙蛇之类爬行动物的专长了。回过头来再看夔或的形象，这个鸟头龙身一足的奇妙生物不是正好符合了太阳升天入地的水陆空三栖本领吗？后代

[1] 利普斯：《事物的起源》，中译本，四川民族出版社 1982 年版，第 357—358 页。
[2] 陈梦家：《殷墟卜辞综述》，科学出版社 1956 年版，第 574 页。
[3] 尼尔森（N.C.Nielsen）等编：《世界上的宗教》，纽约，1983 年英文版，第 36 页。

神话之所以异口同声地说太阳中有“三足鸟”，原来是把龙的一足和玄鸟的二足加在一起了。否则，谁又真的看到三足的动物呢？

理性思维的现代人或许想不通，爬行动物与飞禽怎么能混同一体？然而，在神话思维的时代，这种混同却是常见的现象，究其原因，也同太阳有密切关联。“墨西哥的大神圭察戈突原意为‘有羽的蛇’，他不但是‘太阳的人’并且是风的神；这个神源于马耶人的kukulcan，本来还有雷神之意。在中美热带地方，中午的太阳引云绕其周围很像蛇形，由此而发生雷电及雨，故构成如上的信仰。”[1]在这里，我们不但看到了爬行动物蛇与飞禽的神话式混同，而且了解到太阳神亦可兼任风雨雷电之神的奥秘，回过头来再看《山海经·大荒东经》所描述的夔的形象，就不至于困惑不解了：

东海中有流波山，入海七千里。其上有兽，状如牛，苍身而无角，一足，出入则必风雨。其光如日月，其声如雷，其名曰夔。黄帝得之，以其皮为鼓，橛以雷兽之骨，声闻五百里，以威天下。

这里的夔已具有了雷神的特征，形貌也变得近似于牛（甲骨文中的夒字也有写成近似牛首人身形的），但从其基本特征——能带来风雨，一足，发光如日月——来判断，显然还保留着太阳神的原始特点。

爬行动物与飞禽怎么能混同一体？献给太阳神的木碑牌：拉神如同法老一样端坐在王位上，手持象征皇权的牧杖和连枷，鹰头上顶着日盘和毒蛇，上方是他的两只眼，象征着永恒的光。现存巴黎卢浮宫

[1] 林惠祥：《人类学论著·神话学》，福建人民出版社 1981 年版，第 114 页。

弄清了夔作为太阳神的原始身份，再考察他的异名也就容易理解了。夔字从夋，夔的本字在甲骨文中便作夋，也就是后来《山海经》中同羲和生了十日的帝俊，显然也是太阳神身份无疑了。

俊字在今人心目中是形容男性美貌的专用字汇，但其原始蕴含却偏重于男人所特有的阳性生命力。中国上古的农作物生殖神叫“稷”，这个字的造字结构表明它只不过是阳性生命力在田地中的表现。最能说明问题的例子出自《老子》五十五章：

含德之厚，比于赤子。毒虫不螫，猛兽不据，攫鸟不搏。骨弱筋柔而握固。未知牝牡之合而朘作，精之至也。

这里的朘字在别的版本中又写作峻。《玉篇》一书中说：“朘，赤子阴也。亦作峻，《声类》又作屦。”可见朘与峻都是指男性生殖器，也就是阳具，阳性生命力的所在。这样看来，夋字加上人字旁变成俊，表示的乃是人格化的阳性生命力，而宇宙间阳性生命力的总根源称“太阳”，俊也自然是太阳的人格化形象了。后代用俊字作为男子的美称，其阳性生命力的本义才逐渐被掩盖了。

夔的另一个别名叫舜，而《山海经·大荒东经》所述中容之国的帝俊同舜的事迹相似，故晋人郭璞注《山海经》说：“俊亦舜字假借音也。”清代郝懿行对此表示怀疑：“《初学记》九卷引《帝王世纪》云：‘帝喾生而神异，自言其名曰夋。’疑即俊也，古字通用。郭云俊即舜字，未审何据。《南荒经》云：‘帝俊妻娥皇。’郭盖本此为说。然《西荒经》又云：‘帝俊生后稷。’《大戴礼帝系篇》以后稷为帝喾所产，是帝俊即帝喾矣。”在这里我们看到了中国上古神话中异名同实现象的典型例子。已知夔的别名、俊、喾、舜等全都在后来的发展演变中变成独立的人格，其实都不过是从原始太阳神的某一方面特征（如发光，阳性力量，鸟形等）引申开来的。郝氏仅从训诂上推究，当然不明此中奥秘。袁珂先生说：

郝说帝俊即帝喾，是也。然谓“郭云俊亦舜字，未审何据”，则有说也。《大荒南经》“帝俊妻娥皇”同舜妻娥皇，其据一也。《海内经》“帝俊生三身，三身生羲均”，羲均即舜子商均。其据二也。《大荒北经》云：“（卫）丘方圆三百里，丘南帝俊竹林在焉，大可为舟。”而舜二妃亦有关于竹之神话传说，其据三也。余尚有数细节足证帝俊之即舜处，此不多赘。是郭所云实无可非议也。[1]

实际上，不仅是商代的高祖夒在后代传说中分化为不同的人格神或帝王，像黄帝、尧、炎帝、汤等许多古帝王都很可能自原始太阳神演化而来。对于帝王与太阳的这种神话认同关系，拟在本章下两节讨论中再展开具体的说明。

二、感生神话的逻辑

关于商代始祖诞生的神话是众所周知的：有娀氏女简狄吞了玄鸟卵而生了商人之祖契。但我以为对这个神话的真相及潜在含义却至今未有确解，其症结是在简狄为帝喾次妃说和简狄因卵而孕说之间存在着难以圆说的矛盾。吴其昌先生写道：

按夋即帝喾，帝喾为商之始祖……故帝喾生契，即俊生商也。商既为夋

[1] 袁珂：《山海经校注》，上海古籍出版社1980年版，第345页。

所生，而《诗·商颂·玄鸟篇》云："天命玄鸟，降而生商"，是《诗》又以商为玄鸟所生，故郑《笺》云"天使鳦下而生商"，故玄鸟即夋也。夋为玄鸟，宜状为鸟啄人身矣。此甲骨契文，与经典相印证者。盖商民族心目中之始祖，为天降鸟啄人身之神，宜其神名夋，故后世或以其始祖为玄鸟，或以为帝俊；不知帝俊、帝喾、玄鸟，并为一身；亦即神，亦即人，亦即动物也。《楚辞·天问》云："简狄在台，喾何宜？玄鸟致贻，女何喜？"此二语究应作何解，今不可确知，但足证玄鸟与喾有不可分离之关系。[1]

时隔 40 余年，陈子展先生研究《诗经》的新著又提出了类似的难题：

《楚辞·离骚》云："望瑶台之偃蹇兮，见有娀之佚女。""凤凰既受诒兮，恐高辛之先我。"又《天问》云："简狄在台喾何宜？玄鸟致诒女何喜？"既说凤凰，又说玄鸟，不知玄鸟凤凰是一是二。既云简狄宜喾，又云玄鸟致诒，似谓契本有父而又感生耶？[2]

其实，早自东汉王充作《论衡》时就已有了对此类神话的质疑。2000 年来未得其解的困惑根源实为理性思维与神话思维的不同逻辑。如列维 - 布留尔所言，"我们看待神话，与那些在神话中反映了自己的思维的人们是不一样的。"[3] 现在，我们既然按照神话思维的类比逻辑弄明了夔（夋、喾）的原始身份是太阳神，有关玄鸟生商神话的困惑也就随之冰释了。原来，吞卵而生的观念是从感日而生的观念中派生出来的。由于在神话思维中，死亡总是同黑暗、阴间地狱相联系，生命又总是同光明、阳精即太阳之火相联系，

[1] 吴其昌：《卜辞所见殷先公先王三续考》，《燕京学报》第 14 期，1933 年。
[2] 陈子展：《诗经直解》，复旦大学出版社 1983 年版，第 1196 页。
[3] 列维 - 布留尔：《原始思维》，中译本，商务印书馆 1981 年版，第 435 页。

所以各民族始祖或非凡人物的降生往往被神话说成是因太阳光而怀孕。如古印度大史诗中的处女怀胎故事：

贡蒂随即生下了迦尔纳。他神采奕奕，美丽非凡，就像太阳神一样。他生下来时披着神甲，还戴着一对耳环。他后来成了全世界最伟大的英雄之一。贡蒂由于太阳神的恩典，生下孩子后又成为处女。[1]

赐给全世界以光明和生命的太阳神使贡蒂怀了孕。神的儿子是一怀孕就出生的，用不着像人类那样经过九个月漫长而又苦痛的妊娠期。

这个故事还保持着基于太阳即生命源这种远古信仰的感生神话的原型，而在其他较发达民族的神话中，这一原型“置换”成了各种不同的变体形式，概括起来有以下几大类型：

变体甲：因风受孕。容格早已指出，太阳常被看作是风的来源：“神助之风的观念或许同有生殖力的呼吸（精神）一样，后者恰恰是从太阳神那里流进灵魂中，使灵魂感而受孕。太阳与风的联系在古代的象征系统中经常发生。”[2] 因风受孕的神话可以古代芬兰的《创世歌》为例，其叙述贞洁处女伊里马达尔：

她在碧色的大海中，
在白色的波浪上摇摆不已。
大风吹得处女得了胎，
海水打得她怀了孕。[3]

[1]《摩诃婆罗多的故事》，中译本，中国青年出版社 1959 年版，第 34 页。
[2] 容格：《集体无意识的概念》，《容格选集》，1968 年英文版，第 9 卷第 1 部，第 52 页。
[3] 转引自雅罗斯拉夫斯基：《圣经是怎样一部书》，中译本，三联书店 1962 年版，第 46 页。

值得注意的是，甲骨卜辞中的风即是凤鸟[1]，而凤鸟又被说成是帝的使者[2]，这个帝显然也就是太阳神即高祖夒了。理由之一，是《诗经·商颂·长发》有“帝立子生商”之说，实为“玄鸟生商”说的同义语，其间的逻辑中项为：

太阳神 = 天帝 = 阳鸟、玄鸟、凤凰的主宰 = 风的主宰

至于商人心目中的帝与祖先的混同，中外学者们已较有一致的认识。如日本汉学家白川静指出，卜辞中祭天帝的仪式“禘”同时也是祭祖的仪式。美国华裔人类学家张光直亦指出：商人“始祖与神祇的分别并不明确，而其彼此的世界互相重叠。神界的上帝至尊神或为先祖的抽象观念，或与某一个先祖相叠合。”[3]由此可以得出推论，所谓“帝立子生商”的神话当复原如下：天帝即太阳神高祖夒以风为使把生命赐予了商人的先妣简狄，使之降生出该族的子民。

太阳在神话中常以阳鸟、大鹏、凤鸟出现。大鹏金翅鸟铜雕像，摄于银川文物商店

变体乙：因灵受孕。这一类型的感生神话以耶稣降生的例子最为典型。处女玛丽亚与丈夫约瑟没有同房，便怀了耶稣，“她所怀的孕，是从圣灵来的。”[4]诚如英国人类学家爱德蒙·利奇（Edmund Leach），所说在今日基督文献中的圣灵感孕故事，产生于史前时代对父性生殖力事实的无知。处女玛丽亚所生之子乃是神之子，这一点便使圣父、圣灵、圣子三位一体的基督教教义得到了强化。[5]

[1] 白川静：《甲骨文的世界》第三章第二节“四方风神”。
[2] 郭沫若：《卜辞通纂》。
[3] 张光直：《中国青铜时代》，三联书店 1983 年版，第 281 页。
[4]《新约·马太福音》第一章。
[5] 利奇：《处女怀胎说》，见《作为神话的创世纪》，日译本纪伊国屋书店 1980 年版，第 170 页。

不过在中世纪的圣母感孕图中，“一只管子或蛇管从上帝之位降下通过她的身体，还可看到鸽子或圣子飞在下面，鸽子代表感孕的媒介，即圣灵之风。”[1]这就使变体乙同变体甲及以下的变体丙相通了。

变体丙：因鸟卵受孕。由于太阳在神话思维中常以阳鸟、神鹊、乌鸦、金鸟、大鹏、鹰鹫、凤鸟、玄鸟等飞禽的形象出现，所以传播原始生命力的太阳光也就常被“置换”成飞禽类产下的“卵”了。考古材料表明，我国新石器时代河姆渡文化出土骨匕上已可看到太阳鸟的形象，[2]可知这种神话式的认同观念由来已久。《淮南子》说“火气之精者为日”[3]，《春秋孔演图》则说“凤为火精”[4]，而玄鸟之卵又被视为“凤子”[5]。可见因玄鸟卵而受孕也就是因日精或火精而受孕。作为旁证，还可以举出《春秋元命苞》中的一句话：“阳成于三，故日中有三足乌者，阳精也”[6]。属于同类型的感生神话，还有满族的神鹊朱果致孕故事以及朝鲜的“有气大如鸡子”[7]致孕故事。

变体丁：因桑受孕。如《吕氏春秋》卷十四说伊尹生于空桑之中；《春秋孔演图》说孔子亦生于空桑。[8]日本神话学家三品彰英已经指出，所谓空桑即中空的桑木，也即《山海经》等中国古籍中所谓东方的桑树，为太阳每天升上天所凭依之神木。[9]据此可知因桑而孕的本义还是因太阳（光）而孕。

变体戊：因龙而孕。关于中国古代帝王感龙而生，前辈学者多有论述，在此从略。所要补充的是，龙既然和凤一样，也是太阳神的幻化形式，所以

[1] 容格，前引书第 52 页。
[2] 宋兆麟等：《中国原始社会史》，文物出版社 1983 年版，第 407 页图。
[3]《艺文类聚》卷一引。
[4]《初学记》卷三十引。
[5] 前引《礼记·月令》疏。
[6]《艺文类聚》卷九十二引。
[7] 参看《论衡》卷二。
[8]《艺文类聚》卷八十八引。
[9] 三品彰英：《日鲜神话传说の研究》，柳原书店昭和十八年版，第 269 页。

感龙而孕的实质仍是感日而孕。

以上五类变体形式，其实都是从感日而生的神话原型中“置换”出来的，所以，不妨把感日而生的原型看作是感生神话的一种深层结构，把五类变体看做是出自同一深层结构的不同的转换形态即表层结构。这样，我们似可大略地把握到此类神话的发生规律，如下图：

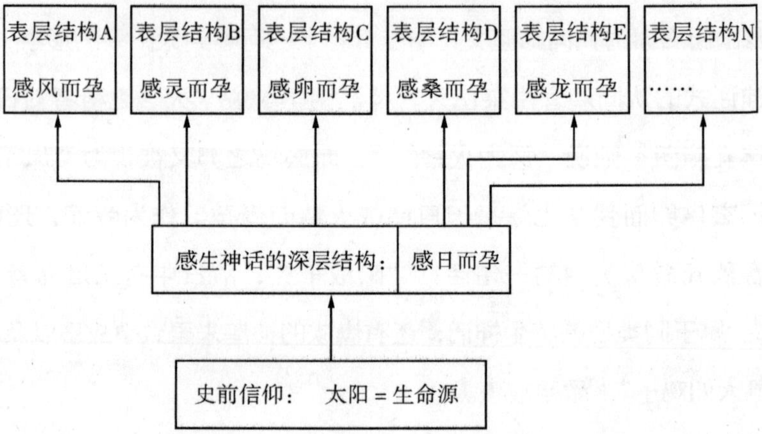

随着崇拜太阳的殷商民族的衰落，以太阳即生命源这种原始信仰为基础的殷商神话到了周秦时代就开始逐渐丧失了本义，曾被视为太阳神化身的高祖夔逐渐演化成了人间的帝王，或改称帝喾，或改称帝俊，其一足的特征也随着自天神到人帝的理性化转化而被扬弃，只是以文字符号和艺术造型符号的形式保存在甲骨刻辞和青铜器遗物上。而夔一足的原初真相虽已湮没无闻，却依然派生出种种变相的后代传说。至于殷商感生神话中因日而孕的童贞女简狄，也就自然被曲说成了变为人帝的喾的妃子了。理由很简单，处女怀胎的观念对于非神话思维的后人来说很容易受到道德方面的责难。从简狄被说成是帝喾的“次妃”，而元妃则由周人祖妣姜嫄充任这一事实来看，很可能是周人对殷商原始神话做了历史化的改造。至于后代帝王感天而生的流行传说，也正是殷人的上帝观念转化为周以后“天”的观念的必然结果。殷人上

帝作为太阳神的身份在后代虽然已经模糊不清了，但人间的帝王自比为太阳神的嫡传后裔，这一象征传统却从商代直接延续下来，积淀为民族的集体无意识。甚至在当代仍会显现出来，成为新的偶像崇拜的原型语汇。

史前时代产生的太阳崇拜之所以能以原型的强大惰性遗留到现代偶像崇拜形式中，或许正如原型语义学家威尔赖特所分析的：“光和统治权是两个出自日常经验的观念，它们是构成神这个复合的原型意象—观念的组成要素。‘上帝是光，在他身上根本没有黑暗’，这种《圣经》的语言是基督教把光确认为神性的象征的各种说法之一。在神学中，光的意象—观念又发展为抽象的全知观念。统治权的意象—观念发展为抽象的全能观念。尽管全知全能的观念是人类智力所不及的，而且用严格的逻辑来检验的话或许还是自相矛盾的，但这些小小的麻烦远远不足以消除其象征性力量。光和统治者的神话观念同全知全能的神学观念发挥着大致相同的语义功能。”[1]

借助于威尔赖特关于光和统治权观念的分析，中国古文化中涉及皇权崇拜的一些无意识现象便可得到新的理解。早在西周文献中，对皇权的崇拜便表现为对光天的崇拜。天又称为昊天、皇天、明明上天、明昭上帝、昊天上帝、皇天上帝，这些称呼在《诗经》《尚

古代统治者总把自己打扮成人间的太阳：埃及托勒密第八王朝 Euergetes 二世（前 170—前 116 年）向鹰头太阳神哈罗埃里斯（老荷鲁斯）及其妻子塔芙娜献祭酒水，Kom Ombo 神庙浮雕。如同所有的法老一样，Euergetes 二世生前也被崇拜为神

[1] 威尔赖特（D.Wheelwright）：《隐喻与现实》，中译文，见《神话 - 原型批评》，陕西师大出版社 1987 年版，第 227 页。

书》中屡见不鲜，表现了自原始太阳崇拜向皇权统治者崇拜发展过渡的特点。杨希枚先生说："因为昊与皞或皓通，而皇字据旧注也有'煌煌''若明''有光'的意思，所以昊天、皇天或昊天上帝、皇天上帝也就都是光明的天神的意思，而经典旧注也就有'皇，天神也''皇皇，天也''上皇，上帝也'之类的注解。"对光天的崇拜落实到现实社会中，自然又同人间统治者结下了不解之缘，帝王的神性特征一般总是首先从太阳神那里移植过来的。"实际上，不唯传说上的古帝是太阳神或感五帝太阳之神而生，而且商人即兼称天神及商王为日或帝，周人也称周王为天子、明王、上帝或皇王、帝、昊天。如《汤誓》载夏桀无道，民众怨而云'时日何丧，予及汝偕亡'，意即这个太阳怎么还不死，我们宁愿同你一起死掉！又如《檀弓》引孔子云'夫明王不兴，天下孰能宗予'。明王虽可解为英明之王，但其所以如此解释者，正以明王即光明太阳之王。……周诗也称人君为'明昭鲁侯'（《泮水》）、'赫赫明明，王命卿士'（《常武》）。魏曹植《责躬赋》犹云'明明天子''赫赫天子'。因此，汉代学者大多认为日象人君，如云'日者众阳之尊，人君之表，至尊之象。'"[1]

看来，古代的统治者为了表明自己的神性，总是千方百计地把自己打扮成人间的太阳。由于这种冒充代代重演，中国的百姓早已习以为常，弄假成真了。在这场空前绝后的历史大骗局中，感生神话的作用无非是提供遗传学方面的"伪证"。然而，哪里有把人加以神化的伪证活动，哪里也就迟早会出现"辨伪"的声音。在华夏之邦，这种叛逆的智慧之声早在帝尧时代的《击壤歌》中已经唱得异常响亮了，其词云：

日出而作，日入而息……帝力于我何有哉？！

[1] 杨希枚：《中国古代太阳崇拜研究·语文篇》，《民间文学论坛》1988年2期；1989年2期。

三、黄帝与神话的法典功能

功能派的人类学家马林诺夫斯基，在南太平洋群岛的土著社会中研究神话在史前文化中的实际作用，提出了著名的神话功能理论。根据这一理论，口传的神话“不只是说一说的故事，而是要活下来的实体。那不是我们在近代小说中所见到的虚构，而是被看作在荒古时曾发生的事实，从那时起便持续影响着世界，影响着人类的命运”[1]。正因为神话具有这种原始的重要作用，马林诺夫斯基得出了神话是“Charter”的命题。Charter 本义为“特许状”“法典”，也有译为“执照”者（详后）。马氏用这个词旨在强调，原始神话作为当时社会制度的证书，作为部落群体宗教信仰和道德的法典，具有神圣的不容置疑的性质，就好比中国历代皇帝的“钦定”诏书一样，后人只有毕恭毕敬地信奉和执行，用不着丝毫的思考或求证。换而言之，神话的特许状或执照功能，又有如一加一等于二，或冬寒夏热之类的普遍公理，用所谓“放之四海而皆准”来形容，实在是再恰当不过了。

随着文明的发展变迁，原始神话的 Charter 功能在后代社会中变得有些模糊了，但也有不少转化为人为宗教的形式继续存在，至今发挥着 Charter 作用。如 1986 年洛杉矶奥运会上，两名犹太田径运动员竟断然放弃了在决赛中争夺世界冠军的机会，原因是决赛日期安排在星期天——也就是《圣经》创世神话中的上帝“钦定”为休息日的“礼拜日”！同样的事例，还可以举出不少。不过，这里我们想先讨论一下中国古神话的 Charter 功能问题。

从我们今天所能看到的，散见于各种古文献中的上古神话的遗存中，要想追溯出这些神话在其产生的时代社会中的实际功能，显然是有一定困难的。

[1] 马林诺夫斯基：《巫术科学宗教与神话》，李安宅译，商务印书馆 1936 年版，第 121—122 页。译文有改动。

不过，这种困难并不意味着马林诺夫斯基的神话功能说不适合于中国神话的研究。专攻中国上古文化的美籍华裔学者、哈佛大学人类学系教授张光直先生就曾依据功能说解释记载在文献中的古神话。《山海经·大荒西经》说：

赤水之南，流沙之西，有人珥两青蛇，乘两龙，名曰夏后开。开上三嫔于天，得九辩与九歌以下。此穆天之野，高二千仞，开焉得始歌九招。

按照张先生的看法："所谓'九辩九歌'，即是仪式上的礼乐，而这个神话是中国古代神话很罕见的一个马林诺夫斯基所谓的'执照'（Charter）的例子。"[1]这种解释无疑是合理的，但认为Charter在中国古代神话中"罕见"，实属智者千虑之一失。笔者认为，中国古神话中的Charter之例并不罕见，只是其原始面貌被历史化和理性化之后，比较难于识别而已。下面聊举数例加以阐发。

首先是帝尧定历法的神话。《尚书·尧典》说：

乃命羲、和钦若昊天，历象日、月、星辰，敬授民时。

分命羲仲：宅嵎夷，曰旸谷，寅宾出日，平秩东作；日中，星鸟，以殷仲春；厥民析，鸟兽尾。

申命羲叔：宅南交，曰明都，平秩南讹；敬致，日永，星火，以正仲夏；厥民因，鸟兽希革。

分命和仲：宅西，曰昧谷，寅饯纳日，平秩西成；宵中，星虚，以殷仲秋；厥民夷，鸟兽毛毨。

申命和叔：宅朔方，曰幽都，平在朔易；日短，星昴，以正仲冬；厥民

[1]《中国青铜时代》，三联书店1983年版，第268页。

隩，鸟兽氄毛。

帝曰："咨，汝羲暨和；期，三百有六旬有六日，以闰月定四时成岁；允厘百工，庶绩咸熙。"

天文历法知识是新石器时代以来的定居农业文化漫长积累过程的结果，在神话中却被说成帝尧的英明决断的产物。他不仅派手下人"钦定"了东西南北和春夏秋冬的自然运行秩序，"定四时成岁"，还以这种自然秩序为法典，规定出了社会生活的秩序，"敬授民时"，以使百工万民，尊奉不疑，国家长治久安。正所谓"天不变，道亦不变"。看来，这个神话的 Charter 功能，比之夏后开"始歌九招"，要更重要一些了。按照这张特许状所提示的信息，若不是尧的英明"御旨"，宇宙人生岂不成了一团混沌？尧真是功德无量啊，难怪孔圣人以"祖述尧舜"为己任，也难怪今人还把"六亿神州尽舜尧"当作社会的至高理想。这张古老的 Charter 对中国历史文化的功能影响是何其深远！

应指出的是，《尧典》中的这个神话虽然明显具有 Charter 的性质，却已不是原始形态的了。羲和在《山海经》中是太阳的母亲，在《楚辞》中是驾太阳的御者。按照神话思维的象征规则，她实为原始的女性太阳神。在尧的手下却分身为四，成了观察太阳方位的四个兄弟天文官。因此可以说，这是一个大大历史化了的 Charter。借用原型理论家弗莱的术语，尧定历法的神话当为更古老的神话原型的"置换变形"（displacement）。

越过尧的时代再向远古方向深入，我们在中华民族的始祖黄帝的神话中找到了这一原型。《世本·作篇》：

黄帝使羲和作占日，常仪作占月，臾区占星气，伶伦造律吕，隶首作算数，容成作调历，沮诵、仓颉作书。

《淮南子·览冥训》亦云：

昔者黄帝治天下……以治日月之行，律治阴阳之气，节四时之度，正律历之数；别男女，异雌雄，明上下，等贵贱；……于是日月精明，星辰不失其行，风雨时节，五谷登孰。

这两则记载说法不一，又都多少有了历史化的痕迹，但其源则同，都是要确证或“钦定”黄帝作为人类文明始祖，建立自然秩序和社会秩序的“荒古事实”。可见，这是比尧神话更早的一个Charter了。从黄帝上自天体日月，下至五谷百姓，能力无所不及的情形来判断，应当把他归入创世神话中造物主神的行列，与古犹太人的造物主耶和华，古印度人的造物主大梵天等量齐观。

上述判断可以得到训诂学方面的有力证明。《古史辨》派的学者们早已考出：黄帝与皇帝异名同实，其传说出于上帝神话。杨宽说：“东西民族上帝本有专名，及春秋战国之世，既皆一变而为人世之古帝，上帝无专名以称之，于是泛称为皇帝，后乃字变而作‘黄帝’，亦转演而为人间之古帝矣。”[1]看来，由造物主神上帝来“钦定”世界秩序，远比人王尧要更有权威性。作为上帝的黄帝又相当于《易经》中化生万有的“太极”。可以说，黄帝是造物主神上帝的历史化、人化；太极或“太一”则是上帝的哲学化，非人格化。因此之故，有关黄帝的神话传说同有关太极的玄理之间潜藏着一种深层结构上的暗合对应关系。如：

[1] 杨宽：《中国上古史导论》，《古史辨》第七卷上册，第196页，上海古籍出版社1982年版。

太极生两仪。(《易·系辞传》)

黄帝生阴阳。(《淮南子·说林》)

两仪生四象。(《易·系辞传》)

黄帝四面。(《尸子》)

在这种异形同构的关系中，我们分明看到了一个更为原始的神话，从中可以发现 Charter 之所以产生的基型（prototype），从而解决一个马林诺夫斯基未能解决的问题，即神话的 Charter 功能的发生学问题。

把哲学化的创世神话和历史化的造物主神话的同构关系抽象出来，则有了如下数式：

1 → 2 → 4

黄帝→阴阳→四面

太极→两仪→四象

根据神话学的普遍规则，光与暗即阴与阳的对立是创世神话的第一母题，其表现形式又往往是对太阳从黑暗处升起这一自然过程的象征性叙述。如巴比伦太阳神作为造物主物战胜黑暗海怪提阿马特，埃及太阳神拉作为造物主从漂在大水上的宇宙蛋中破壳而出……[1] 由太阳的升落派生出昼与夜、阴与阳的交替循环，因而神话思维把太阳运行轨道视为一封闭的圆。[2] 这种圆周之内阴阳交变相生的神话宇宙模式在《易》太极图中得到了最完美，也是最明晰的表现。由此看来，所谓太极，也就正是别称“东皇”的太一神、太阳神了。既然“皇”黄”两字在古代通用，那么作为生出光明与黑暗的造物主神黄（皇）帝，若不是朝出夕落的东皇太阳神，又能是什么神呢？

太阳的升落隐现循环不已，因而又被视为自生的神，永恒生命的象征，

[1] 卡西尔：《象征形式哲学》第 2 卷，耶鲁大学出版社 1955 年英文版，第 96 页。

[2] 参看本书第六章第一节。

其最常见的表现形式是十字形。

黄帝作为创造主太阳神的身份一旦确定，那为后代人留下无限猜想的“黄帝四面”神话之谜也就顿时大白于天下了。

卡西尔指出，在原始人的圣数崇拜中，“四”这个数至关重要，“四”既代表神圣的空间四方位即东南西北，又代表神圣的时间四季循环。而四方与四季的时空观念又都是直接由太阳运行的方位所派生出来的，所以象征太阳的和同时也正是东、西、南、北和春、夏、秋、冬循环运行的表现。直到中世纪，基督教的十字架信仰仍然把十字形的每一末端分别视为东西南北的神圣象征。[1] 由此可见，黄帝的“四张面孔”是神圣空间的戏剧性象征表现，“黄帝四面”这四个字所组成的千古密码，实应破译如下：创造主太阳神的循环运行“钦定”了四方和四时。

再加上“黄帝生阴阳”一句密码的破译，我们似可重构出因理性化的曲解，割裂而丧失了本义，终湮没无闻了几千年的中国原始创世神话[2]的深层结构：

创造主太阳神从黑暗中出生（升），创造出光明与黑暗二分的世界，它的循环运行“钦定”了东西南北和春夏秋冬，确立了人类赖以生存的宇宙空间和自然秩序。

作为对我们重构出的这一创世神话基型的旁证，除了前述巴比伦和埃及创世神话外，还可以举出《圣经》的例子，那高叫一声“要有光”！便从黑暗水面上创生出二分世界的耶和华，其实也不过是原始太阳神的宗教幻化，从他惩罚下民最常用的武器“火”以及他本人多次显现于“火”中的事实便可分晓。此外，更能说明问题的是古印度的创世神话：创造主大梵天简直是中国黄帝的孪生兄弟，他竟然也长着四张面孔，甚至到了后世禅宗发源的瑜

[1]容格：《关于圆圈十字形的象征系统》，《容格选集》1968年英文版，第9卷第1部，第355—384页。卡西尔：《象征形式哲学》第2卷，第147—148页。

[2]盘古开天辟地神话是汉代以后受佛经影响而产生的，参见叶舒宪：《从盘古之谜到中国原始创世神话之谜》，《民间文艺季刊》1989年第2期。

伽哲学中，仍完整保留着原始神话的真面目：

大梵绯红色，四面，为大父。[1]

不仅如此，大梵天还生有四足、四手，相传上古印度教的四部吠陀圣典即由他的神圣数“四”所化出，其为神话空间的原生 Charter，已不证自明。今考大梵四面的由来，足以使他的中国胞弟四面之谜昭然若揭，且对上述黄帝是创造主太阳神的论证，提供有力的补充。《唱赞奥义书》说得明白：

太阳，大梵也。——是为教言。其说如次：太始之时，唯“无”而已。而有“有”焉。而“有”起焉。化为卵。卵久静处如一年时，于是乎破。卵壳二分，一为金（相当于中国的“阳”），一为银（相当于中国的“阴”）。

彼银者为此土地；金者为天。卵外膜为山岳；内膜为云雾。脉管为江河，液汁为海。

于是由此而生者，则彼太阳也。[2]

再往上溯，我们终于在《梨俱吠陀》（8.6.30）的金胎创世神话中看到了同巴比伦、埃及创世神话几乎如出一辙的象征叙述。回顾四张脸孔的中国父神，不由得要为世界四大文明发源地所产生的惊人相似的原始创世神话拍手叫绝了。

列维-斯特劳斯指出，神话发生的过程是原始人不自觉地用同一结构进行闭锁运算的过程。[3]如果这一说法可以用来解释人类神话同构发生的问题，

[1]《五十奥义书》，中译本，中国社会科学出版社 1984 年版，第 148 页。
[2]《五十奥义书》，中译本，中国社会科学出版社 1984 年版，第 969 页。
[3] 列维-斯特劳斯：《神话的结构研究》，中译文，见我编的《结构主义神话学》，陕西师范大学出版社 1988 年版。

那么，从黄帝创世的神话基型到前引《淮南子》和《世本》中的黄帝“治日月之行”“节四时之度”和“黄帝使羲和作占日”之类的神话，再到尧定四方四时的神话，以及其他类似的“时空钦定”神话和“人话”，不是可以借用乔姆斯基的理论，解释为同一深层结构按照有限的“语法规则”而转换生成出来的吗？无怪乎《新大英百科全书》中《创世神话与教义》一文的作者要说，创世神话作为一种文化价值的基础，将决定社会共同体所有其他方面的态度、行动和文化结构。“它既为该文化中的其他神话提供范式，也为非神话式的表达提供范式。”[1]

启蒙哲学有一铭言说：懂得了起源便懂得了本质。参照当代人文科学发展所提供的新理论，我们了解到神话 Charter 功能的起源是原始人观察太阳运行之“道”以及由此派生出的时空观念的神化，最初的 Charter 功能由创世神话表现出来，成为“钦定”后人思想行为，“铸塑”后世文化的不二范本，又成为产生新的神话 Charter 和人话 Charter 的基型。关于创世神话如何钦定后人思想行为，除了本文开篇所举犹太运动员拒绝在“礼拜日”参赛这一极端的例子外，还可以从下述普遍事实得到说明：世界上大多数国家奉行的一周七天的历制都是以基督教文化为准绳的。我们现代中国人遵循而不疑的六天工作学习，一天休息的行为模式，原来也是耶和华“钦定”的结果！倘若以尧神话为 Charter 的我国先哲孔孟等人地下有知，岂不要向耶和华提出最强烈抗议？如此看来，我们再嘲笑那两位犹太运动员，不也成了五十步笑百步吗？原来东西方文化的开放与交流是能够使“钦定”移植成活并转换生成的呢。

关于创世神话如何为该文化中其他神话的发生提供范式，也就是从 Charter 基型中派生出子 Charter 及准 Charter 的问题，已如上述。这里还想

[1]《新大英百科全书》第 5 卷，第 239 页，《创世神话与教义》一文，1974 年版。

说明的是，神话表达的Charter如何铸塑该文化中非神话表达的Charter。前引《易经》太极说和老庄的道家哲学都派生自中国原始创世神话，迹象显然；作为中国哲学第一范畴的“道”本为神话思维中太阳循环运行之道。还需引证的是对古神话采取理性主义排斥态度的儒家经典如何落入神话表达之窠臼的例子。《礼记·祭义》：

夫孝，置之而塞乎天地，溥之而横乎四海：……推而放诸东海而准，推而放诸西海而准，推而放诸南海而准，推而放诸北海而准。

在理解了“黄帝生阴阳”“黄帝四面”神话的圣数意义及时空钦定意义之后，再看“孝”这一中国伦理核心范畴的“天地”“四海”钦定意义的表述方式，我们似乎可以像盘庚那样大叫一声“予洞若观火”了。值得进一步思考的问题是：当此中华文化走向世界之际，非神话表达的中国伦理国粹“孝”能否真的放诸四海而皆准，就像神话表达的基督教的“教粹”休息日一样，将其准Charter的“钦定”移植到五大洲去？果真如此，倒是长眠地下的孔孟等圣人做梦也料想不到的，或许，他们又要收回那指控耶和华“僭越”文化之罪的白皮书，进而幡然悔改以“披发左衽”的偏执狂态度固守夷夏之防和中外之分的旧过错，并为不同文化的礼尚往来和移植交流而钦定一个新的Charter。

这样的话，对于孔子认可了尧的Charter而在同子路的对话中“消解”（deconstructe）了“黄帝四面”神话的Charter基型，从而使中国原始创世神话埋没于历史的尘封之下这一“作俑”之罪，我们今人也就应取宽容态度，不必斤斤计较了，尽管Charter自古及今都是不宽容的。

Charter既是由人制定的，也自然应随着人的需要而不断改变。据说当今一些技术发达国家已采用了每周五天或四天的工作日，这虽然有悖于耶和华创世时六天工作一天休息的神圣法规，却也没听说发生什么激烈的卫道之争。看来，随着文明的进化，指鹿为马的时代将成为历史陈迹。像《击壤歌》的作者那样不拘泥于 Charter 之神圣，具有独立思考的主体精神的人，也一定会越来越多。不过，谁要是认为这种独立不羁的人格只有从外来文化中汲取，那又将大错而特错了。对于类似于一加一等于二，冬寒夏热之类公理的神圣 Charter 的挑战，除了《击壤歌》那样公开的抗议之外，除了狂狷避世或呵祖骂佛的激进举动之外，除了曹雪芹那种借宝玉之口而发挥或鲁迅借狂人之口而抗议的方式之外，还有另外一种更为绝妙的智慧方式，兹引出一例，为本文作结：

福州兴福院康源禅师，上堂："山僧有一诀，寻常不漏泄。今日不囊藏，分明为君说。"良久曰："寒时寒，热时热。"[1]

[1] 普济：《五灯会元》下卷，中华书局 1984 年版，第 1145 页。

第五篇

源流

THE NINTH PART

第九章

中国与巴比伦文化因缘

巴比伦史诗与羿史诗的对比研究即将结束的时候，面对着两部从表层母题到深层象征结构都如此相近的远古作品，我们无论如何也无法回避这样一个较为敏感的问题：它们是各自独立产生的呢？还是有过某种渊源影响关系呢？

这个问题的提出看起来好像是神话学研究史上屡屡发生的“传播说”与“题材自生说”（或称“平行发生说”）争论的又一次翻版，但实际上却涉及着世界两大文明古国之间有没有文化交往关系的问题，其意义远远超出了文学范围，因而有必要在此做一个初步的讨论。

首先，我们不得不承认，两大史诗各自独立发生的可能性是极小的，或者说是不可能的。理由很简单，世界上迄今还未发现有哪两个民族在彼此毫无联系的情况下会不约而同地创造出如此相近的史诗或其他作品。尽管羿史诗的原作我们已经看不到了，但从已经构拟出的结构轮廓来看，它同巴比伦史诗《吉尔伽美什》的结构之间的差异，似乎并不比林琴南汉译的西洋小说与原著之间的差异更大。假如两大史诗只是在深层结构上相似，那么我们完全可以认为那是出于人类特定的历史文化及心理条件，出于神话思维的普遍规律。但是，两部作品不只是在原型基础上相同而且在表层叙述中也有那么多雷同的母题和亚母题、子亚母题相继出现。要说这是平行发生的巧合，实在令人难以置信。即使把问题交给“题材自生说”的最主要倡导人容格，恐怕他也不能说在巴比伦人和中国人的心理结构中先天遗传着像宇宙山、不死药、黑暗通道与北风、石林、吐水火怪兽这样一些共同的原型意象。日本神话学家高木敏雄曾写有《暗合还是传播》一文，提出了一个在“传播说”和“题材自生说”之间做出选择判断的原则，那就是：

……要看两国故事的情况：如果只有一个母题相一致，那就可以暂且存而不论了；但如果有两个以上的母题完全一致的话，则应该考虑传播说的可能了。[1]

照此原则，羿史诗与巴比伦史诗的母题重合率已大大超出了“两个”，我们只好去考虑它们之间的渊源影响关系。不管这种考虑会得出什么样的结论，我们都必须正视它，而不是回避它。

既然两大史诗之间可能存在着某种渊源关系，接下来的工作便是确定谁影响谁的问题。

鉴于羿史诗早在上古时代就已湮没失传这一事实，对它的影响幅度的研究几乎无法进行了。史诗主人公作为史书上有明文记载的夏代国王，大约生活在公元前 2000 年前后。假如史诗是独立发生的话，那么，它最早出现的年代不会早于公元前 2000 年。相比之下巴比伦史诗的完整写定本出现在公元 18 世纪，“但其主人公吉尔伽美什却是以公元前 2500 年在位的苏美尔国王为基础的，史诗中某些插话亦起源于苏美尔”[2]。在公元前 2500 年到公元前 2000 年之间的苏美尔出土泥板中，学者们已经辨认出了不止一部有关吉尔伽美什的短史诗[3]，至于巴比伦史诗的影响幅度，学者们一致公认“其影响普遍及古代世界”[4]。在希腊英雄神话和荷马史诗中，在希伯来《圣经》中，在上古印度造型艺术中，到处可以看到《吉尔伽美什》史诗影响的痕迹。该史诗写定后在西亚广大地区流传，辗转出现了多种译本和改写本。在公元前 7 世纪亚述国家图书馆中藏有完整的阿卡德语本。[5]

根据上述情况来判断，羿史诗西传影响巴比伦是不可能的，那么剩下的

[1] 高木敏雄：《日本神话传说研究》，东京昭和十九年日文版，第 475 页。

[2]《美国百科全书》1980 年国际版，第 12 卷，第 747—748 页，“吉尔伽美什史诗”条。

[3] 参看柴尔拉（E.Chera）：《苏美尔史诗和神话》（泥板文献原文），芝加哥大学出版社 1934 年版，北京图书馆有藏。

[4]《美国百科全书》1980 年国际版，第 12 卷，第 748 页。

[5] 关于德国学者提出的世界文明均由巴比伦播散而来的“泛巴比伦主义”问题，这里不拟讨论，可参看卡西尔《论人——人类文化哲学导论》，1944 年英文版，第 64—67 页。

可能性只有一种了：羿史诗受巴比伦史诗影响。

这种影响果真存在的话，就绝不仅仅是文学上的借鉴和因袭问题了。它意味着东亚和西亚两大文明之间的联系，意味着以汉武帝通西域为起点的传统的中西文化关系史的重新构思，意味着对上古世界文化流变的再认识。

然而，探讨羿史诗受巴比伦影响的问题很容易使我们陷入“中国文化西来说”和“中国文化独立发生说”的历史争论中，使我们的文化溯源研究变成考古学上的技术测定问题。不过，为了弄清问题的真相，冒一点风险也是值得的。至少有两位蜚声国际学术界的中国学者给了笔者启发和勇气。一位是美国哈佛大学人类学教授张光直，他虽然是中国文化独立发生说的代表，但他的下面一段话却无疑是对我们几十年来闭关自守的文学研究乃至整个“国学研究”的当头棒喝：“讲中国学问没有中国训练讲不深入，但讲中国学问没有世界眼光也如坐井观天，永远讲不开敞，也就讲不彻底。”[1] 另一位是北京大学东语系教授季羡林先生，他曾根据《天问》“顾菟在腹”一问同上古印度月兔神话的偶合及其他证据，把中印交通史上限提前到先秦时代。下面笔者仅就直接和间接接触到的文献材料，对中国和巴比伦文明联系的可能性问题做一番简略的回顾，进而根据羿史诗的具体情况，得出应有的结论。

晚近的考古学研究认为，亚洲西部是世界最古老的农业和畜牧的发源地区。属于公元前1万、2万年的伊拉克帕勒高拉洞遗址，发现了人类最早驯养的家畜——狗。狗的驯养对于狩猎和放牧都大有助益。饲养绵羊的最早证据在公元前9000年的沙尼达遗址发现，公元前7000—公元前6000年的卡约诺和伊朗的阿里柯什也发现驯养的羊骨。最早的家养牛在土耳其哈希拉尔前陶器层发现，约公元前7000年。“公元前3000年左右，在中亚、小亚细亚的山区和阿拉伯、非洲的沙漠草原上，人们驯养了马和骆驼，这些动物

[1] 张光直：《中国青铜时代》，三联书店1983年版，第3页。

成为以后游牧部落中的主要牲畜。”[1]

与此同时，人类最早的城邦文明苏美尔也在西亚的两河流域建立起来了。迄今所知苏美尔文明东传的极少证据是语言学家提出的。捷克著名语言学家、古代赫梯文字和克里特文字的译读者赫罗兹尼指出：苏美尔人可能是最早驯服牡牛而使之变为家畜的民族，或最早驯服牡牛的民族之一：“这可以从牡牛的拟声字（n）gu（d）为证据。这个字不但传入埃及语中和古代苏丹语中，而且传入所有的印欧语中（参考，例如古印度语中的牛字为 gauh，《波斯古经》中称为 gaus，德语为 kuh），而且传入中国语和西藏—缅甸语中（ngieu，即牛字，ngû，ngô，gû，即牯字 gô）。”[2] 关于苏美尔人族源的研究至今尚未有确切的结论，但征服苏美尔文明的阿卡德游牧文化却是来自两河流域以西地区的。阿卡德人在体质特征和语言方面明显属于闪米特族，同叙利亚和阿拉伯诸民族有亲缘关系。

阿卡德的领袖萨尔贡（Sargon，公元前 2334—公元前 2279）率领他的军队很快征服了两河流域的农业居民，建立起世界上第一个大帝国，其版图西起地中海中的克里特岛，东至伊朗，文化影响所及，东传至印度和中国。最典型的例证莫过于萨尔贡出生的传说：

这位显赫一时的上古风云英雄本是一个私生子，生下后被母亲弃于一篮子中，漂流于河水之上，后来一个穷苦园丁收养了他，起名叫萨尔贡。这个出身低贱、来路不明的孩子后来大大发迹，从一个神庙中的司酒当上了基什城统治者，后率军攻占了整个西亚地区，建立起阿卡德帝国。[3]

曾几何时，这位显赫一时的君王，连同他所创立的大帝国一起在历史上销声匿迹了。除了古代史家，后世很少有人知道他自封的名号——“四方之

[1] 林耀华主编：《原始社会史》，中华书局 1984 年版，第 235 页。
[2] 赫罗兹尼：《西亚细亚、印度和克里特上古史》，中译本，三联书店 1958 年版，第 72 页。
[3]《新大英百科全书》，Sargon 条，1974 年版。

王”。不过，关于他出生被弃的传说却比他本人要幸运得多，随着阿卡德文化的影响，真正地传遍了四方，在希腊文学、希伯来文学、波斯文学、印度文学和中国文学中产生直接或间接的影响，从而不断地派生出种种关于神、关于帝王或英雄等不平凡人物的出生神话。比较神话学界为这一类型的故事起了一个专名叫“弃儿型”（Exposed Child type），并把萨尔贡出生神话视为全世界弃儿型神话的祖型。

美国纽约大学比较文学家罗伯特·克莱门茨（Robert Clements）在《比较文学的渊源和定义》中说，上古各民族记录神话的人总是借鉴更早期的故事来编造自己部族的神话式英雄。于是，萨尔贡传说派生出了摩西传说，摩西传说派生出卡尔纳传说，卡尔纳传说派生出俄狄浦斯传说，如此等等。作为上述弃儿名单的补充，我们还可以加上印度的莎恭达罗和佛陀，犹太的耶稣、古希腊的阿塔兰忒(Atalanta)，古罗马的罗慕洛和瑞摩斯，波斯的居鲁士，中国的羿、后稷、胡广、玄奘、岳飞……日本的圣德太子，等等。所有这些弃儿型故事虽然在表层叙述上差异很大，但较早期的故事无例外地遵循着一个共同的深层模式，并都出现了如下因素：初生儿、母亲、水面、容器（筐、篮、箱、缸、甕、或其他）、婴儿获救、长大后发迹。由此看来，所有的弃儿型故事均出自一个祖型的看法是不无根据的。从传播途径上看，所有这些民族或国家都处在欧亚大陆的文化传播带地区周围，受到阿卡德文化影响是显而易见的。

具体地说，希伯来——犹太人、波斯人均属于闪米特游牧民族的后裔，与阿卡德人同源，他们的英雄传说受萨尔贡故事影响显而易见，无须论证。希腊、罗马和印度均属雅利安民族，他们的神话中出现弃儿型，而且同萨尔贡传说惊人相似，这正说明阿卡德文化东进与原始雅利安人（居处在里海以东地区）接触的结果。学者们还指出，在印度上古艺术中可以看到来自西亚的苏美尔、阿卡德文明的影响，而在巴比伦的考古发现中也看到了原始印度文明的印章，其年代属于公元前 24 世纪，恰与萨尔贡时代相同。这些印章证明上古西亚与印度之间有活跃的商业和文化交往。[1] 唯一费解的是中国文学中的弃儿传说。除了我们在羿史诗中发现的主人公被弃母题，较早出现的是《诗经·大雅·生民》所述后稷诞生后被三弃三收的故事，其基本情节与萨尔贡传说有很大出入，但在以下这一点上还是一致的：一个被弃又获救的婴儿长大后成为开国英雄。如果要追溯周人始祖诞生传说受西亚文学影响的轨迹，那么最可能的中介人是塞人。塞人属于雅利安游牧民族中的一支，语言属东伊朗语，在远古时就经中亚和河西走廊迁徙至与周人相接近的地区，并部分地与周人部落相融合。

假如说周人始祖后稷的出生传说已同阿卡德的弃儿原型有了一定距离，那么中国文学中的另一个弃儿胡广的故事却又同萨尔贡传说极为相近。胡广是东汉著名的贤臣，字伯始，仕期历六代君王，任三公之职 30 多年，当时有“天下中庸有胡公”的美誉，《后汉书·列传三十四》有传。关于这样一位非凡人物的出生，也有一段传说，始见于晋朝裴启所撰《语林》：

胡广，本姓黄，五月生。父母置诸中，投于江。胡翁见甕流下，闻有小儿啼声，往取，以为子。遂登三司。[2]

初生儿被置诸容器中弃于水上，被他人救起后发迹，这一叙述模式与公元前 24 世纪的萨尔贡传说合若符节，倘若说是没有渊源关系的创作巧合，是无法令人信服的。所以，合理的判断只能是，阿卡德文化东进后影响到中国。尽管由于年代久远，这种文化传播的具体路线不清楚，但从胡广本姓黄，被胡翁救起后改姓胡这一细节可以推知，弃儿型故事模式是从西部传入中国

[1] 赫罗兹尼：《西亚细亚、克里特和印度上古史》，中译本，第 209 页。
[2]《太平御览》卷四八八，人事部所引。

的。“胡”字本义为胡须，而胡须之旺盛又是西亚和中亚诸民族区别于华夏人种的一大特征，上古中国人便着眼于这一区别特征，将西北少数民族统称为“胡”或“胡人”。由此来看，胡广改姓的细节所暗含的文化信息是：这个中国名人的出生故事是“胡化”即被西方来的文化改造后的产物。至于玄奘、岳飞等后世的弃儿型故事及其变体，则是受印度影响的结果。由玄奘出生故事衍化出来的“江流儿”型宋元杂剧，可以看作是萨尔贡传说经过印度人的改造后间接影响中国文学的结果。“同莎恭达罗出生的传说一样，玄奘是被母亲亲自抛弃的，又都是被一位素不相识的僧侣救起收养。所不同的是，中国的江流儿故事，不论是玄奘还是岳飞，都比印度和西亚的故事要复杂一些，究其原因，原来这两个传说中同时融入了另一个文学原型，即印度的洪水传说原型。表现在玄奘传说中，增加了洪水故事的主角——鱼或龙王的情节，却并未出现洪水，到了岳飞传说中，鱼一龙王置换为未卜先知的道人，江水干脆被洪水取代了，婴儿见弃于母也于是转换成了母携婴儿同浮于水。”[1]

以上对弃儿型传说渊源流变的粗略考察可以说明，西亚上古文化的东传如何依次影响到中亚、南亚和东亚，阿卡德人的传说只不过是这种由西向东的文化传播的一个具体实例。虽然自《诗经》以来，我国就有后稷弃儿型传说的模子，但是汉代以后胡广等弃儿型故事仍然不断受到西亚、南亚的一而再、再而三的影响。根据这种浪潮般的波及方式，我们有理由推断，发现于羿史诗中的“主人公被弃”母题完全可能是在外来文化冲击波下产生的借移。而关键的问题是这种冲击波上溯的时间以及经由的路线。

早在20世纪末，国外学者塞斯（Sayce）和拉库皮尔热（De Lacouperie）就曾分别提出，中国古代祭神的高台建筑源于西亚两河流域的庙塔文化。但这只是一种假说，没有充分的论证。[2]20世纪初初步具有了世界文化眼光的

[1] 叶舒宪：《水：生命的象征》，《批评家》1988年第5期。
[2] 拉库皮尔热：《中国早期文明的西方起源》，伦敦1894年版，第11页。

中国学者梁启超在论述中国最早的翻译文学时提出：

话最古之译本书，吾欲以《山海经》当之，此经盖我族在中亚细亚时相传之神话至战国秦汉间始写以华言，故不独名物此土所无，即语法亦时或诡异，然此不过吾个人理想，未得确实佐证，不能断言。[1]

梁氏在此已提出了中国神话中有西来成分的假说，但也没有论证。本世纪 20 年代，随着田野考古学这门科学传入中国，以瑞典考古学家、仰韶文化的发现者安特生（J.G.Andersson）所首倡的中国新石器文化西来说为众多的西方学者采纳。[2] 但由于龙山文化等新的发现不断问世，特别是新中国成立后考古事业的大发展，使中国旧石器文化与新石器文化之间的缺失环节得到重构，安特生的西来说至少在国内是销声匿迹了。[3]

另一位瑞典学者高本汉提出，安特生认为中国彩陶文化是由西亚经河西走廊迁至河南的看法可以得到修正：黄河流域本有“原始中国人，后来的西方部落迁到这里，同当地人种融合，带来了陶器文化。”日本学者滨田耕作等人赞同了高本汉的说法。[4] 直到 1952 年西方学者布雷德伍德（R.J.Braidwood）著《近东文明的基础》一书，仍采用类似的西源影响说。在 20 世纪六七十年代，苏联学者瓦希里耶夫重新提出并论证了仰韶文化西来说，认为公元前第三四千年前，西亚农业居民向中亚迁移，在新疆与当地蒙古人种游牧民接触，产生了新的彩陶文化，该文化东进到达黄河上游地区，产生了中国新石器文化。[5] 这一观点的重提，遭到包括苏联学者在内的众多学者的批驳。香

[1] 梁启超：《翻译文学与佛典》，收入张曼涛《佛教与中国文学》，台北大乘文化出版社 1981 年版，第 346 页。

[2] 安特生：《中国远古文化》，《中国地质通报》1923 年，第 5 号 1 册。

[3] 参看张光直：《关于中国文明起源的继续探索》，美国《考古学》杂志第 30 卷，第 2—3 期。

[4] 滨田耕作：《东亚文化之黎明》，上海 1932 年版，第 31 页。

[5] 瓦希里耶夫：《关于外因影响在中国文明发生中的作用》，见《亚非人民》（俄文版）1964 年第 2 期，中译文见《外国史学动态》1964 年第 7 期。

港中文大学的林寿晋在《论“仰韶文化西来说”》一文中根据新发现的考古材料，从五个方面反驳了瓦希里耶夫的观点。[1] 苏联学者刘克甫一方面批评了瓦氏观点的主观性，另一方面也批评了仰韶文化在毫无外来影响的情况下独立发生的观点。[2] 看来，争论已经日趋明：中国仰韶文化是本地区的产物，但也不能说是铁板一块，与外来因素毫不相干。

与田野考古学方面的论辩几乎同时，一些中外学者分别从不同角度提出了西亚巴比伦文化对中国影响的问题。1931 年，郭沫若在《甲骨文字研究·释支干》中详细比较了中国上古天文历法与巴比伦星历的惊人相似之处，得出结论说：中国的十二辰文字本为黄道上十二恒星之符号，与巴比伦古十二宫颇相一致。十二辰始于子。与巴比伦十二宫“始于牡牛”相同。十二岁名与巴比伦之星名相符。分野制（以天象配国土）之说与巴比伦极为相近，因此可以推论，十二辰、十二岁、分野制等皆自西亚输入，时间约在公元前 2200 年以前，但“巴比伦之星历系殷之先人由西方携来，抑系西人于殷时代之输入，此事殊难断论”[3]。13 年之后，苏雪林在《屈原〈天问〉里的〈旧约·创世记〉》中又提出在战国时代巴比伦文化的输入问题，认为当时人所知有关西亚诸国事实，比我们现代人还要清楚。[4]1956 年，苏雪林在台湾又发表了《昆仑之谜》一书，认为先秦流传的昆仑神话来自巴比伦，而《山海经》则是巴比伦人所作的关于阿拉伯半岛的地理书，在战国时代由波斯学者携来中国。其中“中东南西北五《山经》所记为半岛西北阿美尼亚高原及其四境之诸山，‘海内外’诸经则黑海、里海、阿拉伯海、印度海、地中海之记载也。然已杂有不少神话。《大荒》诸经，则完全为神话地理。其中中国地理名词亦甚多，且形势间有与中国地理合者，则疑其曾与中国固有地理书混合，或者当时译者以外

[1] 见香港中文大学：《中国文化研究所学报》第十卷下册（1979 年），第 273—277 页。
[2] 刘克甫（M·B·Крюкоъ）：《东亚古代文化的起源》，见《亚非人民》1964 年第 6 期。
[3]《郭沫若全集·考古编》第 1 卷，第 328 页，科学出版社 1982 年版。
[4]《说文月刊》第 4 卷合刊本。

国地名难译，遇中国地理之可附会者则附会之，真伪不分，中外糅杂，又加以秦汉人之附益，宜其难以探索。”[1]苏氏还力求证明，昆仑之原型即巴比伦宇宙山，其原名 Zikkurat，后二音与昆仑相近。1953 年，西方学者韦尔斯（H.G.Q.Wales）著《神之山》一书，认为公元前 4000 年发生在两河流域的宗教建筑 Ziqqurats（其义为神之山）后经中亚传至东亚和南亚，形成了遍及亚洲的所谓“坛文化”[2]。1958 年，捷克东方学家赫罗兹尼的《西亚细亚、印度和克里特上古史》中译本出版，在书中我们看到了与郭沫若十分接近的说法：“古代中国天文学上的概念也是在苏美尔—亚克得天文学的间接影响下发展起来的。中国人承认巴比伦大宇宙和小宇宙的学说，因为他们相信地上所发生的一切事物都不过是天上事物的反映。他们相信国家，它的构造和生命，都是在星辰中（即宇宙中）注定的，根据中国公元前 27 世纪开始的传说，60 的数字占重要地位；……我们甚至不能否认在公元前 2000 年代后发展的象形文字也受到巴比伦尼亚文字间接而遥远的影响。”[3]20 世纪 60 年代，已故台湾“中央研究院”民族学研究所所长凌纯声先后发表了《北平的封禅文化》《中国古代社之源流》《秦汉时代之》《中国的封禅与两河流域的昆仑文化》《昆仑丘与西王母》等一系列论文，利用已有的中外文献和考古材料，系统阐述了西亚文化对中国古代文化的影响，提出中国古代的“社”“封禅”以及相关的坛台建筑皆源于西亚的 Ziqqurats 文化即昆仑文化，而与昆仑不可分割的西王母乃是苏美尔月神 Si-en-nu 的音译。关于西亚文化东传的时间，凌氏以为可分四个时期：

（1）公元前第 27 世纪黄帝时代；

---

[1] 苏雪林：《昆仑之谜》，台北 1956 年版，第 8—9 页，苏氏 1973 年又出版了《屈原与九歌》一书，再次阐发西亚两次对中国的影响问题，一次为夏朝时，一次为战国时，屈原的《九歌》等作品尽源自巴比伦神话。

[2] 韦尔斯：《神之山》，伦敦 1953 年版，第 7、77、101 页；转引自凌纯声《北平的封禅文化》，见台湾中央研究院《民族学研究所集刊》第 16 期（1963 年）。

[3] 赫罗兹尼：《西亚细亚、印度和克里特上古史》中译本，三联书店 1958 年版，第 133 页。

（2）公元前 10 世纪周穆王时代；

（3）公元前 5 世纪战国时代；

（4）公元前 3—2 世纪秦汉时代。[1]

从以上回顾中可以看出，西亚巴比伦文明对中国的影响的可能性是存在的，台湾学者在这方面做了大量研究工作。虽然他们的立论有许多可以商讨之处，但他们的探讨本身是值得我们借鉴的。现在，根据已复原的羿史诗母题，我们可以从一个新的角度为上古中国受巴比伦影响的可能性提出重要证据，为海峡两岸学术对话创造条件。

我们说羿史诗曾受巴比伦史诗的影响，并不意味着它是原作的汉译或改写。因为主人公羿是中国本土神话人物和历史人物的化合体，其远源可以上溯到把太阳视为猎手的前农业文化中去，而构成史诗结构基础的循环模式上承新石器时代的卷龙崇拜，下启《易经》和道家哲学，实为中华文化的核心观念。所以，较为合理的推测是，羿史诗是中国上古文化和巴比伦文化交会融合的产物，其中有些母题和细节可能是直接移植过来的（如悬圃、石林等），有些则以完全汉化的形式出现。这种情况有些像《西游记》，既不是单纯的外来产物，也不是纯粹的本土产物，唯其如此，它才更奇特也更丰富。关于巴比伦史诗东传的时间，笔者以为当在夏商之交或稍晚，因为到了周代以后羿史诗的整体就逐渐模糊了。在春秋战国时期的文献中，羿的本来面目已看不出来了，各种衍生的说法纷起，终致喧宾夺主，使一部上古史诗只剩下大致的情节纲要，残存在屈原的问题之中。

最后，关于上古中西交通的可能性，我们现在有了比较明确的证据。1976 年在殷墟妇好墓出土的玉器，经中科院地质研究所张培善的仪器分析，鉴定为透闪石成分，属于新疆和田（即古之于寘）特产，与中原地带的玉石

[1] 凌纯声：《中国的封禅与两河流域的昆仑文化》，台湾“中央研究院”《民族学研究集刊》第 19 期（1965 年），第 1—51 页。

成分完全不同。[1]可见早在商代时河西走廊和塔克拉玛干大沙漠就有古道同黄河中下游地区相联系，而新疆古文化同中亚与西亚的联系又是无须证明的事实，可推知上古中西交通是确实存在的，只不过其间的具体真相还有待于我们的进一步研究。[2]

[1] 张培善：《安阳殷墟妇好墓中玉宝石的鉴定》，见《考古》1982 年第 2 期。

[2] 本章撰写之际，又有四川广汉县 3000 年前出土文物报告问世，其中青铜造的神树和羊形象与两河流域乌尔王朝文物“山羊和神树”极为相似，可为上古中西文化交通提供又一旁证。

APPENDICES

附录

原始思维发生学研究导论

- “原始思维”概念的语义界定
- 原始思维研究的方法论
- 原始思维研究的出发点和理论依据
- 原始思维与儿童思维
- 原始思维发生的建构阶段

一、“原始思维”概念的语义界定

思维 所谓原始思维，实际上只是思维的一个特殊方面，因而，对原始思维这个概念的理解和界定，还应从对思维概念的理解和界定入手。

什么是思维？对此，可以有不同角度的不同回答。

（一）从行为科学角度来看，思维是一种“认知行为，即我们回忆或操纵代表物体和事件的意象或观念的符号行为。”[1]

（二）从心理学方面说，广义的思维指有意识地解决“问题情境”所经历的心理过程。广义的思维不仅存在于人类，而且也存在于高等动物[2]。

（三）控制论和符号学方面的学者说，“思维——这始终是一种符号活动，这种活动归根结底是外部对象活动以压缩形式内化的结果。”[3]

这些从不同立场出发，对思维概念的解说不是截然对立的，它们分别表达了思维的某些重要方面，所以是可以互相阐发，互为补充的。至少，我们可以从中概括出两点：思维是一种认知性符号活动（行为）；思维产生的根源在于包括高等动物在内的外部对象活动。

在对思维的概念做了初步界定之后，我们可以进而对原始思维的概念做一基本的语义界定。

原始思维 原始思维是一个相当含混的概念，问题在于“原始的”(primitive)这个词本身的含混性、多义性。研究原始思维的早期专家列维－布留尔把现存的土著居民称为“原始民族”，但他特别声明说：“‘原始’之意是极为相对的。如果考虑到地球上人类的悠久，那么，石器时代的人就根本不比我

[1] 高登森（R.M.Goldenson）主编：《人类行为百科全书》第2卷，纽约，1970年英文版，第1312页
[2] 参见《现代心理学发展中的几个基本理论问题》，中国社会科学出版社1982年版，第153页
[3] 茹科夫：《控制论的哲学原理》，上海译文出版社1981年版，第157页

们原始多少。严格说来，关于原始人，我们几乎是一无所知的。因此，必须注意，我们之所以仍旧采用‘原始’一词，是因为它已经通用，便于使用，而且难于替换。”[1]在当代人类学家中，对“原始”一词的使用是有条件的，一般专指“使用非书写语言的民族”[2]，即前文字阶段的人类共同体。如果把具有文字系统的民族称作“文明民族”，那么“原始的”便成了与“文明的”相对的概念，表示文明以前或史前的（prehistory）。尽管如此，原始概念还是常常发生误解和争议。这是因为一些著名的人类学家如波阿斯、列维－斯特劳斯等并不认为史前民族和文明民族在智力和思维方式方面有质的差别，所不同的只是程度而已，他们不主张使用“原始思维”的说法，而宁愿说“原始人的心灵”[3]“野蛮人的心灵”[4]。鉴于这种分歧，一位人类学家在他的著作的术语栏中，对“原始”做了如下解说：“一个为人类学家们所厌弃的含糊术语，但仍用在一些聊胜于无的场合，指那种简易的技术和文化系统。”[5]

考虑到“原始”一词的这种复杂情况，我们在确定原始思维的研究范围时，必须首先对这个基本概念做出统一的限定。原始思维这个复合词至少可以有两种理解，一是所谓相对文明人而言的原始人的思维；二是相对思维发展的高级阶段而言的初级的即原始的阶段。不论采取哪一种理解，原始思维都是一个具有时间性的概念，它是指向某一个过程的。采用这个概念就实际上等于认可了这一过程的下限，即认可了在文明人的思维以前存在着一种相对独立的思维形态，两者在结构、符号媒介形式、运演程序等方面具有不同质的规定性。问题在于如何确定这一过程的上限。

[1]《原始思维》，商务印书馆 1981 年版，第 1 页
[2] 奥托贝因（K.F.Otterbein）：《比较文化分析》，纽约，1977 年英文版，第 18 页
[3] 波阿斯 1911 年著作名
[4] 列维－斯特劳斯 1962 年著作名
[5] 霍梅斯（L.D.Holmes）、帕瑞斯（W.Parris）《人类学》，纽约，1981 年英文版，第 558 页

笔者以为，原始思维的语义范围指向整个史前人类的思维发展过程。原始思维的上限也就是人类起源的上限，原始思维的下限在原则上即是文明历史的开端。

二、原始思维研究的方法论

对原始思维概念的语义界定也就是对原始思维研究的对象范围的一种界定。明确了对象的范围，讨论研究方法的问题也就有了可能，因为任何一门学科的方法首先是取决于该学科的特殊对象的。

从某种意义上说，原始思维研究的对象较之文明人类抽象理性思维研究的对象具有很大的差别。抽象理性思维作为迄今为止思维发展的最高阶段只不过有几千年的历史，而原始思维却是一个长达数百万年的漫长历程；研究理性思维可以从直接的观察、统计等经验事实出发，经过归纳和抽象达到形式化的水平，而对原始思维的研究则根本不能同日而语。虽然世界现存的原始民族仍可部分地作为原始思维研究的经验对象，但从全过程着眼，这些可经验的对象仅仅是过程的万分之一。也就是说，自 300 万年前的南方古猿起，到数万年前的旧石器时代末期为止，整个这一段在进化水平上低于任何现存原始部落的人类史前史，对于原始思维研究都不能提供任何可供直接观察的经验材料，所有的只是极其零碎的、个别的、间接的材料：粗陋的石制工具、残缺的猿人头骨化石……如此而已。凭这样的材料能否研究最为复杂的运动形式——思维呢？

对这个问题的回答势必关系到另外两个问题：对原始思维的独立研究是否能够成立？如果能，那么应该以什么方式、采用什么方法来进行这种研究？

按照实证主义的理解，任何一门学科的研究，只有当其结论能够与经验材料相符，能够得到直接的感觉经验验证时，才谈得上科学性。照此推论，原始思维研究是永远无法成为一门科学性学科的。

不过事实上，大多数人文学科就其本质而言都不是所谓“硬性实证”学科，这种情况并不足以否定这些学科的科学性并从而取消它们。在人文科学中，存在着许多类似于原始思维这样的研究课题，它们大都缺乏可供直接观察的经验材料，但这只意味着这类课题不可能运用纯粹的归纳法来解决，其结论也不能成为严格的理论演绎的出发点，却并不意味着这类课题在科学史中没有价值和存在权利。借鉴这些领域的研究方式方法，我们可以在理论上解决原始思维研究的性质和方法问题。

一位研究原始语言起源问题的苏联现代学者写道：“如果科学只研究可以直接观察和经验的东西，那么科学就不能称其为科学了。研究经验事实总是同假说和概括性理论结合在一起的，而后者往往是以不完整的归纳为基础的。达尔文的生物进化论和赖尔的地质进化论就是这样的假说。”[1] 苏联社会心理学家安德烈耶娃指出：社会心理学同其他人文科学一样，不可能具有像数学或逻辑学原理那样的严密性、精确性。在这种条件下假设是知识的理论形式。如何建立尽可能完善的假设是本学科研究的最重要环节[2]。

这样看来，对于原始思维这个特殊对象的研究也只能主要以建立假说的方式来进行。关于原始思维的理论不可能以定理、公理的形式或以形式化的样态而出现，只能以科学假说的形式或以重建性的推论的样态而出现。这是原始思维研究不同于一般思维科学的一个重要特性。

其次是建立假说的科学依据和方法问题。由于原始思维本身是一个数百万年的发生、发展过程，这就决定了采用历时性方法是唯一切实可行的建立完善假说的途径。换言之，关于原始思维的理论假说只能以历时发生的形式出现，也就是使假说本身符合于对象的历史性质，表现为某种重建出的系

[1] В.И.Абев：《论意识和语言的起源》，载《国外语言学》1980 年第 1 期第 22 页

[2] 参见安德列耶娃：《社会心理学》，南开大学出版社 1980 版，第 49 页

统过程。

历时性方法并不意味着绝对排斥共时性静态研究，而是要把后者整合到自身之中，使之成为描述在前后的发生学联系中的局部过程的必要方式方法。从这一意义上说，由列维－布留尔所肇始的“原始思维”实证性归纳研究还只是一种对原始思维发展全过程的最后一阶段的共时性研究，这种局部静态研究（尽管列维－布留尔也试图描述“原始思维”向更高级的思维形态的过渡）应该被同化到对整个系统发生过程的历时性动态模式中来。因为，局部静态研究终究无法替代动态系统研究，对澳洲土著人的思维研究也好，对安达曼群岛原始人思维的研究也好，充其量只能说明石器时代末期人类思维的某些特征，而不能解释这些特征的由来，不能说明10万年前的尼安德特人或50万年前的北京猿人的思维，更不用说数百万年前开始直立行走、制造和使用工具的人类祖先的思维了。同样道理，当代人类学家列维－斯特劳斯借用语言学共时性模式试图阐明“野蛮人”的整个思维过程的做法，也不可避免地带有方法论上的重大偏颇。正如皮亚杰所批评的那样，从野蛮人的信仰和习俗出发抽象出静止不变的智力结构，“这个共时性观点是由于我们对于信仰和习俗的起源无可救药地一无所知引起的”。不存在一种脱离历史性，没有发生发展过程的恒定结构。“结构首先是、并且主要是一束转换关系”[1]。根据发生学的一般原理，对原始思维的研究似应始终贯彻一种历史发展的而不是孤立静止的、建构的而不是单纯结构的方法，必须在描述原始思维的起源、演变阶段以及向高级思维形式过渡等方面建立尽可能完善的系统性假说。

值得指出的是，由于对原始思维概念的界定不够，国内学术界正开始进行的原始思维研究未能对历时性发生学方法加以强调。一些论者试图不依靠对过程的全面考察而笼统地去归纳原始思维的共时性特征；还有些论文涉及

[1] 参见皮亚杰：《结构主义》，商务印书馆1984年版，第75、103页

的仅是个别少数民族、部落的神话传说、风俗习惯等微观局部问题，却也试图从中概括整个原始思维的宏观问题。对于此种现象若不从方法论上加以讨论，难免会重蹈列维－布留尔等人的覆辙。诚然，局部的微观性实证研究并非没有意义，但是为了使作为思维学一重要旁支的原始思维学不至于流于一般的民族学和民俗学的调查，不至于等同于神话学或宗教学，必须先从宏观上就原始思维的全过程划分出既相联系又具有一定区别特征的若干阶段，从而有效地在历时的线性横坐标上确定所调查、所研究的对象在整体发生系统中的位置，使研究的局部对象同学科整体相关联、相协调，使局部研究的结论有机地统合到总体理论模式中去。

三、原始思维研究的出发点和理论依据

在确定了原始思维研究的理论假说方式和历时性方法之后，随之而来的问题必然是：如何就原始思维的全过程建立系统的阶段性假说？既然这一过程的百分之九十九都没有直接获得实证性材料的可能，那么重建性推论的出发点和理论依据是什么呢？

回顾科学史，我们会看到，在这方面已有一些先驱者们的探索为我们积累了有益的经验与教训。问题的现代答案也正是从他们中止的地方再一次提出的。最早试图描述人类思维和文化的历史发生过程，建立分阶段假说模式的人当推18世纪意大利哲学家维柯。他在《新科学》中把人类史依次划分为神、英雄和人三个时代，相应于每个时代的智力水平分别是本能、形象思维（诗性智慧或神话思维）和抽象思维（哲学和科学思维）。文明人就是经历过这三个阶段逐步发展而来的。限于当时科学发展水平，维柯建立假说的主要依据是语言学和民族学方面的资料。今天看来，维柯的思维发生模式固然过于粗疏简陋，但他所首倡的历史发展观点却为社会科学的诞生奠定了基础。继

维柯之后，又有黑格尔从绝对精神的角度、冯特从民族心理学角度、卡西勒从符号学角度所提出的各种不同的发生假说。由于他们的出发点和理论依据的片面性，这些假说都还不足以确立科学的思维发生理论。

自列维－布留尔和卡西勒的时代以来，人类知识获得了空前的发展。考古学和人类学发现了众多的新材料，并据以构拟出了史前人类在体质特征、脑量、发音器官和劳动、生活方式诸方面的发展蓝图。尽管对于思维研究来说这些材料只具有间接的性质，但其所提供的结论和数据已使新假说的重建有了前所未有的实际基础。与此同时，比较心理学和社会生物学的建立，在高等灵长动物与人类之间重新恢复了失去已久的发生学联系。与人类相参照的猿类心理功能、智力水准和行为模式的实验研究，为探索原始思维的起源问题开辟了新的途径，提供了宝贵的依据。

笔者以为，上述两方面即考古学和比较心理学方面的新进展和新成果已经使不局限于现存原始民族的宏观原始思维发生学研究找到了较为坚实的出发点。有了这一新的出发点，我们就有可能在没有发生过程的实证研究（列维－布留尔）或结构研究（列维－斯特劳斯）与缺乏客观性、科学性的发生过程设想（维柯、黑格尔等）之间开辟出原始思维研究的第三条道路。剩下来的问题是，在以高等灵长动物为起点、以文明人类为终点的原始思维发展全程中，如何在相对有限的间接材料（人科化石、物态化的人工制品以及有关数据）的基础上分析思维发展演进的基本线索，尽可能科学地而不是主观臆测地去划分发展的不同阶段。

在这里，需要强调指出的是，以发展心理学、儿童心理学等个体发生学实验研究为其主要基础的当代认知理论——发生认识论，恰恰为解决上述关键问题提供了极为有益的科学依据。

很早以来，人们就习惯于把人类发展的早期阶段喻为人类的童年。曾几何时，在这种比喻的修辞学意义背后逐渐显露出了真实的发生学意义。科学家们注意到，在个体发育和种系发育之间，在儿童心理和原始人心理之间，存在着许多可资比较的类似之处。19 世纪初，比较解剖学的创始人弗里德里希・梅克尔提出一个大胆假说，认为个体的成长史就是种族历史的一种重演[1]。几乎与此同时，黑格尔从思辨哲学方面提出了关于逻辑和历史的一致性的天才假说，认为在思维理论和思维的历史之间，哲学范畴和哲学史之间存在着同态对应关系。因而研究哲学史就是研究哲学本身，理论体系的概念之间的逻辑联系应是它们在思维史中的必然发展关系的缩影。几十年以后，进化论的创始人达尔文又从生物学方面提出：人类个体的胚胎发育史恰恰重演着生物自低等向高等进化的历史。

19 世纪 80 年代，恩格斯在《自然辩证法》中把从哲学方面和从胚胎、生物学方面所提出的相似的假说加以类比和综合，高度评价了黑格尔及达尔文的功绩。恩格斯从辩证法普遍原理的高度肯定了作为发生学必然规律的“重演”现象，并从生物领域扩展到精神—认知领域：“正如母腹内的人的胚胎发展史，仅仅是我们的动物祖先从虫豸开始的几百万年的肉体发展史的一个缩影一样，孩童的精神发展是我们的动物祖先、至少是比较近的动物祖先的智力发展的一个缩影，只是这个缩影更加简略一些罢了。”[2] 恩格斯这部具有重要方法论意义的著作直到 20 世纪 20 年代才得以问世。在此之前，德国生物学家海克尔重新论证了梅克尔假说，将个体发生和种系发生之间的内在因果关系确立为“生物发生的基本律”，并认为重演的根源在于原生质遗传性的无意识记忆[3]。

如果说当代科学哲学所认可了的个体发生与族类发生之间普遍适应的“异形同构”（isomorphic）原则是由 19 世纪的学者们首先提出的，那么，

[1] 参看 W.G. 丹皮尔：《科学史》，商务印书馆 1979 年版，第 354、379 页

[2]《马克思恩格斯选集》第 3 卷，第 517 页

[3] 海克尔：《宇宙之谜》，上海人民出版社 1974 年版，第 76、251 页

它的最终确立应归功于20世纪。生物学家们最早肯定了人类胚胎期的异形同构，黑格尔则指出了人类理性思维期的异形同构。但是关于整个人类孩童期的认知心理发展仍然是个巨大的空白。这一填补工作是由近几十年来的儿童心理学研究所填补的，布鲁纳，尤其是皮亚杰，在这方面做出了重大贡献。正因为此，我们才有可能依据发生学的异形同构原理，把基于儿童个体心理实验研究的发生认识论建构模式引申（或者不如说演绎）到原始思维即人类童年思维发生过程中去。

四、原始思维与儿童思维

皮亚杰指出，人的思维和认识是一个过程，是一种不断建构的辩证发展过程。这一过程的起点是主体的动作，它经由感知运动阶段、前运演阶段（表象性智力）、具体运演阶段、形式运演阶段最终达到抽象逻辑水平。每一个阶段都是心理结构重新建构的表现，而在各个阶段中亦分为若干不同的相继层次或发展水平。归根结底，思维的发生是主体动作通过符号功能作用不断内化的结果。符号功能本身则贯穿在包括上述所有阶段的思维建构过程中。

如果把发生认识论的建构模式同原始思维的漫长历史相对照，那么首先可以肯定的是，两个过程的起点和相对终点都是吻合的。所谓相对终点的吻合似不难理解。那就是说，任何一个儿童个体所能达到的最高智力水平也就是人类思维迄今所发展到的水平。至于起点的一致性，指的是两者都发源于感知运动阶段，都以主体动作为发生的基础。既然进化理论已告诉我们人是从高等灵长动物演变而来的，那么不言而喻，人类所独有的思维方式只能是猿类思维合乎逻辑的发展或飞跃。借助于比较心理学成果，我们可以从高等动物的思维方式推知人类原始思维最初的情况。这里，笔者引用当代心理学家仓石精一的意见：“这种广义的思维，不仅存在于人类，而且也存在于高等动物。例如，动物寻找曲折的弯路，使用觅食工具的棍棒，制作类似工具的一种有意识的动作，等等，这些与人类的高等思维作用在本质上是非常相似的。这种有意识的动作对问题所做的解决，叫作动作思维，而不同于语言思维。……幼儿的思维，几乎完全属于这种思维。"[1]正如许多同志已经指出的，发生认识论以动作或活动为思维、认识的起点和动力，这同马克思主义关于认识来源于实践的观点是基本相通的。与其说皮亚杰为历史唯物主义提供了新的科学证明，不如说他在客观上为马克思主义的当代发展提供了新的依据和新的途径。既然人类原始思维和儿童个体思维具有统一的发生起点和发生方向，那么，是否可以根据已经达到相当严密化和形式化的个体思维发生模式经过某种类比推论来重构原始思维的发生过程假说呢？

这无疑是一个有争议的问题。皮亚杰本人在有生之年未能迈出这一步，但这不等于说这种重大转换是不可能的。事实上，皮亚杰几十年孜孜不倦的努力已经充分暗示出了这一可能性。限于篇幅这里就不再一一引证了。那么，究竟为什么皮亚杰直到 1972 年因年迈而退休时仍然没有回到他 50 年前提出的"平行研究"课题上来呢？了解一下他退休后的著述情况或许对这个疑问能给予部分回答。1976 年，80 高龄的皮亚杰发表了一部题为《活动与进化》的著作，他的学术兴趣从心理学和认识论又回到了早年所醉心的生物学。不过，这次他研究的已不再是当年的软体动物，而是宏观的生物进化理论。皮亚杰回溯了自拉马克、达尔文以来的进化理论，试图建立一种横跨植物和动物界的活动发生进化论，用有机体同环境之间以活动为中介的交互作用来阐明从花朵对光的反应直到人类大脑复杂运算的整个进化过程[2]。

这样看来，皮亚杰生前未能偿还夙愿，完成史前人类认识的发生学探讨，是完全情有可原的。因此，那种认为皮亚杰轻视历史，忽略人类总体实践的

---

[1]《现代心理学发展中的几个基本理论问题》，第 153—154 页

[2] 皮亚杰《活动与进化》，伦敦，1979 年英译本，第 134 页

指责是有失公正的。我们不能苛求一位学者，在短暂的学术生涯中，在所有的领域都花费同样的心血，取得同样的成就。皮亚杰从一个方面创建了思维认识发生的系统理论，对一个科学家来说，这就足以使他不朽了。他未来得及进行的工作正是当代学术界应认真思考和努力承接的。

原始思维的系统研究便是朝向这一方向合乎逻辑的进展。

还应说明的是，平行不是相等，异形同构是基本结构或建构方面的类似，而不是现象上的完全类同。有鉴于此，发生模式的类比转换不能是照搬或替代，否则就难免“重演”海克尔之后进化论学者们所犯的错误。他们曾幻想借助于“生物发生基本律”，以个体的胚胎学研究取代史前进化无边领域中“费力不讨好”的考察和推测。然而，这种过于简单化的做法必然受到了历史的纠正[1]。

五、原始思维发生的建构阶段

在结束本文之前，似仍有必要对原始思维发生的建构过程做一分阶段描述。限于题旨和篇幅，这里的描述只能是粗略的、轮廓性的。

根据现有的史前考古学旁证材料和个体认知发生过程的一般模式，我们拟将原始思维即人类思维的起源过程初步划分为三个连续的阶段，它们依次为：

（一）动作思维阶段（始于500万至300万年前）[2]。

（二）表象思维阶段（始于大约10万年前）[3]。

[1] 参看贝尔纳：《历史上的科学》，科学出版社1959年版，第544页

[2] 作为例证，可以举出原始的法术性狩猎舞蹈，以及更高级的象征性仪式行为。

[3] 山顶洞人的颜色表象与尼安德特人的简单造型活动，正是直观表象思维形成的标志，其发达形态则可由欧洲史前造型艺术为证。

（三）语言意象思维阶段（始于大约1万年前）[1]。

这里的划分标准是思维活动所凭借的符号载体形式，年代依据主要是参照考古学数据推断出的人类符号功能发展的不同水平。如果以思维的内容特点及实际功能为标准，则又可以把原始思维发生过程划分为两大阶段：

（A）法术思维阶段（自我中心性思维）。

（B）神话思维阶段。

从前一种划分标准看，原始思维发生的三个阶段呈现为一种开放性结构：低级的思维形态不断向高级形态发展，后一阶段以前一阶段为发生基础，同时又包括前一阶段的思维形态，而不是完全取代之。仅以现代文明人而言，思维已经达到了抽象推理的水平，但原始思维并未完全绝迹，它仍以各种动作思维、直观思维和形象思维的形式保留下来。这种情形恰恰体现了事物发展的普遍规律性：高级运动形式总是从低级运动形式发展而来，同时又包括低级运动形式于自身。

原始思维发生的开放性建构过程本身是一个变化中的自组织系统，其自身蕴含着某种发展的动力因素。思维初发的形态见于主体自身的象征性活动，这种活动经过长期重复，逐渐内化为心理表象，使不依赖身体动作的表象思维得以发生。表象思维的成熟，势必产生出外化的空间造型符号客体，这又反过来进一步扩大了主体的认识世界，提高了抽象能力，使语言和以语言为符号载体的高层次思维运演的发生成为可能。这种以实践活动（包括劳动实践和符号活动实践）为中介的主客体间的相互作用，可以视为人类思维发生发展的规律性线索。

（原载《哲学研究》1988年第2期）

[1] 世界各民族的史前神话传说，是语言意象思维发达的标志。